妳是我的光

出雲 著

推薦序

華視文化編劇班主任講師　陸玉清

「愛情」永遠是戲劇與小說裡最重要的元素，從盤古開天起便是如此。古代社會中有許多對愛情的禁忌，使得愛情從未真正獲得自由表達的機會。然而，現代社會中，誰敢說愛情不應該自由，否則必定會受到譴責。

出雲出現在我的華視文化編劇班中，《妳是我的光》是她所創作的小說，她也以《妳是我的光》當作劇本創作的學習素材。

儘管時值疫情，大部分學生選擇線上上課，但出雲始終堅持親自到班上參與課程。雖然她不多話，不過她總是默默努力，一雙眼中總是充滿了熱情的探索和學習的光芒。

課程長達三個月、共計七十二個小時，華視文化編劇班也必須交出作品才能拿到畢業證書。出雲成功完成了自己的劇本，她拿到畢業證書的當下也興奮地跟我說：「老師，我已經看了兩個禮拜的日出！」

我留意到她美麗的眼眶下浮現出淡淡的黑眼圈，似乎也能瞧見她在黑夜與清晨駕馭著劇本的身影，一字一句、一個場景接著一個場景，將她的故事賦予生動的畫面。

深深明白她付出了多少心力。

也其中作品裡令我留下深刻印象的，是女主角顧熙梔在書中的一段：「瞥了一眼那雙空空如也的手，下意識地捏了捏掌心，彷彿缺少了什麼一樣，令她不知所措地焦躁起來。」

作為一位寫作者，我很能體會這種感覺。唯有執筆才能夠填補手中的空虛，然而在填補後也焦躁作品不得認同，惶恐自己沒有辦法把手中的字句和心中的情感完美串聯……但是，執筆時的那種愉悅，就只有寫作者自己最能知曉個中三昧。

時代在變遷，我們的時代有著不同的交友、交流方式，我的年代是筆友、舞會等。而《妳是我的光》是現今科技所呈現出來的邂逅，邂逅之後男女主角心中的惶惑，想要取悅對方卻又誤會了至和解，千古不變中外皆然，這也是愛情最值得書寫之處。

出雲巧妙運用「電競」與「直播」兩者最具時代感的元素，讓男女主角有了交集。兩個年輕卻受傷的心靈彼此扶持，男主角陪伴女主角走過她生命中最黑暗的時刻，女主角也陪著男主角克服競賽者在失敗中的不屈服，最終迎接成功的道路。

這正是《妳是我的光》的勝出之處。出雲豐富的情感表達，情節鋪陳高潮迭起且有轉折。

我在此預祝《妳是我的光》必完勝！

目次

本故事純屬虛構，如有雷同，實屬巧合。

第一場遊戲　星星予妳

女生宿舍內，不斷傳來與滑鼠、鍵盤奮戰的「喀啦」聲響。

四名女孩正無比專注地盯著電腦螢幕。

「可惡啊！」其中一人生氣地大力拍桌，她染成金色的一頭枯燥髮絲也跟著飛舞，幾乎要從她的嘴裡看見噴發的怒火，使得桌上瓶瓶罐罐的保養品都驚嚇地彈跳了起來。

坐在一旁的顧熙梔也嚇得肩膀一縮，那一雙細眉緊緊擰起，水潤靈動、彷彿會說話的眼瞪得大大，懷抱恐懼般望著那名金髮女孩。

同時，金髮女孩還感到不滿，嘴裡不停歇地嚷嚷，好像想要讓全世界都清楚她現在的狀態：「欸欸欸……我們怎麼又團滅了啊？」

前一秒還胸有成竹地進攻，沒想到結局卻是兵敗如山倒，全員東倒西歪、無力地癱在椅背上，看著因為角色被擊殺而變成灰白的電腦螢幕，上頭還顯示大大的紅色數字——正在復活的倒數計時。

「妳們不要被哨塔打了下，或是扣了點血就想往回跑啊！這是推塔遊戲欸！」臉上掛著細邊銀框眼鏡的女孩說，她的情緒似乎還沒從遊戲中抽離，扔下那對耳機後轉頭對著寢室內的其他人大聲吼道，「還有妳！林宣如！增加跑速的鞋買一個……只要一個就好了啊！」

「裝備的鞋子不就應該買一雙嗎……我有兩隻腳欸？」坐在銀框眼鏡旁、被指名道姓的女孩就是林宣如。

她在說完後直接趴倒在桌上，還誇張地裝作掩面痛哭，而頭上綁著的緞帶彷彿能體會主人的心情，也跟著輕輕垂在桌上，「嗚嗚，我不想玩了啦……」

「想說等到玩家等級滿了！終於可以跟玩家對戰，啊結果我們一直送頭是怎樣？」金髮女孩突然激動了起來，還伸手大力扒著已經快被扯爛的髮絲。她看著螢幕還是灰白狀態，從座位上跳起來後一腳踩在椅子上、扯著嗓子指著宿舍內其他三人大喊：「我都射不贏對面啊！我們3A宿舍全變成人家肥料啦！」

「我等等幫妳多注意一點！」顧熙梔淡褐色的眼也多了一絲平常沒有的堅毅，而右眼角下的那顆淚痣，使得神態多了一絲婉轉嫵媚。她這句話說得無比認真，那清脆柔美的嗓音在寂靜空中綻放出一道聲響：「家家抱歉！要是我再強一點就好了……」

顧熙梔說完後緊抿著唇，鄭重其事地拿起一旁的髮圈，而一道像愛心形狀的疤痕靜靜躺在她左手虎口的位置。她纖細的手指攏起披散在頸脖和後背的褐色髮絲，像是電流撩撥般擺動在空中，髮尾先輕輕掠過她精緻柔順、白皙光潔的肌膚，然後滑過嫣紅小巧的嘴唇和挺直的鼻子。

在將髮圈固定好後，她露出光潔白皙的後頸，指腹輕輕順過後方束起的高馬尾，臉上不自覺浮現出一抹笑。而月光從窗戶灑進，光輝照映，那一瞬間，她就像落入凡間的女神。除此之外，她一點也沒注意到身旁其他人僵成石頭的表情和反應。

「哇，顧熙梔！妳這個真的絕了欸！」金髮的激動女孩名叫劉家家，有點看傻地伸手把自己的下巴推回原位。她一邊坐回位置、一邊叨叨絮絮地搖搖頭唸著：「我要是男的一定會愛上妳……」

「太誇張了啦！」顧熙梔的笑容凝結在臉上，不知道對此該做何反應，擱在腿上的手指一頓，下意識摩挲著她的左腿。過了半晌，臉上才重新綻放笑靨，裝作像是什麼事也沒發生過一般，「……才沒這回事呢！」

「真的沒在誇張，熙梔妳就是天仙下凡啊……」原本趴倒在桌上的林宣如，沒有看見顧熙梔的表情，只像是聽到什麼關鍵字後從位置彈起。而她一雙大大的眼睛、頭上綁著的緞帶髮飾，令她看起來是一個可愛的日本娃娃，「比那些網路女神都好看啊！」

「怎麼……連妳也這麼說！」顧熙梔搖搖頭，無奈地笑出聲。

而從那之後都沒有再說話，戴著一副細邊銀框眼鏡的女孩是王育池，她此時瞪著仍灰白一片的電腦螢幕瞧，且似乎是想令怒意冷卻下來，手裡抓著一袋冰塊，憤憤不平地按在自己的腦袋上。

「欸欸！要復活了！家家妳先過來幫我！」王育池注意到角色死亡倒數即將結束，放下那袋冰塊、抓起被她扔在桌上的耳機，用力地操作著滑鼠及鍵盤，火力全開、即將大殺四方的氣勢，認真指揮的模樣儼然是班上的班長；而最一開始找寢室內的大家玩這款遊戲的人就是她，「可惡，我這次一定要殺爆對方——！」

四名女孩玩的遊戲正是幾年前上市後，馬上造成一陣炫風、簡稱「ＬＦＦ」的ＭＯＢＡ遊戲——《傳奇：爆裂激鬥》（Legend: Fierce Fight）。

遊戲內將十名玩家均分成紅色及藍色兩邊陣營，守衛己方的堡壘要塞，會由堡壘要塞中產出大量傭兵衝鋒陷陣，在雙方之間有三條路線連接，每條路線上有兩座會給予敵方大量傷害的哨塔。

而遊戲內的角色屬性有：坦克、刺客、鬥士、法師、輸出、輔助支援，會依照不同屬性選擇走不同的路，一共分為上路、中路、下路以及野區，過程中需在遊戲裡購買裝備、占領資源或打敗玩家操控的角色即可升級，先攻下對方堡壘要塞者便能獲勝。

＊

「啊啊啊啊啊——！輸了啦！」劉家家已經完全沒有形象，崩潰地踢腳、抱頭大叫。

「可惡，我們再排一場！我不信還是一樣！」王育池立馬在遊戲內向寢室其餘三人發出組隊邀請，「明明一開始感覺很好的啊……」

林宣如按下「同意組隊」的按鍵後再度趴倒在桌面，有氣無力地開口：「我們會不會被不認識的那個隊友檢舉啊？……會不會覺得我們是來亂的。」

林宣如有些悶悶的話一說完，寢室內頓時一片鴉雀無聲，只剩下遊戲裡傳來組隊完成的提示聲，並同時跳出「禁用與選擇角色」的畫面。

「……妳的話，倒是蠻有可能的。」王育池取笑般地聳聳肩。

「幹嘛這樣啦，嗚嗚嗚。」林宣如抽了張面紙在臉上胡亂擦拭，再將沾滿鼻涕淚水的紙團朝王育池的方向扔去。

「我的天！哪來的髒鬼……」王育池閃避不及，正面遭受到毒物攻擊，「我怎麼有辦法跟妳同寢四年？」

「抱歉了，那位不知名的隊友。」劉家家忍下作嘔的反應，回過頭，瞥了一眼遊戲視窗中那欄陌生的遊戲帳號，一瞬間她的表情彷彿已遁入空門、看破紅塵，她雙手合十，好像都能聽到背景有敲鐘及木魚聲一樣。

而顧熙梔沒有參與她們的對話。

此時的她面無表情，正拿著手機，以社群中的限時動態功能，在遊戲畫面上拍了張照片。她隨手在照片上頭編輯了幾個字後按下發送。接著，她出神般凝視著逐漸由光亮轉為黑暗的手機螢幕，不動聲色地嘆了口氣，隨著沉重的心情，輕輕地將沉重的手機擱在桌上。

劉家家注意到顧熙梔不發一語，於是便探出頭，朝隔壁的她問道：「這次，妳還是要輔助我嗎？」

「好啊，沒問題！」顧熙梔也探頭，笑著回應。

「妳不會想嘗試看看玩其他位置嗎？像是選選法師角色……」劉家家歪了歪頭，接著她摀著臉，但還是擋不住想捉弄人的壞笑，指著位在對面位置、還在跟林宣如吵架的王育池說道：「然後像阿池一樣亂衝送頭！」

「我至少不像妳只會無腦射！」被點名的王育池將那坨紙團丟回給林宣如，她回過頭推了推臉上的眼鏡，一臉故作兇狠、不甘示弱地回嗆，「什麼關鍵射手啊！」

「無腦射至少還有輸出傷害！」劉家家的十隻手指靈活地在臉頰旁邊扭動、靈活的舌頭不斷似蛇信一般「嘶嘶——」作響。

這樣正大光明的挑釁，在外人眼裡儼然就要成為一觸擊發的火爆場面，但顧熙栀見狀先是「噗嗤——」笑出聲，而寢室內裝腔作勢、憋著笑的其他人，同時間看向出聲的方向。

那瞬間，眾人彷彿見到豔壓群芳的花朵，鼻息間也如同嗅到清新脫俗的香氣……

「齁齁齁，熙栀夠囉！這樣笑魅惑眾生啊！」其餘三人紛紛指著顧熙栀大叫，只差沒有朝她扔東西。

「快點選角色啦……」顧熙栀似乎不太習慣這種場面，她紅著臉轉過頭，嘗試轉移話題，「妳們還要拖多久！」

而劉家家在選完角色以後，摸著下巴良久才開口：「欸熙栀。」

「嗯？」顧熙栀自鼻息間發出個音節，也疑惑地面向劉家家。

「妳不覺得對面有隻角色，跟妳故事的『少年』很像嗎？」劉家家指著螢幕畫面裡目前隸屬於紅色陣營的其中一個角色說：「他也是『少年劍神』欸！」

顧熙栀其實在方才就注意到那個角色，他高舉神聖的破邪劍、飄逸瀟灑的一身白色長袍……但就像是許久未聞的塵封話題又再被提及，她愣愣地突然沉默下來，連同寢室內的其他人也跟著安靜，就在氣氛即將到達冰點前，她緩緩神後才開口：「……我覺得不像啦！」

劉家家鬆了口氣，愀然變色的同時也注意到王育池的不知所措。

但背對著的林宣如對於剛剛的發展渾然不知，在按下遊戲內的按鍵後，激動地回過頭，邊流著淚邊說：「我只希望被我們雷到的隊友不要檢舉我們……」

劉家家有些無語，正想說些什麼的時候，卻聽見顧熙栀開口：「啊，遊戲要開始了！」

幾人的角色在進入遊戲後，紛紛降臨在左方的藍色陣營，顧熙梔的耳機內開始傳來遊戲裡激昂的配樂，以及令人熱血沸騰的引導語音，彷彿在宣布——這場遊戲要正式開始了！

在初始點買完裝備後，所有人抵達屬於自己的崗位，顧熙梔正想告訴劉家家她的想法時，遊戲內的語音就搶著告訴所有人……有玩家的人頭落地了。

『紅色陣營取得首殺——！』

寢室內四人面面相覷，因為遊戲才剛開始，自家的藍方陣營就傳來災情。

「他……搞什麼啊！」王育池看著遊戲畫面變成灰白，而她操作的角色可憐兮兮地躺在那的模樣，抱著頭十分懊惱地說：「可惡！我大意了，抱歉！」

而遊戲時間一分一秒地過去，情況非但沒有變得比較好，反而還每況愈下。

雖說四人的確是新手，對遊戲的熟稔度確實沒有老玩家那麼高，但她們漸漸發現……面對紅色陣營的那個對手，她們竟然連還手的能力都沒有！

遊戲的語音不斷宣布幾人被擊殺的消息，劉家家看著自己螢幕第十次變成灰白狀態，臉色慘白地開口：「靠，他來虐菜的吧？」

「那個玩『少年劍神』的是怎樣……」王育池無言地撐著頭，還翻了一圈大大的白眼，「他一個人玩就飽了啊？」

「哪有人這樣的……」林宣如則是眼神死地趴倒在桌上。

顧熙梔操作著遊戲角色，正想偷偷往紅色陣營前去時，不知何時從一旁竄出的那位對手阻擋了她的去路。她緊張地屏著氣息，正打算與之交戰時，卻還來不及做出反應，一身白衣的對方，手裡的劍隨即出鞘，她面前的電腦螢幕再度由彩色變成灰白，只能看著他收起劍後快速從自己倒地的角色旁跑離，朝自家藍色陣營的堡壘前去。

顧熙梔看著他顯示在角色上方的遊戲帳號。

眼底閃爍，窗外的墨色夜幕漸深、高掛的孤輪散發月暈，此時一抹光點劃過天際、拖曳出一道長長的光輝。她的一雙目光被那道流星吸引，雖只有一瞬間絢爛，但親吻著耳畔的心跳不停地跳動、細細密語，那雙彷彿要滴出水，映出夜空裡的閃耀，似金燦燦的湖水般波光粼粼。

✷

之後她們一連又玩了幾場遊戲對戰，而那位玩家都剛好在對面……每一場都以懸殊的差距慘敗。

「休息了、休息了！再打下去真的信心全無！」林宣如第一個表示投降，離開座位，往廁所方向走去。

「好啦！我也該跟我家那個講講話了～」劉家家拿起手機後，對寢室內的人眨眨眼、往陽臺走去，「睡覺時間見囉！各位姊妹們！」

寢室內此時只剩下顧熙梔及王育池，後者看了前者一眼，也沒再多說什麼，便逕自轉頭進入下一場遊戲。

從那之後，王育池不時感覺到身後傳來的幽怨視線，不知道因為打了第幾次寒顫而失手被敵方擊殺後，她終於受不了了，帶著些微怒意回過頭：「我知道妳還想玩……」

王育池說到一半便停下，她原本滿懷一身氣勢，但在一瞬間看到對面那人哀怨無比地趴在椅背，看上去又莫名孤單淒涼的身影，就好像被淋了一身冰水澆熄了火焰。

王育池淡淡地瞥了她一眼後，接著嘆了口氣，最後才無可奈何地說了一大串話：「但妳的小說進度呢？我可不想等後代子孫燒《與少年與劍》的結局給我！所以妳……」

「啊？妳在說什麼我聽不見聽不見……」顧熙梔聽到某個關鍵字後，像是被雷打到一樣，後背也突感到一陣沁涼的汗意，原本淒涼的身影還自帶落葉特效的狀態瞬間消失，快速地將耳機塞入耳朵後，心虛地哼起莫名其妙的旋律：「啦啦啦！啦啦啦、吧吧吧——！」

因為全寢室都知道，王育池認真起來唸人真的很可怕。

就像某部電影裡的唐三藏一樣可怕。

✵

顧熙梔自認完美迴避後，便心滿意足地當起低頭族。她點開自己的社群帳號，才發覺剛剛發出的那則內容寫著「打LFF囉～」，以及包含拍到自己遊戲畫面、帳號的限時動態，收到很多人的「關心」訊息。

好比像是這一則：『作者請不要在富奸了！』

或是下一則：『請快點寫稿好嗎？』

又或是：『作者大你的「無口瘸腿劍士」旅行到迷路了嗎？』

又又或者：『好想看結局R　希望等得到復刊，該不會要等到子孫燒了吧？』

還有一些醉翁留言：『想等梔子開直播，露臉一次好不好？』

顧熙梔只看了三分之一量都不到的「關心」訊息，頭上冒出三條黑線，強烈的寒意從背脊襲來，她才發現就算躲過了室友的物理攻擊，卻忘了這邊也有……

「網路之力啊……」無奈又尷尬地乾笑了兩下，顧熙梔將那則打錯字的訊息截圖，並把那人的相關資訊打上馬賽克後，再度發了另一篇限時動態，而一旁還打上看得出帶些情緒的兩行大字：

「是『再』啦！不要再寫錯了！你作者我可是不會再在不分！」

「本人踏上找靈感之旅勿擾」

顧熙梔本將手機往桌上一放，隨之雙手抱胸，但心裡頭卻越來越不是滋味；她苦著一張臉，越想越不對，再度撈起手機，在鍵盤上敲敲打打，輸入了一行字後送出。

沒幾分鐘的時間，顧熙梔收到不少回應。

直到這時才看見她不久前發送的限動是：「試問：菜雞打LFF就被大神按在地上摩擦怎麼辦？」

卻沒想到眾人激動、紛紛搶答道：『這還不簡單！抱他大腿啊！』

「齊心力量無遠弗屆啊，真是甘拜下風……」顧熙梔的唇角抽了抽，便將那部紅色的手機隨手擱在桌上。

顧熙梔像是感到疲累般地垂下眼，瞥了一眼那雙空空如也的手，下意識地捏了捏掌心，彷彿缺少了什麼一樣，令她不知所措地焦躁起來。

她深深地長吁了一口氣，隨之抬起頭，望著頭頂上那片不明原因泛黃的天花板一角。那上頭斑駁點點，顧熙梔突然想起很久以前記憶中的片刻，雙手置於桌面上輕輕地敲著，做出像是打字一樣的動作。

她的雙眸因感受到空間裡的氣流而輕輕顫抖，突然間退縮般收回了那雙手，靜靜將它們埋藏在桌子下；此時的她目光紛亂，卻在看見自己桌面上的物體後停下……就像是這些年裡獨自孤征、漂泊在茫茫的飛雪山中，那唯獨能停止她內心無比躁動、能使她心無旁騖，如一記定心丸一般的存在。

桌上的那張白色便條紙彷彿不受時間的流逝所侵擾，僅有角落呈現微微泛黃；顧熙梔在心裡默唸出上面的內容，即使已經是再熟悉不過的文字。

她始終都還記得，這是一位讀者粉絲，在她第一場、也是僅此一場的「不露臉」簽書會上，匆匆交到自己手上的。

顧熙梔拍拍自己的前額，又嘆了口氣，察覺自己明顯焦躁不安的情緒，明白自己剛剛差點跌入無盡的黑暗漩渦中。她的指尖緊緊揪著手臂，也緩緩地陷入自己的肌膚內。

這時從耳機裡傳來輕柔的提示聲響，打斷了顧熙梔飄出窗外的思緒。

對於一介遊戲新鮮人來說，這個提示音還很陌生，因此顧熙梔還摸索了一下，才在遊戲內的好友欄位看到一則邀請。

顧熙梔仔細一瞧，她呆愣了數秒，因為發送好友邀請給她的人，正是剛剛遊戲內令她們幾人絕望不已的敵方對手。

那人的遊戲帳號很好記，也是勾起顧熙梔滿懷回憶的搖籃曲——〈小星星〉。

顧熙梔對這個強到彷彿不在同一個時空的人感到深深的好奇。

對方很強，而顧熙梔無法停止對他的想像，她不禁想著，對方會想加自己為好友的原因……她的心臟砰咚砰咚地跳動，就在這種強烈的情緒驅使下，她的滑鼠游標鬼使神差地按下了確認鍵。

緊接著下一秒，顧熙梔被對方迅雷般跳出的訊息欄給驚到。她瞪大眼一瞧，看見上頭寫著：「要一起玩嗎？」

顧熙梔的手輕撫著胸口，感受到自己劇烈而有力的心跳聲，在心頭的縫隙中湧現了大大的勇氣。

她先前之所以敢參與遊戲，是因為與室友們玩時至少她們這邊人多，就算發生什麼也能有個照應。而她本來就還有想繼續玩的想法，但卻礙於技術方面……怕雷到人又怕被嘴，不敢獨自體驗遊戲。

不過現在有個高手邀請自己，顧熙梔表示一千個願意，因為不僅能繼續玩下去、也能就近觀察他的遊戲方式。

「一舉兩得啊。」顧熙梔的算盤打得很精，露出開心的笑容，在鍵盤上輕敲，回覆了個「好」字給對方。

第二場遊戲　期盼

星月無聲高掛夜幕，顧熙梔在其他室友紛紛就寢後，仍然挑著夜燈戰鬥。

只不過當然不是在寫小說就是了——

「小星星已是傳奇——！」遊戲語音興奮地宣布。

顧熙梔雙手捧著臉，十分驚奇地望著遊戲中正與自己組隊雙排的小星星。他操作著身穿白衣、高舉神聖之破邪劍，身姿瀟灑且飄逸的少年劍神角色，他無視對面求饒的訊息，在劍刃破風的伴奏下，完美地收下第十號的擊殺數。

紅色陣營的敵方毫無還手之力，就跟剛剛的她們一樣，在小星星面前，這些人都宛如螻蟻一般，都能輕而易舉地被捏死。

看著小星星流暢得像是一陣風一樣穿梭在地圖上，那堪比神仙般的走位以及操作，顧熙梔蹙著眉，不太熟悉地操作著以法杖施法的魔法使角色，在第五次施放技能落空以後，不禁隔著一道耳機喃喃自語：「我會不會也變那麼強啊？」

正當她還在做春秋大夢的時候，遊戲語音就傳來了「熙熙攘攘已被擊殺」的訊息。

顧熙梔看著已經變為灰白、正在無情嘲諷自己的螢幕，再度挫敗地趴在電腦前，突然間，睡在一旁的劉家家在床中嚶嚀了幾聲，細碎的聲響從嘴裡傳出，緊緊擰著懷中的被子，嚇得顧熙梔連忙摀住嘴，害怕自己的聲響會吵醒她。

等到她抬起頭時，看到對話框中來自小星星的訊息：「沒關係。」

顧熙梔看著這三個字，有些不服氣地微微鼓起臉頰，氣惱自己還是很雷很常送頭，一點進步也沒有啊！但小星星在這個晚上，還是持續地跟自己玩了一場又一場的遊戲。

而接著，這場遊戲很快地就在對面的投降下落幕。

一直到結束後的幾分鐘，顧熙梔的情緒都還沒從剛剛的遊戲中抽離，兩扇長長的睫毛輕輕飛舞，在夜空中格外閃亮的淡褐色眼睜得大大的，剔透而分明，纖長的指尖輕碰在胸口，心臟直到現在還蹦蹦跳個不停，由衷地對眼前這個高手感到佩服。

於是她就在遊戲內私訊小星星，大大地稱讚了對方幾句。

「哇，你真的好厲害!!!」

「你是神吧！」

訊息傳送過去後，顧熙梔面對著冷冰冰的電子設備，看不見對方的反應，她只知道對面那人過了好幾分鐘後才回了一個字：「嗯。」

顧熙梔對他的操作、走位還看得意猶未盡，原本還想再邀他打下一場遊戲，但對方卻在她前頭先回了句：「還有事，要先下線了。」

「既然人家都這麼說了……」顧熙梔心想，雖然感到有些失落，但也沒再多說什麼，只回覆了句「下次再一起玩」後也關閉遊戲下線了。

「嗯？」無意間瞥了眼手機螢幕，顧熙梔注意到上頭有數通以鮮紅色字體提示的未接來電，卻無法從僅有的資訊得知這是誰的來電，「沒接到……會是誰？」

而顧熙梔又注意到螢幕一角顯示的時間，一張臉倏地刷白，在指針繞了很大一圈以後，終於指向凌晨一點的位置。

顧熙梔不僅心中對小星星產生了濃濃歉意，也想起自己明天還有早八的課，還是一開學時，白髮蒼蒼、像爺爺般的老師在講臺上挽起衣袖，兇狠地挑著白眉放話：「敢遲到就死當」的課。

想到這，她全身直起雞皮疙瘩、撇撇嘴，欲哭無淚地在心裡想著：「這個遊戲也是個精神時光屋啊！」並伸手將電腦關機，飛快地鑽入浴室內洗澡。

＊

在偌大且明亮的室內空間裡，一個個風華正茂的少年們，坐在整齊劃一、一共三排、黑紅相間的桌椅內，他們正面對著倒映在自己臉上、似霓虹燈不停閃爍的電腦光。

「欸欸欸……Sean來幫我啊！」坐在第一排最左邊，有著一對丹鳳眼、說著一口濃厚外國腔調的少年，激動地敲打著桌上的機械鍵盤，「你們站在那是在等過年啊……？」

而在他右手邊，頂著一頭短短三分頭造型的少年，默默地推開鍵盤、放下戴著的耳機，雙手掩面、表情十分痛苦地說：「不行啊Lion，這波我扛不住……」

「是87嗎？快過來吃資源！吃完再一起上！」這句話是坐在第二排內，將瀏海以髮圈固定成像蘋果頭的少年說的，他一雙炯炯有神的眼正牢牢盯著眼前的螢幕不放。

然後就是一陣激烈的廝殺過去，三人集體原地起跳、大聲歡呼。

「One是我大哥！」

「聽Call準沒錯啦！」

而位於第三排、靠近角落的位置裡，坐了一名視覺年齡看上去只有十八、九歲的少年，無視著身旁人不斷傳來的吵雜歡呼聲，戴著有些陳舊且對他來說過大的耳罩式耳機，獨自一人坐自己的位置上，專注地盯著螢幕中遊戲的動向，纖長的左手行雲流水地在鍵盤上敲打、右手則以鼠標熟稔地點擊著螢幕內的畫面。

黑色的碎髮自然垂墜在額前，幾縷頑固的髮絲有些長，稍稍遮擋著他那雙小鹿般乾淨澄澈的棕色雙眼。而仔細端倪後，會發現他有著一對淡濃剛好的劍眉，顯得英氣無比，淡淡的粉桃色嘴唇襯托著這張極致完美的臉，而且少年還有著白皙的皮膚……

若不是這名少年此時白皙的皮膚以及耳根明顯泛著紅暈，真的會讓人以為他是存在於二次元的美少年。實在太不真實。

「唉唷唉唷，我們Star怎麼臉紅了啊？」一旁吵擾的人聲暫歇下來，緊接著一道男聲突然插入，而電腦桌前的少年也突然感到頭頂上一重，「……話說你這隻角色應該不用再練了吧？」

「滾開……」被喚作Star的少年一把扯下耳機，臉上明顯透露著自己的不爽，伸出手想揮開對方還擱在自己頭上的手臂。

「叫我Fly……啊，算了！反正我也不太在意規矩啦……」對方聳聳肩，也沒有因為少年明顯寫在臉上的情緒而退卻，反而還更加進一步的「侵門踏戶」，一張邪魅臉湊近，狹長的狐狸眼瞥了少年的電腦螢幕一眼後說：「啊這個『熙熙攘攘』是誰啊？是妹子嗎？她說你很厲害欸！」

「……」少年沉默不語。與剛剛相比，現在的模樣彷彿對方踩踏到他畫下的底線，陰鬱籠罩了整張臉，像是埋伏於暗處、準備好瞄準眼前的獵物，隨時會撲上狠狠撕咬一番的野獸一樣。

而對方見他如此、也很適時的收手，一張臉似笑非笑著對少年說：「好啦，等等要來集合啊！今天教練約到跟RT戰隊打練習賽，不要忘記了！」

✷

顧熙梔突然回過神才發現，自己就出現在ＬＦＦ的遊戲裡，手裡還拿著一支近期常玩的魔法使法杖，身旁還站了一個高舉著神聖之破邪劍，雖然看不清長相，但穿著飄逸白衣、散發出純淨氣息的少年。

而依稀能看見他的頭上顯示的玩家名稱，顧熙梔瞇起眼仔細一瞧，才發覺在自己身旁的少年竟然就是小星星——

他們一起進攻，正要打到紅色陣營中最後的堡壘時，天空中突然響起一聲驚天動地的呼喊：「起床起床！3A宿舍所有隊員!!!」

顧熙梔嚇了一跳，睜開眼睛發覺自己正躺在宿舍床上，才驚覺原來都只是夢一場，下意識地瞄了一眼手機螢幕上的時間，她的臉色漸漸轉為慘白……

「啊！完蛋了、完蛋了！要遲到了啊！」

「這老師遲到會當人的啊！」

「我想準時畢業啊，嗚嗚。」

此時寢室內亂成一團，王育池跟劉家家一起衝進狹小的廁所刷牙，林宣如跟顧熙梔還在外頭看著已經擠不下的洗手臺抱頭慘叫，因為她們集體睡過頭了！

此刻離上課時間只剩下十分鐘。

在所有人盥洗完畢後，已經穿戴整齊的「運動健將」劉家家，首先表達要去早餐店幫眾人搜刮食物，於是就在所有人感動的目光下出發。

「快點、快點、快點!!!」林宣如已經穿好鞋子，在玄關著急地像隻熱鍋上的螞蟻，「我們剩不到十分鐘了！」

顧熙梔跟王育池手忙腳亂，好不容易終於穿好鞋子，發現離上課時間只剩五分鐘。

「走走走！出發了！」王育池邊說邊鎖上寢室大門。

走在前頭的王育池及林宣如原先只是快走，但發覺離上課時間開始越來越近，腳步也越來越急！她們倆人的腳步也轉為狂奔，因為她們真的沒有本錢遲到啊！

而顧熙梔見走在前頭的兩個室友開始狂奔，原本也想邁出大步跟上，但腿間突然傳來椎心刺骨的疼痛，遍及全身的無力感使得她差點失去平衡，好在她及時扶助一旁的路樹，才沒摔倒在地。

室友同時也發現顧熙梔的狀況，還回頭折過來，擔憂地想確認她的狀況。

「妳還好嗎？」王育池走進顧熙梔的方向，面露擔憂。

「是不是腳又痛了？」林宣如想伸手碰觸顧熙梔的左腿。

「對不……」王育池低著頭，自責地想道歉。

「妳們不需要道歉啊。」顧熙梔打斷了王育池的話，她大概知道自己此時的臉色應該不太好看，但還是搖搖頭想表示自己沒事，並伸出另一隻手輕推她倆、催促著要她們快點去教室，「不要管我，妳們趕快去！不要遲到了！」

她們兩人充滿擔心的眼神看著顧熙梔，但顧熙梔回以一個要她們「不要擔心」的笑容。

見室友的身影逐漸跑遠後，顧熙梔才長吁了一口氣，原先緊緊繃著的肩膀突然放鬆下來，她感受自己的後背浮著一層虛汗，倚靠著一旁的路樹緩緩坐下。接著她緩緩垂下眼，看不出情緒的眼盯著自己那隻無力的腿，顫抖的手捏成拳、嘴裡一口銀牙輕咬，在那隻無力的腿上重重敲了幾下。

心裡彷彿被無形的大石壓住，顧熙梔想起剛才她們的表情，悄悄露出諷刺的嗤笑，以嘶啞的嗓音痛苦地說道：「果然是……安逸太久了嗎？」

久到她以為自己能像一般人一樣自在地跑步。

✷

宿舍裡，天花板上老舊的電風扇在頭頂上不停地轉著。

顧熙梔下課後回到宿舍，便不發一語地在位置上看著手機的內容發呆出神。

劉家家從兩人位置間的小縫隙偷偷望著顧熙梔，在她的臉上看見一絲莫名的惆悵神情。於是劉家家不動聲色地輕輕捏了下拳頭，接著以滑鼠游標點開在電腦桌面的ＬＦＦ，臉上換了一副新的笑容後，便扯著嗓門、用盡全力越過兩人之間的隔閡，對著顧熙梔大聲嚷嚷：「熙梔要玩嗎？玩ＬＦＦ！」

顧熙梔嚇了一跳，手機像是抹上油、會燙手般，在手中翻騰了好幾圈後才被牢牢地抓住，差點就要去玩一次太自由的自由落體。

目睹一切的劉家家吐出了一口氣，伸手抹去浮出額際的汗水說道：「看來，還不到換手機的時候吧？」

「還能用好嗎！」顧熙梔將手機擱在桌上一角，移動那顆會發出炫砲光芒，但對功能毫無幫助的滑鼠，在電腦桌面中點擊了兩下ＬＦＦ的遊戲縮圖，「……等我遊戲開好吧。」

看著遊戲跳出的過場動畫，顧熙梔注意到在裡頭揮舞著「神聖之破邪劍」的少年劍神角色，心中閃過昨夜在遊戲中，伴隨著劍刃破風奏曲下，那神仙般瀟灑的身影。

目光不由自主地往遊戲中好友列的方向看去，卻只見到對方的名字蒙上一層暗了好幾階的灰，顧熙梔不禁露出失落的神情、垂下眼，那對會說話的眼睛啞然無語。

劉家家探出頭，想法在臉上如水波般流動，似乎是思考了一下才繼續開口：「對了，熙梔……」

「嗯？」顧熙梔回過頭，故作若無其事地望向劉家家。

「妳……還好嗎？」劉家家擔憂地問。

「我？」顧熙梔面露不解、並以手指著自己，但能以肉眼清晰見到，恐懼般的顫抖從指尖輕輕地溢出，「我……一直都很好啊！」

「但妳明明就連小說……」劉家家咬著牙低頭，臉上的神情晦暗不明。

顧熙梔的臉上多了份錯愕與難過，她揚起雙手、摀住自己的耳，強硬而逃避地撇開了頭，不想去面對那道深深的傷痕。

「妳……可不可以不要再逃避了？」劉家家從位置上激動地站了起來，椅子被突如其來的力道給撞倒在地，怒意也從身上每個毛細孔竄出，她氣憤地走向顧熙梔，手一揮，指著她的左腿道：「妳的腳又痛了對不對？」

顧熙梔難堪地闔上了眼，灼熱的水珠自臉龐滑落，也燙著了自己，深深勾起令人難受的情緒，似乎要將所有都吞噬殆盡。

「妳都說妳沒事，但這怎麼可能？」劉家家捉住了顧熙梔的雙肩，大力搖著她掙扎不已的痛苦，「從領完新人獎之後，妳就一直怪怪的！」

「家家抱歉，我現在不……」顧熙梔惶恐地睜開了眼，模糊不清的明亮光線與怒氣橫生的女孩身影筆直衝入她的眼中，又令她狼狽地想逃離一切。

直到這時，從宿舍門外傳來的鑰匙開門聲，打斷了裡頭爭論不休的聲音。

劉家家瞥了眼不停從深處發出顫抖的顧熙梔，腳步微頓，靜靜地嘆了口氣，扶起被她弄倒在地的椅子後，便裝作若無其事地緩緩坐下。

那扇房門被大力推開，王育池和林宣如渾然不知方才裡頭經歷一場大戰，兩人絲毫未察覺到空氣之中奇異的氛圍，還愉快地哼著歌，從外頭大步奔進室內。

劉家家再次從與兩人位置間的小縫隙偷偷地望向她，卻發現顧熙梔早已別開臉，逕自面對著電腦沉默不語。

「各位3A宿舍的隊員們！現在隊長緊急召集會議！」王育池跑到座位以後，拿起一旁放著的小型白色大聲公，對著寢室內放送資訊。

「妳從剛剛就很神祕欸？」林宣如剛從廁所走出來，與劉家家互相交換了個視線，彼此都還摸不著頭緒，「妳到底要說什麼啦！」

「哼哼，說個厲害的給妳們知道！」王育池神祕兮兮地笑，還做出誇張的請坐手勢。

「什麼厲害的啊？感覺很酷！」劉家家感興趣地湊近王育池身旁。

「各位，我們ＬＦＦ實在打得太爛了！」王育池對著大聲公大喊，那畫面就好像里長伯在跟里民宣導事項一樣，「所以我決定，我們今天一起來看ＬＦＦ的比賽吧！」

里長伯事項一宣達，眾里民面面相覷，而里民・林宣如就高舉起手發言：「ＬＦＦ也有比賽喔？不就是打打電動而已嗎？」

里長伯・王育池一臉嫌棄地看著林宣如，大力地搖搖頭，嘴裡還發出不滿的嘖嘖聲響，她誇張地拍著桌子說道：「這可是電子競技！是透過電子設備之間的鬥智啊！」

聽到這，顧熙梔也悄悄地回過頭，偷偷注意著她們之間的對話，但仍舊沒有參與之中。

「電子競技！」劉家家聽到重點以後，一雙眼睛冒出閃光星星。

「那贏了呢？贏了可以怎麼樣？」林宣如持續發問。

「當然是會有獎金啊！而且……」王育池的手指同時在空中比劃了幾個數字。

「而且？」劉家家與林宣如異口同聲地說道。

王育池撥了撥及肩的黑色頭髮，笑著說：「這個比賽的獲勝者，能參與一個月後開賽的職業聯賽！」

第三場遊戲　就是

「各位好，我是主播——山羊！」

「我是賽評——久久！」

「哇，終於來到LFF次級聯賽的最終場決賽！這場五戰三勝制的比賽將迎來最終結果了！」

寢室內的所有人，聽著來自主播與賽評的播報講解，她們圍成一個圓，坐在王育池的電腦前，無比認真地盯著螢幕看，決定要從這場比賽中吸收更多的遊戲知識。

轉播的鏡頭帶到現場的觀眾席，人山人海中此起彼落地傳來為隊伍應援的加油聲。

「妳們看！現場好多人！」林宣如指著螢幕的畫面說。

「去現場一定很好玩！」劉家家一面喝著飲料，一面點了點頭回應道。

「哼哼，這下知道厲害了吧？」王育池自豪般地揚起下巴，連帶身後的尾巴也高高翹起。

顧熙梔沒有說話，她莫名被轉播畫面中遠遠拍到的身影吸引了視線。那是一個身著黑紅相間的賽車服外套、頭上戴著一組寬大的罩式耳機，且始終無動於衷、面無表情的少年。緊接著，轉播的畫面切回主播臺。見少年身影消失，顧熙梔心中頓時悵然若失，帶著些許失落的目光望著正對著鏡頭打招呼的主播與賽評。

「好的，這就是最後一場比賽了！」

「現在就讓我們來看看，分別位在紅藍色陣營的選手！」

「這一場比賽，位於藍色陣營的是成立還不到一年的Redefined戰隊，今天的先發選手依舊是Fly、One、Star……」

主播正一個一個介紹隊伍裡的選手。而鏡頭接下拍過那個名為Star的選手，他兩片桃粉色的唇正緊緊抿著，一雙像小鹿般的澄澈雙眼此刻正心無旁騖地盯著他眼前的顯示器。

他那一對劍眉輕輕蹙起，幾縷黑色的髮絲自然垂墜在前額，襯托出他白皙的皮膚，他似乎感到有些煩悶，伸出手撥開那些頑固的碎髮。

顧熙梔發現他就是自己剛剛注意到的那名少年，接著她心尖一顫，將眼前的他與今早夢境中的少年氣質重疊在一塊，心臟便開始無法控制地狂跳。

而突然之間，現場傳來的巨大尖叫與歡呼聲，都快把王育池的筆電喇叭給炸了，連帶寢室內的幾人嚇了好大一跳，劉家家手裡的飲料還差點灑了一地。

寢室內幾人在看到他的長相後也紛紛驚呼出聲，因為在螢幕前的Star選手……長得實在太好看了。

「欸不是……他也太帥了吧！」劉家家大叫。

「媽媽啊！這裡也有臉蛋天才！」林宣如是資深韓團粉絲，指尖發抖地指著他說。

「哇，長相實力兼具……太神啦！」王育池不禁搖頭笑著說。

「現在畫面上帶到的是Redefined戰隊的選手——Star，他在這系列賽中不只有精彩的表現，連帥氣的外貌、反差的冷漠表情也是大家關注的話題！」

「不知道他今天又會帶給我們什麼驚豔的操作呢？就讓我們繼續看下去！」

主播與賽評似乎也被嚇了一跳，聲音裡透露著些微的顫抖，但還是保持專業，接續介紹其他的選手們。

顧熙梔的餘光瞥向直播留言區，雖說大部分的留言都在稱讚Star的長相與認同他的實力，但仍舊有很多酸民不斷重複刷著留言：『長得帥了不起喔？沒實力一樣沒料啦下去』、『廠廠　一定是渣男』、『好像屁孩笑死』。

顧熙梔暗暗地嘆了口氣，並緊緊揪著自己的手臂，在肌膚上留下一道道指痕，就像那些烙印在心中無法抹滅的傷痕一樣。

「我們可以看到Star選手拿出了招牌的『少年劍神』角色！……比賽現在終於要開始啦！」主播無比激動地講著，聲音在語調高昂下也瀕臨破音，「雙方選手都從陣營裡出發！」

「究竟會是誰能獲得職業聯賽的入場券呢？」賽評也摩拳擦掌，興奮地拿著麥克風說話。

而Redefined戰隊在比賽開始後，就出動所有隊友，以一波聯合行動攻向敵營，打出了令對方滅團的完美團戰！

顧熙梔的眼睛如沉靜的湖水面，像是一面鏡子，映照著來自現場的轉播畫面。她看著飄逸著白衣的少年角色，倏地心頭一顫，無波的水面漾起水紋，引起了陣陣漣漪。

「Redefined戰隊來啦！是熟悉的他們……尤其是Star選手像一陣風穿梭在遊戲內啊！」主播在比賽會場裡亢奮地播報，麥克風的收音都還能聽見他拍桌的聲響。

「簡直是神仙降臨！太厲害了！」就連賽評也不敢置信地讚嘆。

「好厲害！」這一頭的林宣如雙手捧著臉，十分讚嘆。

「啊啊啊！這個是怎麼做到的？」劉家家瞠目結舌，抓著王育池的電腦，整個臉都快貼到螢幕上了。

「妳擋住了啦！而且那是我的電腦！不要那樣啊！」王育池伸手推了把劉家家，連帶將她的臉推至一旁，臉頰上的肉也因力道而擠出掌中。

唯獨顧熙梔沒有說話，愣愣地坐在那，此刻，她的心中也不斷泛起疑惑。

在昨夜裡近超距離見到小星星的打法，與看見今天前綴簡稱為RED的Star選手……那種操作流暢的手感、向對手進攻的方式，種種極度相像的違和感，使得她一直在心裡說服自己這一切都只不過是巧合而已。

因為她曾經聽說過「職業電競選手」一天的練習行程，二十四小時的時間都快不夠拿來練習用，所以顧熙梔並不認為他們有時間在這種「新手村」逗留，而且還跟自己一場接著一場、打了數個小時的遊戲。

一切……一定都只是巧合而已。

最終在對手的節節敗退下，就由Redefined戰隊收下了比賽的勝利。

「真是精彩的比賽！恭喜Redefined戰隊獲得職業聯賽的入場券！」主播欣喜若狂地祝賀道。

轉播中也不斷傳來Redefined戰隊的應援聲，不絕於耳，久久都沒有停歇，還有不少觀眾激動地衝向舞臺前，高舉著印著大大的、滿版的Redefined戰隊手幅。

「靠，這隊是鬼吧？」劉家家激動地說。

王育池、林宣如也大力點頭，表示認同她這番言論。

因為Redefined戰隊的選手遊走在遊戲中，頻頻從對手的背後冒出來打架，真的像極了玩鬼抓人裡的鬼！

顧熙梔緊盯著轉播畫面裡的Star選手，他在脫下罩式耳機後，就在隊友的簇擁中和他們一起走向舞臺的另一個方向，一一與對手握手致意。

✷

獲得ＬＦＦ次級聯賽冠軍的Redefined戰隊選手們，正一起走向舞臺中央，那頭擺放著屬於他們的冠軍獎杯。

位於舞臺後方的大螢幕裡，同時也投射出他們的象徵——浴火重生的不死鳥鳳凰，而下方正是一串經過特殊設計、顯得氣勢軒昂的「Redefined」字樣。

一個個穿著賽車服戰隊外套的少年選手們，衣服布料上的黑紅相間配色也連繫成一個圈，他們正肩並肩地靠在一起，有默契地一同高舉起那個鑲金的獎盃，那一刻就像星星一樣閃耀。

之後他們面向臺下，一位站在隊首、看起來像隊長的選手向前踏出一步，他臉上狹長的狐狸眼帶著一點因為奪冠而有的傲然，快速地環視場內後，中氣十足地向賽場內，並領著隊員們對所有人大喊：「Red……efined！」

他的聲音像個指示，而後所有戰隊選手也一起喊出：「一次不成，再試一次！重新定義，直到勝利！We are the best！」

「我們再次謝謝Redefined戰隊帶給我們這麼精彩的比賽！」賽會的女主持人笑盈盈地走向Redefined戰隊的選手們，姣好的面容上藏著不懷好意的笑容，朝向站在隊伍尾巴的Star遞出麥克風。

Fly見狀，伸出手攔下即將揚長而去的麥克風，臉上的唇角輕輕勾起，而一雙狐狸般的狹長雙眼帶著涼意，對著那位女主持人投射出兩把飛刀。

女主持人有片刻地愣住，但隨即便恢復先前的完美職業笑容，從容不迫、不慌不忙地說道：「那我們先訪問到隊長——Fly！」

而此時，除了Star以外的其他Redefined戰隊選手們紛紛強忍著笑意。

「請問Fly選手，一路走到這邊的感想是？」女主持人端起職業笑容，開始訪問。

Fly思考了一下，狹長的狐狸眼淡淡地笑著，他回應：「首先我感謝我的父母、再來也感謝我們戰隊的領隊教練，還有隊友以及粉絲們，沒有你們就不會有現在的我！謝謝你們！」

而接著One、Lion、Sean幾位選手都接受完訪問後，現場的歡呼聲、鼓掌聲戛然而止，所有人都引頸期盼著下一個要接受訪問的少年，空氣中充斥著快要滿溢出的期待。

那個少年名為Star，此刻就站在隊伍中的最後一個，站在晦暗不明的角落裡，無法將他臉上的情緒看清，就算舞臺的光線再強烈，他的身影卻像是與外界畫了一條界線，無論如何都無法觸及，如同存在於遙遠的黑暗一樣。

Fly從隊伍的前端，淡淡地瞥過在隊尾的Star，搶先伸出手，一把扯過Sean即將遞給他的麥克風。

同時，在場的所有人失望地發出嘆息聲。

在寢室內的幾人，也因為期待落空而垂下了頭。

就只有女主持人依然處變不驚，直接將自己手裡的麥克風塞進Star的手中，一雙眼笑得濃烈，都快要笑出水般。

黑暗的浪潮籠罩住他一張好看的臉龐，Star抿了下他乾澀的嘴，抬頭瞥了眼Fly以後，似乎在按捺他瀕臨爆炸邊緣的怒意。

Fly故作無奈地聳了下肩膀，對Star露出了無辜的表情。

看到這，Redefined戰隊的其他選手們已經憋不住笑，紛紛低下頭，尤其One還不慎笑噴出聲。

女主持人取過Fly手中捏得老緊的麥克風，掛上連螞蟻都受不了的甜膩笑容向Star問道：「請問Star選手，大家都說你的表現跟長相一樣優秀，你怎麼看呢？」

此時的女主持人笑得比春天綻放的花都還燦爛，雙眼透露的企圖緊盯著眼前像小鹿一般乾淨的少年，無時無刻對著他放電，就好像要將他吃乾抹淨一樣。

眾人無一不期盼著他的回應，但誰知道當事人全程低著頭，直盯著自己那雙黑鞋的鞋尖，對眼前發生的一切毫無反應，全然不發一語。

最後也只在身旁的Sean以手肘輕撞下，與他氣質反差的桃粉色唇微啟、淡淡冷冷地說了兩個音節……

「Thank you.」

夜已深，劉家家躺在鋪著淡粉色床單的床上滑著手機，布娃娃玩偶們雜亂地躺在她的身側，一雙小麥色肌膚的腿在空中翹著。

「喔靠！」劉家家手一滑，手機直接砸在她的臉上，還很不文雅地說了個髒字。

「啊！」林宣如嚇得不輕，不僅肩膀一縮，連手裡的指甲油都掉在地上，裡頭的紫色液體還流了一地，「才新買的……」

「噓！」王育池在位置上唸書，她抬起頭，一臉兇狠地對劉家家比了比安靜的手勢，接著還指了下門外的方向，拇指在喉嚨前橫著重重比劃了一下。

「家家抱歉，我在開直播……」顧熙梔取下耳機後探出頭，對著在床上已經摀起嘴、面露歉意的劉家家說。

「我不想再被罰公差了。」王育池說完以後，還無奈地捶捶自己的肩膀。

劉家家緩緩放下摀嘴的手，緊閉的雙唇才又張開，並清清嗓子後以氣音開口：「我是看到……論壇首頁都是Star的名字啦！」

「都是嗎？」林宣如從地上撿起指甲油的瓶子，隨手擱在桌上後，也打開論壇查看。

「真的欸！會不會太誇張，這討論度……」王育池的嘴圈成一個圓，十分不敢置信。

一直以來，大眾對於電競比賽的關注度、反應都還算普通，況且今日的比賽只是次級聯賽，一般來說這類比賽不論結果都應該不會上熱門搜尋，但今天卻出乎意料地在網路上引起熱烈討論！

原因沒有別的，就是因為Redefined戰隊的Star選手。

從來都沒有聽過他。

論壇內的網友都在討論這號人物，不僅無視女主持人頻頻放電，還有他淡漠無比又冷冷的氛圍，就好像今天世界毀滅也與我無關的表情及態度。

就有人發文問：**【Red Star 神顏　有卦嗎？】**

而此刻論壇的討論激烈程度，是就連平時沒有在關注電競圈的路人們也都來插上一腳。

1樓　從今天開始變成Star迷妹啦！

2樓　感覺是高冷男神

3樓　他的眼睛有夠像一頭小鹿、又有點憂鬱，姐姐好想保護他！

4樓　樓上，妳只是想吃掉人家吧？

5樓　不過他本人奪冠後看起來不太開心欸？

6樓　覺得這裡格局太小ㄅ　廠廠

7樓　黑他的人自己去比看看啊　他一定是太緊張了啦

討論串的眾人在經歷多場激烈大戰以後，都還是只知道這個引起熱烈討論的少年，本名為路星辰，今年十九歲，喜歡的電競選手是目前隸屬美國賽區、TJL戰隊的Thor——這些也就是官方網站上關於他的所有資料，其他的就再沒有人知道了。

顧熙梔看著討論串蓋起的最後一樓，沒想到會是這樣的結論，於是無言地抽抽嘴角，並關上手機螢幕，黑漆漆的畫面裡頭還映照出自己的影子，隨後拾起剛才放在桌上的那對耳機戴上。

顧熙梔完全將注意力回到正在開設的直播中，只見聊天室的讀者粉絲們似乎是聽見先前寢室內在討論

Star選手的聲量，便也自行開始聊起天了。

『Star真的神～』

『LFF超新星！』

顧熙梔的眼很快地抓到那個不斷出現的名字上，她有些許時刻的走神，但又很快地回復過來，便裝作風平浪靜、平淡無波的語氣開口：「你們自己聊起來了啊？」

『梔妹子最近好嗎？會開鏡頭嗎？』

『梔梔為什麼不露臉呀？』

『為什麼不開鏡頭？』

在看到聊天室的這幾則留言時，顧熙梔突然沒再說話，也慶幸自己沒有將鏡頭打開。

面對著暗色的螢幕，顯露出她此刻的神色有多麼慌張與難受，淚水不斷在眼眶中打轉，顧熙梔卻又倔強地不讓它們掉下，打從領獎那刻一直到簽書會的那天，從來都沒有露過臉，也從來沒有想要露臉。

「……我又不是靠臉吃飯。」顧熙梔垂下眼喃喃自語，吸吸鼻子的過程裡，一邊將直播畫面轉移至她玩LFF遊戲的畫面。

『對對對！妳不是靠臉吃飯！所以《與少年與劍》到底什麼時候才會繼續RRRRR』一個讀者粉絲突破盲點。

『都快忘記梔梔是作者大大了XDDDD』

「啊，說錯話了……」顧熙梔心想，也無奈地抹了下臉，一面看著讀者粉絲在聊天室爆走，問起自己小說的後續，一面尷尬地笑了幾聲，突然想回到幾秒鐘前，找到過去的自己並賞自己幾巴掌。

她這是哪壺不開提哪壺啊！

顧熙栀想轉移話題，於是隨口問了眾人們有沒有看今天的LFF次級聯賽決賽。

『看了看了，RED太誇張了啦！』

『那個Star有夠帥　我是男的都石更了』

『樓上　同性婚姻過專法了喔』

沒想到自己的讀者粉絲跟電競圈有交集，顧熙栀便開心地跟他們聊了起來，然後就看到了這則留言。

『栀栀覺得Star怎麼樣？』

顧熙栀想了一下，回答：「我覺得他很帥！我好喜歡他的操作！但也希望他一直都這麼強，不然他一定會被嘴爆！」

＊

一輛中型巴士內，排排的座椅都是黑、紅色拼接的布面，呈現出Redefined戰隊的配色，而此時最後一排的座位裡坐著三名少年，彼此正說笑、打鬧。

「我的右手比較強吧？」Lion的一對丹鳳眼驕傲地含著笑，伸手比了比上下搖擺的動作。

「嫩啦！我的比較壯好嗎？」One還是綁著蘋果頭造型，正挽起袖子、露出手臂上靈活彈跳的結實二頭肌。

「都走開！看我的阿姆O特朗旋……」Sean拍拍自己理成三分頭的髮型，正要誇張地站起身。

三人在巴士上，從最後一排追逐至前排座位，撞上了其中一個椅背，連帶影響到正低著頭、沉默坐在自己位置上的Star，而在另一側的Fly則是回頭瞪了他們一眼。

緊接著，一名目測已至中年的嚴肅男人踏上巴士，看著裡頭喧騰的情況，他微微皺了一下眉，語氣中按捺著怒氣說：「都給我坐好！巴士要開了！」

「打完比賽應該也累了，你們都先休息一下。」跟在那個中年男人身後上車、視覺年齡稍小的男子，對車內已經坐好的眾人說：「等回去後還要開檢討會，一樣在大廳集合。」

他們的身上也都穿著黑紅相間配色的賽車服戰隊外套，左邊胸口上繡著Redefined戰隊的隊名，而中年男人的外套背後還繡著「領隊」兩字，另一個較年輕的男子則是繡著「教練」。

中年男人靠在椅背上，揉揉自己發疼的肩膀，嘆了口氣：「唉，人手不足……真的該補一下後勤人力了。」

那三名選手在聽見檢討會的關鍵字以後，彼此都露出欲哭無淚的神情，終於安靜下來。

但數秒後，停不下來的蘋果頭少年原本還想跟身旁的Sean說些什麼，突然注意到坐在自己前一排的Star戴著耳機、正專心盯著手裡的手機螢幕，他瞇起眼微微站起，拍拍坐在身旁的人說：「欸欸，Sean啊！我發現……我們Star在看妹子直播玩ＬＦＦ欸！」

「靠，季懿凡我有沒有看錯！」被喚作Sean的人本名李承翔，此時他瞪大雙眼，彷彿天都要塌下來的那種不可置信。

「One跟Sean，你們那邊安靜點……比賽會場離基地有一段車程，先休息一下吧。」說話的人有著一對狹長的狐狸眼，他就是剛剛帶領所有隊員呼喊隊呼的隊長，名叫廖飛祈，遊戲帳號也就是Fly，平時負責管理這一群像是自己弟弟的失控選手，「我今天的頭特別痛……」

「不是啦！隊長，我們Star在看妹子直播欸！」季懿凡這次的聲音大到像是要讓全世界聽到。

「這就是少年情懷總是詩嗎？」這時說話的是隊上唯一的韓國人，名字叫金榮禧，他的中文說得不錯，但就是幹話多了點。

「Lion，這句話不是這樣說的……」廖飛祈的頭重重靠在窗上，並扶額無奈地說：「啊算了，我也已經不知道要從哪開始吐槽了。」

「Star嗎？」聲音是來自坐在最前頭，剛剛上車時一臉嚴肅的領隊。

「啊啊啊！澈哥你什麼都沒聽到！」季懿凡誇張地大叫，他現在才發覺自己剛剛說得太大聲了。

「你們是不能。」被稱呼為領隊的中年男人名叫葉澈，他此刻看了Star一眼。

「托你的福喔……真是謝了！」廖飛祈聽見葉澈的答覆以後，翻了好大一圈白眼，好像地球也要被他翻過來一樣。

「Star抱歉！你的戀情就要胎死腹中了耶……」季懿凡抹了一把眼淚，還擦在李承翔身上。

「……但是Star的話沒關係。」葉澈微笑著點點頭，神色也似乎不像剛才那樣嚴肅了。

「為什麼？澈哥你怎麼那麼偏心啊！」季懿凡不服地雙手插腰。

「因為那小子只知道訓練！我怕他不開竅，會孤老終身！」葉澈轉過身，大掌拍在季懿凡的腦袋上，清脆作響。

「看來這顆腦袋瓜水分很多喔！」名叫王成瀚的教練，也轉身笑道。

除了正在看直播的那位全程低著頭專心不已，其餘眾人笑成一團。

「欸不過，Star看的是哪個直播主啊？」季懿凡摸摸還隱隱作痛的後腦勺，小小聲地問坐在身旁的李承翔。

「阿災喔？但看那操作雷爆了！」李承翔偷偷趴近路星辰正觀看直播的手機，「這叫我帶我也帶不起來……還沒飛就跌死了。」

「還沒開鏡頭欸！」金榮禧也湊近瞧。

「欸真的，什麼都沒露！這我可不行！」季懿凡搖搖手表示否定。

「滾開。」路星辰終於抬起頭，不悅的神情直接寫在臉上。

「哎呀哎呀，被發現了！」

「Star開竅啦！」

「這到底是哪個妹子啊？」

「……」路星辰皺眉不語，陰鬱籠罩了他整張臉，眼神陰鷙淡漠地可怕。

所有的隊友，連同領隊、教練，起初都懷疑他是不是患有自閉症，是到後來發現他在比賽跟練習時會講話之後才漸漸放心。

而他現在這個狀態，非但沒有人感到害怕，反而還覺得他的反應很有趣，會繼續鬧他、逗他，因為他這座大冰山根本跟紙老虎一樣，等到他不得不開口說話時，通常講完「走開」、「滾」或「滾開」後，就只會頂著自己那張冷臉，皺著眉淡淡地看著一切，並不會再多做些什麼。

「她不是……你們想的那種女生。」卻沒想到路星辰這次卻緩緩開口，語畢，他的視線又轉回手機螢幕中，好看的眉宇間也多了份不服的倔氣。

見到這樣的他，大家都愣住了。

平時總是獨自冷漠的路星辰，居然因為一個妹子有這樣的反應。

也不知道是誰從哪來的一句：「Star說話了欸？」

而此時，路星辰好像是聽到耳機裡的人說了些什麼，輕輕地笑出聲。

Redefined戰隊的所有人都還像石膏像一樣愣在原地，雖然他們都覺得路星辰平時就不是一般人類，除了練習以外，就只剩下一點像是動物本能的反應在保護著自己。

但是現在在他們面前的這個人到底是誰？會正常講話還會笑的這個……是被外星人調包過的嗎？喔不對，可能平常的那個就已經是外星人了？

而廖飛祈突然想起幾天前，路星辰獨自坐在電腦桌前臉紅的樣子，好像想起什麼般，一張邪魅的臉也壓不住激動地說道：「她該不會就是你的作者大大吧？」

路星辰聞言，托著腮，淡淡地從鼻間吐出一個音：「嗯。」

第四場遊戲　我一直都在

宿舍熄燈後，寢室內的幾人躺在床上準備就寢，光線抽離、四周轉暗的空間漸漸傳來規律的呼吸聲。

劉家家躺在床上翻來覆去，可憐兮兮的絨毛兔玩偶被她壓在身下，最後選擇拿起一旁在充電的手機，藍藍的光線照在她的臉上，突然間似乎是想到什麼，她出聲喊了顧熙梔的名字：「欸，熙梔……」

「嗯？」顧熙梔其實已經打開通往睡眠的那道門了，半夢半醒之間又等不到下文，她便有些慵懶地隨意應了一聲。

「妳有跟其他人玩LFF嗎？」劉家家這句話，在寧靜的夜晚裡顯得特別清晰。

「有啊。」顧熙梔想都沒想，絕對誠實地回答。

「我就跟妳們說嘛！」劉家家聽到她這麼說，突然就跟菜市場的大嬸一樣，扯著大嗓門向睡對面床位的其他室友轉達八卦：「那個顧熙梔怎麼可……」

但說到這，她才意識到剛剛顧熙梔是怎麼回應的。

「……欸欸欸！」劉家家的聲音就像看見樂譜上的漸強記號，同時間從床上彈起；而她們宿舍的床鋪是常見的那種上床下桌形式，她大幅度的動作讓自己的手機體驗了一次自由落體，「啊靠，我手機才剛買！」物體掉落與大喊的聲響，連帶床板間的擺盪宛如天崩地裂，顧熙梔的體內似炸開般，身體也不斷往下墜，恐懼感不斷倍增，像被子彈從四面八方襲擊，緊緊抿著的唇止住了即將抵達的叫喊聲，她掙扎著睜開眼，感受到後背冒出的虛汗，緊接著看見眼前伸手不見五指的一片黑暗。

「難怪妳的稿子都沒有進度……」王育池也坐起來了，激動的同時，語氣裡含著似有若無的責備：「我就覺得奇怪！」

渾身麻木且難受，如同有人不斷拿針大力戳著，顧熙梔看不見眼前的一切，但還是強忍著從體內深處湧出的顫慄，垂下眼喃喃自語道：「我就算不打遊戲也一樣沒進度啊……」

「難怪妳變厲害一點了！」林宣如也從床上爬起來，她整個人趴在床緣欄杆上，只要一不小心就會跌下來，「那對方是男的女的啊？」

顧熙梔小心翼翼地睇起眼、縮著肩膀，似乎對於黑暗感到畏懼。直至她漸漸習慣了黑暗以後，才長吁出一口氣並開口：「我不知道。」

腦海中浮現出次級聯賽結束後的當晚，小星星突然上線，一連與她玩了好幾個小時後，才又突然無聲無息的離開。

他的出現如同電光石火，連同在遊戲內的操作玩法，一襲白衣的少年劍神無情斬殺掉一切，快得來不及作出反應，就打到對手節節敗退、低聲求饒，只因為對面說了句：「『小星星』是工具人吧？這年頭什麼貨色都能養工具人？是吧？攀岩高手『熙熙攘攘』？」

然後就有了對手遭到在自家陣營裡被血洗的慘劇。

還是他以一打五的那種。

最後是對面崩潰道了歉，並高舉白旗投降。

「我只知道……他很強。」顧熙梔的唇輕輕向上勾起，一朵花難能可貴地在黑暗中綻放，那個瀟灑飄逸的白衣身影也在她心中留下深深的烙印痕跡。

林宣如面露挫敗，一臉不開心地嘟著嘴說：「講到很強……」

「就想到那天遇到的那個……」劉家家被這麼一提，也勾起那天的記憶，突然間面色凝重。

「都懷疑是不是外掛了。」王育池搖了搖頭。

某人的眼神開始飄移，在劉家家的眼神逼供下，顧熙梔發出了幾聲乾笑。

然後其他兩人也跟著往顧熙梔的方向看去。

幾人同寢室將近四年的時間，每天朝夕相處，她們可以說是在這間學校裡對彼此最熟悉的人。

於是一眾室友們紛紛激動，同時指著顧熙梔的鼻子：「看妳這反應有夠心虛！」

「給我從實招來喔！」劉家家首先發話，還手腳並用爬到顧熙梔的床位去，抓著那隻絨毛兔玩偶作為攻擊主力。

顧熙梔被劉家家的兔子玩偶K得滿頭包。

「是他找妳玩的嗎？」王育池快速理清思緒，想著要一針見血。

此話一出，所有人又轉頭看向此刻頂著雞窩頭造型的顧熙梔，而她也一直都是寢室內最不會玩狼人殺的那個，因為她除了不會說謊以外……還很不會藏話。

顧熙梔臉上經過一陣表情精彩的轉變後，她突然不知所措地搗住自己的臉。

距離最近的劉家家目睹顧熙梔白皙的臉上沾染了紅暈，連耳根都紅透了，她發出一陣驚呼，也給了王育池一連串的掌聲鼓勵，因為這女人不去當偵探真的太可惜。

「欸欸……而且我們那麼明顯都是妹子，但他就只找妳一個欸！」林宣如生平最喜歡曖昧、浪漫等話題，她此時趴在床上，雙手托著腮，雖然只看得見顧熙梔的頭頂髮旋，但還是露出一臉你隔壁鄰居般的姨母笑。

顧熙梔將臉埋在自己的手裡，學著波浪鼓大力的搖頭。

「還想裝死啊！」王育池發出的笑聲像是童話故事裡的壞巫婆。

「看來……真的有一腿喔！」劉家家也補槍，說話時故意捲起舌，說完後自己還大笑出聲。

其餘兩人也一起笑了出來，只有顧熙梔在原地尷尬不已。

而隔天，3A宿舍的四人迎來住宿四年以來的第二次公差。

理由是於就寢時間吵鬧。

✷

夏日炎炎，外頭的蟬鳴聲不斷。

顧熙梔這天的下午沒課，她坐在校內便利商店裡吹著冷氣、懶洋洋地倚著牆，翹著腳的下身穿著窄版的淺色牛仔褲、上身搭配一件寬鬆簡單的深藍色T恤，嘴裡還叼著一根布丁口味的冰棒。

「歡迎光臨！」站在櫃檯內的新人店員，職業的微笑好好地待在他的臉上，向每個進來店內的顧客朝氣地說著招呼語。

顧熙梔盯著那個店員，一雙眼睛裡夾雜著複雜的情緒，而嘴裡的冰棒棍因為呼吸而上下擺動。

同時間，放在一旁餐桌上的手機不合時宜地打破了如此愜意的步調，顧熙梔瞥了眼螢幕上的來電，手掌心挫敗地拍在自己的前額上，一雙似玻璃珠的眼此刻抹上了眼神死的記號。

「喂……？」顧熙梔躡手躡腳地接起電話，面色凝重，就好像是犯了什麼罪一樣。

「還以為『梔子』變失蹤人口了耶？」電話那頭說話的是個男人，他的聲音沙啞地從話筒中傳來，「我還差點就要去警局通報了……」

「佐藤編輯，那、那個我……」顧熙梔吞吞口水，好不容易找回的聲音卻有點結巴。

「沒有復刊，至少別搞失蹤啊？」佐藤編輯冷冷的、沒有停歇，連珠炮似地繼續說下去：「答應要開的直播開到哪去……」

顧熙梔坐在原地，一聲不吭、僵硬著逐漸白化的身影快要隨風散去，頭上更冒出三條黑線。

路過的人無一不被她的狀態給驚嚇到，紛紛向一旁閃躲，還有幾個在角落竊竊私語地討論。

「……不想露臉也沒關係，至少刷刷存在感！再這樣下去，我們有考慮把假期收回喔？」

顧熙梔的呼吸一滯，一口白牙緊咬，嘴裡的冰棒被硬生截斷，木頭的棍身滑落地面，還試著掙扎彈跳了兩下。

⁂

直播已經開了五分鐘，尷尬兩個大字卻寫在她的臉上，顧熙梔還沒開口說上任何一個字。

劉家家坐在一旁位置上，清清嗓子，以氣音向顧熙梔開口：「不想開就不要勉強啦！」

顧熙梔伸手將麥克風關上後，欲哭無淚地轉過頭對劉家家說：「我絕對是勞工之恥……」

一眾讀者粉絲也沒強要顧熙梔說話，便在聊天室自行聊開了。

聊天室裡的留言不斷向上跑動，顧熙梔被不停閃過的幾個英文字母吸引住目光，她一雙眼瞪得大大，有些驚訝地說：「欸？所以你們都是從ＬＦＦ一推出就開始玩了？」

好不容易等到顧熙梔說話，讀者粉絲紛紛開心回應：

『對啊，是因為美國的ＴＪＬ戰隊才開始玩的。』

『那時候還翹課去網咖看直播ㄏㄏ』

『快要是時代的眼屎了』

顧熙梔再度被讀者粉絲的留言逗笑。

『開鏡頭辣！快開鏡頭辣！』

『好想看梔子！太神祕了！』

『《與少年與劍》的結局ㄋ？酷O皮卡都快下船了！』

顧熙梔看到這幾則留言時，原本屬於唇角的愉悅笑容在空中停滯，她垂下眼眸，停頓了些許片刻，而似乎有一道道血色的影子在她的眼前閃過，她閉了閉眼，一雙眉心緊緊深鎖，因為擺在眼前的，是就算費盡力氣也無從剖析的難題。

劉家家留意到顧熙梔沒有再說話，敏感地感應到她釋放在空氣中情緒，便從兩人之間的小縫隙中，窺探著她此刻的表情。

光影在黑暗中前行，顧熙梔因此睜開了眼睛，她看到劉家家就站在自己身旁，由深處發出的顫抖，一雙手緊緊握成拳頭，麥色肌膚的臉上蘊含著憤怒。

顧熙梔再度關上麥克風，但她沒有說話，一雙褐色的眼中飽含著傷感情緒。

「妳就任由他們這樣嗎？」劉家家低聲說道。

顧熙梔緩緩張口，似乎是想說些什麼，但聲音到了喉頭卻像火在燒，像久未經雨水滋潤的貧瘠土地，怎麼樣也發不出任何聲響，而空氣就隨之陷入冰點而凝結了。

此時顧熙梔擺置在桌面上的手機響起了鈴聲，那是一把劃破空氣的利刃。

如同想逃離劉家家的質問一般，顧熙梔很快地接起那通電話，卻在聽見對方的聲音以後，手機「啪嚓——」一聲摔落在地面上。

訥訥的神情、低低的眼眸，她有些呆然，像被一道迅雷劈中，耳畔此時只剩下嗡嗡作響。

強忍著因為不斷顫抖而有些虛浮的意識，顧熙梔緊緊抱著自己的手臂，好像那是世界上僅存著能保護自己不再受到傷害的方式。

劉家家見狀，心中的鈴聲大作，彎下腰撿起平躺在地面的手機，卻聽見一個男人暴戾、兇狠的咆哮聲。

直播裡的讀者粉絲聽不見顧熙梔這頭的聲音，相繼在留言區發問，速度像是一臺一級方程式賽車，快得讓人跟不上視線。

但此時顧熙梔無暇去管那些內容、也無心理會，一把搶回還在劉家家手上的手機。

顧熙梔的雙眼緊盯著手機螢幕，懼怕的神情就像是看到什麼妖魔鬼怪一樣，她吞了吞口水，空著的另一隻手有些力道，重重拍在自己的前額上，並扯扯笑容早已消失的唇畔。

顧熙梔只覺得她能過的安逸日子似乎結束了……

沒有了。

從今往後又要過著提心吊膽的生活。

顧熙梔想說服自己平靜下來，但心臟像是要從嘴巴跳出一般地劇烈狂跳，幾乎發麻的冰冷指尖卻無法騙過自己，使得她難以忽視。

直到這時候她才發現，原來自己不管過了多久，就算疤痕都已經消失無蹤，但內心深處還是住著恐懼、害怕的情緒，即使她大力掐著早已麻木的左腿，也找不回自己的聲音。

身體不斷發出訊號渴求著氧氣，於是她使勁地呼吸，想要證明自己真真切切活在這個世界上。

「妳快畢業了吧？」電話那頭的人劈頭就是一句，他的語調除了極其嚴肅，其他就只有冷漠與疏離，好像不是個擁有血肉之軀的真人一樣，「現在是叫熙梔是嗎？」

聽見那人的話語，她低了低眼眸，那雙褐色雙眼中僅存的光芒也漸漸熄滅。

那頭傳來的聲音裡只有寒冷。

現在的她就像是赤裸地站在暴風雪中，任由冰雪侵蝕自己身體與精神的一分一毫。

顧熙栀感到自己喉間像是被一道無形的力道掐住，在束縛中漸漸地失去了自己能大聲吶喊的聲音，她垂下的手失去力氣，宛若放棄掙扎，好像自己是個永遠都逃不出牢籠的囚犯一樣。

「呵……我都忘了，失敗品不配擁有姓名。」那人的聲音可怕的像是一把機關槍，不斷地掃射著鎖定的標的物。

面對那一頭咆哮式的聲調，劉家家在一旁聽見那些不堪入耳的話語，咬牙切齒的聲音自她的嘴裡傳出，青筋在額角清晰可見，她再也無法忍受地對著那一頭大吼道：「你、給、我、閉、嘴！」

空間中僅存著間歇的呼吸聲，緊接著男人又像失控般癲狂大笑：「哈哈哈！有趣……真的太有趣！又是哪家的雜種狗？」

顧熙栀眼前天旋地轉，她很想摀住耳朵，但在剎那間她的眼卻瞥見桌面上那張有些泛黃的白色便條紙，腦海中的記憶突然閃過一個模糊的身影，而後她咬著牙，嘴裡不斷發出齒間的摩擦聲響。

那一頭男人的笑聲停歇，又接續咆哮吼道：「告訴她！別以為躲起來我就拿你們沒轍！沒有勢力、沒有權力……還想跟我玩捉迷藏？」

劉家家本來還想回擊，都已經深深吸了一大口氣，但顧熙栀卻伸出手阻止她。

「妳幹嘛？」劉家家以唇語說著，臉上露出責怪的神情。

顧熙栀沒有說話，手指的力道輕輕摩挲在她的左腿上，直到剛剛像是被掐住的喉嚨才漸漸找回聲音，她的一雙眼睛稍稍恢復往常的光芒，心臟也已經不像剛才那樣劇烈地狂跳，但另一手的指尖不斷出力，都快要把手掌捏出深深的凹洞。

「妳還真的跟妳媽一樣。」男人怪聲怪調地丟下這句話後就硬生把電話切斷，只留下她們兩人聽著電話裡傳來機械的「嘟——嘟——」聲。

顧熙梔大口大口地喘氣，粗魯地揉著不斷起霧、看不清眼前景象的雙眸，不斷地想確認這通電話是否被確實切斷，隨後鬆了一口氣，將灼熱地有些燙手的手機重重地往桌上一砸，有些出神地望著遠方。

「妳……還好嗎？」劉家家一時不知道該怎麼辦，也不敢直接觸碰到顧熙梔心中的巨大傷口。

無法忍受難堪的一面被自己親手刨開，沾滿鮮血的雙手不斷顫慄，抹去了臉上的濕潤，顧熙梔以雙手摀住了眼，對著劉家家的方向搖搖頭。

劉家家也沒有再說什麼，她低下頭，靜靜地走出寢室，將空間留給顧熙梔一人。

大門傳來關上的聲響，顧熙梔的眼角滑過一滴淚水，她無聲地嘆了口氣。

有一根刺，始終深深插在她的心窩上。

如果可以，她很希望這輩子都不要再見到那個人。

⁕

良久，顧熙梔才想起她的直播還開著。

露出有些無奈地苦笑，直至現在才發現後背早已濕成一片，但還是一邊重新將麥克風打開，並跟還在直播內讀者粉絲們道歉。

她下意識地往留言區一瞥，卻看到不少關心自己的留言如雨後春筍般冒出，霎時間心頭一暖，翻湧出的情緒顯露在眼角的濕潤裡。

『聲音怪怪的耶？』

『是不是出什麼事了？』

『要不要幫忙！』

「……已經沒事了！」顧熙梔以指腹抹去停留在眼角的苦澀，笑望著眼前的一切，「真的沒事了啦！」

這時系統彈跳出了一則通知，顧熙梔就像往常一樣自然地望向那個欄位。

小星星　已訂閱您　共$24.99

原本直覺性地想向訂閱者道謝，顧熙梔卻在看到對方的使用者帳號後愣了一下。

……她只覺得，怎麼最近周遭有很多人的帳號都跟「星星」有關啊？

但下一秒她甩甩頭，不想將太多可能的巧合牽扯在一起，本想繼續剛剛中斷直播前的話題，但就在這時系統又跳出通知。

小星星　Donate您　共$5,000

雖然不梔到妳發生什麼事

但我會一直都在

「謝謝小星星，但五千鎂太多了啦！」這一次是抖內訊息，但顧熙梔顯得有點不知所措，並且在看了他的留言後，心跳不知道為什麼有點加速，而後又想起自家室友的話，突然一陣害羞，感覺臉頰有些發燙。

「不過是『知道』，不是『梔到』喔！不要寫錯啦！」不想被其他人看出她正在害羞，於是顧熙梔便把重點轉移到他的留言錯字上。

『靠　土豪啊』

『快截圖　我看到土豪ㄌ』

『您的國文小老師已在路上～』

『錯字糾察隊嘻嘻』

顧熙梔看了留言區一眼，同時看到最新的留言是剛剛那個訂閱並又抖內自己的帳號，回覆了一個「好」字。

第五場遊戲　浮木

「不過啊！要抖內我可以，但不要抖這麼多啦！」顧熙梔像是又想到什麼，補充說道：「錢真的不好賺呢！」

說完，顧熙梔又跟讀者粉絲隨意聊了幾句，隨手點了手機螢幕後，發覺已快要到晚餐時間，便跟讀者粉絲們說了道別的話。

『梔梔不要再變失蹤人口囉』

『下次見』

『好想看與少年嗚嗚嗚　梔梔又要繼續富奸了』

顧熙梔看了留言區一眼，感到好笑似的無奈嘆氣，移動滑鼠游標將直播關掉，緊繃著的肩膀鬆懈下來，靠在椅背上沉澱心情。

腦海中莫名浮現出那個熟悉的帳號名稱，白衣少年揮劍的身影彷彿就在眼前，於是顧熙梔不由自主地開啟了LFF的遊戲頁面，耳邊又響起室友故意帶著捲舌音的那句話，她感覺臉頰的溫度不斷升起。

而突然地，意識裡的疼痛像是在無聲地抗議，似乎是不允許顧熙梔忘記所有的一切，揪住她的四肢百骸、緊緊抓著她的左腿不放，尖刺般的疼痛如閃電，一下就傳遍全身，用力咬住的牙關也不停打顫。

額際不斷冒出汗珠，顧熙梔伸手，止痛藥盒就近在咫尺，但卻屢次失敗。嘴裡發出低啞、不成詞語的聲響，一雙眼底下逐漸蘊含出怒意，狠狠地咬在自己的唇畔上，鮮紅色的血滴落在掌心，沾染的色彩頓時與虎口處的心形疤痕相似，沉重地緊捏成拳，絕望地砸在桌面上，也強忍著不讓盛滿的淚水滑落。

此時，ＬＦＦ遊戲的系統內響起提示音，提醒著有訊息向她傳來。

顧熙梔強忍著痛，抬頭一看，發現是小星星向她發送的組隊邀請。

顧熙梔睜著大大的、玻璃珠似的褐色眼睛，彷彿在那瞬間看見一道絢爛的星星劃過天際，也就在看到那個帳號名稱後的這一剎那，那陣椎心刺骨的疼痛竟也舒緩了。

『近來房間　來玩』

顧熙梔蹙起眉，心中泛起一陣怪異。

在她過往發作的經驗裡，縱使吃了止痛藥，疼痛也從來都不會輕易饒恕她。

✷

顧熙梔進到組隊房間後，想起剛剛他的錯字，便玩笑般在訊息欄位打上一句：

『是「進來」不是「近來」　等等去罰寫十遍』

甫發送的那句話，系統顯示小星星已經讀取。

但他並沒有對此回覆，而訊息欄的最後一句話就停留在顧熙梔剛才的那句。時鐘的分針也向著中心的圓繞了好幾圈，她感到無聊地打了慵懶的呵欠，盯著對方遊戲內的名稱。良久，隨手就把心裡的疑惑寫在訊息欄位：「你最近在忙什麼啊？」

『忙比賽』這次他很快就回覆了。

『是呀？辛苦你了。』顧熙梔想了一下，認為這算是私事，因此並未多加追問。

因為在顧熙梔的認知裡，即使身處的世代中，現實生活已和網路密不可分，但她心裡還是會覺得應該要將兩者要劃清界線。

還開著的訊息欄，系統在這時跳出「小星星正在輸入……」的提示訊息。

『妳』

『是不是有什麼困擾？』小星星的訊息跳出，短短的幾個字卻一語中的，如鐵鎚般直接敲打在顧熙梔的心頭上。

『我』

顧熙梔只打出了一個字，隨後纖長的手指停滯在鍵盤上，再也無法組織話語，一對唇微啟，愣愣地坐在原地不動，與他交互的訊息欄位就此沉默。

直到遊戲畫面裡，兩人組成的隊伍排到一場對戰才突破了僵局。

顧熙梔依舊選擇了熟悉的魔法使角色，原本還悠悠地想看其他隊友的選擇，但此時她的電腦像是在鬧罷工般，魔法使揮舞法杖的動作停在半空中，遊戲的畫面就停在那瞬間。

「啊啊！這會不會被認定中離啊？」顧熙梔石化，同時也滿頭黑線，電腦過了快兩分鐘還是無動於衷。她欲哭無淚，伸手拍打了電腦幾下，但發覺依舊徒勞，有氣無力地低下頭，並愣愣地對電腦說：「而且，好不容易才跟他一起玩欸……」

「什麼一起玩？」這聲音是劉家家的。

說話的吐息溫度傳達到顧熙梔的耳廓，她摀住耳朵，驚恐地回頭瞪著不知何時回來、還站在自己身旁的劉家家，腳底因害羞而漲紅的顏色一路蔓延至頭頂，大概在Lag了三秒的時間後，才不顧形象抱頭大叫：「……啊啊啊啊啊——!!!」

「妳、在、幹、嘛、啊？」劉家家一臉八卦地湊近電腦螢幕，就見到遊戲畫面已恢復順暢，角色們在地圖裡跑動的畫面。

顧熙梔慌張地伸出手想抵擋她的目光，瞬間像隻八爪章魚一樣。

「小星星已擊殺敵人——！」此時ＬＦＦ內的提示語音響起，顧熙梔抿著嘴，洩氣地癱坐在椅子上，似乎接受了這木已成舟的事實。

「哎唷！」劉家家賊兮兮地看了她的電腦螢幕，手擱在嘴前方，但還是掩飾不住她姨母式的笑容，也像個見到女婿的丈母娘一樣激動，熱烈大喊：「3A宿舍，有女初長成啦！」

「你們果然有一腿！」接著回到寢室的王育池和林宣如捲著舌，也補上一句。

紅著一張臉、都快要能滴出血了，顧熙梔將臉埋進雙手中，巴不得找個洞鑽進去。

✷

還處在害羞情緒裡的顧熙梔，在這場遊戲結束後，依然慣性地對小星星發出組隊邀請，但這次卻等不到對面人的回應。最終也因為發出去的組隊邀請遲遲沒有被回覆，系統便判定等待時間到了所以失效。

顧熙梔的目光低下，朝她的一雙手望去，指尖向掌心輕輕捏去又緩緩鬆開，看著空空如也的手掌，褐色的眼睛蒙上一層灰霧，暗暗地閃過一道水光。

她回過頭，寂寞的眼一一看著室友的背影。

「言敘上啊！」劉家家在位置上看柔道比賽，不文雅地張著腿，賣力地為選手振臂打氣。

林宣如小心翼翼拿著甘皮剪，專注地在修剪自己指緣的甘皮。

王育池是卷姐，她在為了最後一學期的獎學金努力，正在位置上努力消化今天上課的內容。

顧熙梔無聲無息地嘆了口氣，同時也拿起手機，注意到螢幕上的時間，在心中悄悄記下：「16點34分……」

縮著雙腿，一雙手展臂環抱住自己，顧熙梔隨手點開了論壇，看見了一個標題名為「ＬＦＦ職業聯賽，即將開賽！」的討論串。

稍稍看了一下裡面的內容，除了有職業聯賽的開賽時間以外，也有介紹各戰隊的選手成員，她滑著滑著，滑到介紹Redefined戰隊時手指停頓了一下。

對於這支戰隊的印象就是上次「次級聯賽」的比賽，頻頻從對手背後冒出來，打架強得跟鬼一樣……而顧熙梔印象最深刻的就是那個叫Star的選手，比賽風格華麗、絢爛得每一刻都令人驚豔，心尖上的躍動起伏，乘載著她邁向高高的雲端。

顧熙梔在看到內文有他的部分時，微熱的指尖不自覺在他的照片上短暫停留，她走神了片刻，只因為那對澄澈的眼裡似乎夾雜著寂寞。

也特別是那一日，他站在隊伍的末端、站在晦暗不明的角落裡，臉上沒有任何奪冠的喜悅，縱使舞臺光線再強烈，卻也無法將光送至他的身影旁，就好像黑暗是他永遠的歸屬。

顧熙梔想著，若他在人群中，她一定會在第一眼就認出他。

直到遊戲內的系統提示音響起，顧熙梔才回過神，她偷偷瞥了眼時鐘。

「二十五分鐘……」顧熙梔喃喃自語。

『那妳最近在忙什麼』訊息欄位裡，小星星也她問了一樣的問題。

『我呀？』顧熙梔在鍵盤上輕敲了幾個字後，突然有短暫的猶疑。

一道水珠從臉龐滑落地面，濺起點點的小水花，猶如激起心臟跳動的聲音，在耳膜旁不斷「撲通撲通——」的鼓譟，連帶血液也在全身中沸騰。

顧熙梔突然感到一陣熱，伸手拉拉她衣衫的領口想透透氣，同時也吞吞口水，心中正天人交戰……透露現實中的這一點點部分應該沒關係吧？

『最近大學快要畢業了。』顧熙梔心一橫，手指在鍵盤上飛舞，並按下送出按鈕。

長吁口氣，顧熙梔垂下腦袋，才正鬆了口氣，遊戲內又響起提示的聲響。

『那有決定妳以後要做什麼嗎』對面的人很快又問。

『而且感覺妳有心事』

顧熙梔看著對話框，來自小星星的最後一句話時，驚訝地張大了雙眼。

『你怎麼知道？』顧熙梔問他。

『看了妳直播　覺得妳好像怪怪的』他回。

『所以我想說訂閱＋抖內妳　妳會不會開心一點』

這下顧熙梔驚訝地連呼吸都忘了，驚呼了一聲，整個人跳了起來，慌忙地在鍵盤上打了一大串字。

『你怎麼會看我直播!!!而且太多了啦！給我你的銀行帳號！我還給你！』

『我不小心看到的』

『給妳的　全都給妳　我想要妳開心 :)』

『我不能拿!!!』顧熙梔快要嚇歪了，心裡也不斷吐槽小星星有些奇怪的價值觀。

『那　還是妳需要聊聊嗎』

顧熙梔面露遲疑，目光就放在訊息欄裡的這一句話許久。

在不確定對方的真實身分……這與她一貫的原則背道而馳，但小星星對於自己來說，好像也不算不熟，但又稱不上熟識。

顧熙梔認真地思考了下，他應該算是……隊友吧？

悄聲地回過頭，目光在寢室裡游移了幾許，隨後顧熙梔輕輕嘆了口氣，眼底一潭湖水閃爍，似乎也下定了決心。

如果是他的話……

『其實我不知道未來要做什麼。』

『我既沒有目標，也不知道該如何是好。』

『我也不知道該怎麼辦，越想就越覺得很害怕。』

『好茫然，也手足無措。』

顧熙梔手指敲在鍵盤上，她一句一句地打著。

而她並不知道的是，在另一頭的那個人，此時正無比認真地看著訊息欄裡一則一則跳出的訊息。

『那妳，有沒有興趣來我們隊當後勤？』他問。

『你們隊？』顧熙梔疑惑了一下，好奇心驅使她繼續問下去：『你們隊……是在做什麼的啊？』

一秒、兩秒過去，小星星又無聲無息地消失，沒有再回覆訊息，顧熙梔無奈地笑了一下，好像也開始習慣他這樣了。

而她正準備起身時，眼角卻瞥到訊息欄裡、系統跳出「**小星星正在輸入……**」的提示訊息。

『以電子設備，進行選手之間的鬥智、比賽。』這句話就這樣出現在顧熙梔的眼前。她愣住，這像是從O基百科上面抓下來的答案是怎麼回事？

『什麼？』所以他是在剛剛特別跑去查的嗎？

『那能加Lime嗎』

『啊那個　我沒其他意思　我是想跟妳說更多這方面的事』

顧熙梔看到這兩則訊息後笑了出來，沒等對方再說什麼，就回覆了對方一個「好」字。

隨後，顧熙梔在Lime上輸入了他的帳號，頁面跳轉，映入眼簾的是一張星空圖，而她同時也注意到他的用戶名是一個黃色星星的符號。

顧熙梔的手指摩挲在那顆黃色的星星上，兩朵紅霞飛上了她的臉頰，她笑得燦爛，將臉埋進了自己的臂彎之中，披在肩頭上的髮絲滑落，也嚐到了生平第一次的陣陣花香。

『你是不是很喜歡星星啊？』這是顧熙梔在Lime留給小星星的第一句話。

但小星星並沒有回應她的問題，自顧自地繼續說著：『我們隊　被安排在開幕戰的比賽』

顧熙梔覺得他的文法有些奇特，尚在咀嚼對方的文字訊息時，Lime又收到一則訊息。

『這是週五比賽的票　妳如果想能去　就拿這個給門口的人看』

訊息中還包含了一組連結，顧熙梔點擊進去以後，發現是ＬＦＦ職業聯賽的開幕戰門票，而上頭有一行醒目的紅色文字，寫著大大的「**Redefined戰隊人員限定**」，於是她震驚地瞪大雙眼：『所以你是他們隊的……工作人員嗎？』

『來看吧　妳來就會知道了』而他也並沒有回覆顧熙梔的這個疑問。

顧熙梔收下了門票後便向對方道謝，而小星星卻回覆：『不用謝　不會讓妳後悔的。』

顧熙梔疑惑，後悔什麼？

她接著收到一張照片，點開照片檔案後發現內容是一張紙，上頭寫了十次、歪歪扭扭像蚯蚓般的「進來」。

而她在關掉檔案的同時，又收到一則訊息：『抖內的錢就先放妳那邊，幫我保管。』

✷

在剛剛的同個時間裡，有著小鹿般乾淨雙眼的少年坐在電腦桌前打字，一雙眼中充滿了認真。

「你又在跟『熙熙攘攘』雙排了啊？」

突然一道男聲插入，打斷了路星辰敲擊著鍵盤的動作，黑軸鍵盤發出的特有清脆聲響也隨之停止。

「……」他沒有說話，依舊頂著一張冷臉，靜靜地坐在椅子上，好像世界永遠與他無關的樣子。

「欸欸，不是……」廖飛祈站在他身旁，狹長的狐狸眼傻愣地眨了幾下，似乎是看不下去般，十分無奈地扶額：「你喜歡她是吧？」

在Redefined戰隊基地裡，沒有誰不知道路星辰有個愛慕已久的「作者大大」。

但回應廖飛祈的又是一陣沉默。

「好啦！我是要來跟你說，你這個月的直播時數不夠，要記得補啊！」廖飛祈在心裡嘆氣，最後雙手一攤，說完後就轉身離開，離去的背影裡還能聽見他小聲嘀咕：「……也太悶騷了吧？喜歡人家就快點上啊……為什麼還要特別辦一隻小號陪她打遊戲？」

大概又過了幾分鐘後，這一次換季懿凡經過路星辰的位置。

而他無心的一瞥後，像是發現新大陸般激動地昭告天下：「啊啊啊！你各位啊快過來看！Star臉紅了！」

✷

「各位，我今天要出門！會晚一點回來……」週五傍晚下課，顧熙梔回到寢室後就這樣對坐在各自位置上的室友們說：「有留宿的3A隊員不用等我一起吃晚餐唷！」

而一眾室友給她的回覆卻是一片鴉雀無聲。

「呃？怎麼了嗎？」顧熙梔疑惑，尤其是在看到她們回過頭看向自己的表情，活像見鬼一樣。

「還問我們怎麼了？」劉家家不可置信，首先從位置上跳起來。

「大學四年，從來沒有傳過任何緋聞的顧熙梔……」林宣如緊接著發話，「今天要去約會了？」

「妳不是『異性自主隔離體』嗎？」王育池像電影裡的唐三藏一樣搖搖頭，帶著絕望的神情，悲痛欲絕地接話：「《與少年與劍》的結局又離我遠去了……」

「妳們在說什麼啊？」顧熙梔看自家室友們誇張的反應，嘴角一抽：「我是自己『一個人』要去看ＬＦＦ開幕戰啦！」

顧熙梔在說到重點時，還特別加強了重音。

「靠！都不揪的欸！」劉家家瞪大雙眼，隨後靠在桌邊故作難過地捶胸口。

「我本來也想找妳們，但我只拿到一張票而已……」顧熙梔感到抱歉地表示。

「據我所知，這場比賽的票早在一個月前就賣完了，而我們一個月前還沒開始玩ＬＦＦ。」王育池推了推架在鼻樑上、此時呈反光狀態的銀框眼鏡，兩指摸了摸下巴後，像是發現了什麼真相一樣：「這票是誰給妳的啊？」

顧熙梔看到室友們又是一臉八卦地看向自己，實在無法招架的她抬起自己「空空」的左手腕，隨意撇了眼後便說：「我……比賽快開始了，我先出門囉！」

她像一陣旋風快速地關上門後留下一眾室友，也不知道是誰突然開口：「她剛剛看的是肉錶嗎？」

✵

電競館外的行道樹，是一排排的黃花風鈴木。

在抵達電競館時，距離開賽還有一個小時，起初顧熙梔也覺得自己是不是太早到了。直到她看見場館外，身穿反光背心的工作人員正努力引導大批人潮依序排隊，還有警衛守在一旁待命。

排隊的隊伍中，幾乎是人手一組充氣加油棒，還有一個個LED燈牌，之中更不斷傳來陣陣的加油及鼓譟聲。

顧熙梔有點嚇到，順暢的腳步微頓，心想這不是離比賽開始還有一陣子嗎？不知道的人還以為是哪個人氣歌手要開演唱會。

而這時，隱約有車輛的引擎聲接近場館，鄰近車道這側的人群也紛紛抬起頭注目。

「欸快看、快看！那不是Redefined戰隊的巴士嗎？」有人指著車道的方向大喊。

這麼一喊，所有的粉絲也都看見了。

顧熙梔隨著那人指的方向看去，看見車身印有Redefined戰隊的隊名、整部都為黑紅色烤漆拼接的巴士緩緩向電競館停靠。

粉絲們蠢蠢欲動，接著個個像是喪屍一樣想包圍巴士，隨即場館的警衛衝上前維護秩序。

「請幫我簽名！」

「Star好帥啊——!!!」

「Fly嫁給我！」

「領隊大叔賽高！」

「阿瀚教練卡哇伊！」

「禧翔CP一生推！禧翔CP一生推！禧翔CP一生推！」

場面近乎失控，粉絲扯開嗓門嘶吼著，他們的熱情如火似的引爆了現場。

而顧熙梔嚇得連忙摀住耳朵。

巴士完全停止、車門開啟，首先下車的是Redefined戰隊的領隊，緊隨其後的則是教練。他們兩人沉著臉走下車，滿臉嚴肅地先是對圍繞在巴士旁的粉絲群眾微微欠身，隨後邁開步伐，挺拔的身影向場館內走去。

現場的粉絲們引頸期盼，接著就看到以隊長Fly為首，之後隊員們一個個接續下車。

「一、二、三、四……嗯？」顧熙梔在人牆外，她必須踮著腳才能見到裡頭的景象，在心裡數著下車的選手們，心中抱持的期望卻稍稍落空。

而現場疑惑聲四起。

因為下車的人少了一個，就是在場所有人最期待見到的——Star。

✷

顧熙梔走在由紅白相間鋪成的磚塊行道上。

「天啊……剛剛也太可怕了吧？」顧熙梔搓著手臂，不斷想起不久前的混亂場面，「要當電競選手還真不容易。」

走著走著，顧熙梔回過神，看著逐漸陌生的四周景象不禁嘆了口氣，確定自己是迷路了。

然而，夏夜的風輕輕吹拂，顧熙梔瞇起眼，將幾縷頑皮的髮絲勾至耳後，也注意到飛散至眼前的鵝黃色花瓣，便伸出了手，她攤平掌心，將那些花瓣牢牢握住。

「黃花風鈴木……嗎？」

目光從手中移開，顧熙梔此時卻注意到不遠處有個倚牆而坐的少年。

寂寞寫在那對澄澈的雙眼裡，光似乎是他永遠也無法觸及之物，使得黑暗會是他一輩子的歸屬……

指尖傳來那日摩挲的熱度，勾得顧熙梔的心一陣揪緊。她一定會在第一眼就認出他。

顧熙梔的步伐向前跨了一步，也像是踩到對方的警戒線，披著黑紅色戰隊外套的Star滿是不悅地站起身，縱使此刻臉色蒼白，但他不耐煩的情緒依舊表露無遺，正準備轉頭走人時，顧熙栀忍不住開口。

「Star……？」顧熙栀的聲音帶著不確定性，怯生生地喊了代表他的名字。

少年猝然停下腳步，他緩緩回過頭，神情呆若木雞，目光漸漸低下，像是想確認什麼般地往顧熙栀垂下的左手望去。

那瞬間，少年收起明顯外放的敵意，他的眼溫柔地撫過顧熙栀身上的每一寸，深幽的褐眸也多了份光彩。接著，他緊抿的唇線微微地向上勾起，一雙澄澈乾淨的眼在空氣裡閃耀，似乎有水光流動。

而突然之間，一個男人從一旁的大門跑出，氣喘吁吁地扯著Star的手臂：「你……果然在這裡！快點……比賽要開始了！」然後，那人就將Star帶離現場。

顧熙栀呆然看著兩人逐漸跑遠的身影，還來不及釐清剛剛有些奇異的氛圍，只看清來人是Redefined戰隊的教練。

「妳是誰？」

此時身後傳來一個氣急敗壞的喊聲，顧熙栀嚇得回過頭，見到是面紅耳赤的會場警衛，手掌用力拍著外牆上張貼的告示，大聲吼道：「一般人不能來這裡！趕快離開！」

顧熙栀感到不好意思地向那人說著抱歉，隨即快步離開現場。

而警衛嘴裡還碎唸著「年輕人追星追到瘋掉了」、「連字都不會看」等話，但顧熙栀並沒有將那些話聽進去，因為她的心裡已經種下滿滿的疑惑。

✸

顧熙栀入座以後，身後不斷傳來其他粉絲的耳語。

她顯得面有難色，握著手機的手不由自主地出力……她怎麼樣也沒想到小星星給她的那張票，位置竟然是在第一排的正中間！

「欸！我聽說那個位置……」

「她怎麼能坐那裡啊？」

「那是有錢也買不到的位置欸。」

「真好欸！」

會場架設的聚光燈照射在頭頂上方，周遭人們說話的聲音、地板傳來走動的震動聲，以及不斷襲來的目光，都令她都感到難受不已。

霎那間，顧熙梔的耳畔嗡嗡作響，聽不見任何聲音，只聽到由體內深處那如失控列車般不斷加速的心跳，她大力地吞吞口水，想改善耳鳴的症狀，但卻一點用處也沒有。感知逐漸潰散，顧熙梔覺得她就要昏過去，眼前即將迎接永恆的黑暗。

此時，手中的手機傳來震動，顧熙梔伸出早已被自己捏得泛白、微微顫抖的指尖，輕觸螢幕。

顧熙梔低下頭，眼前浮現出那顆黃色的星星符號。

『妳到了嗎』

小星星的Lime訊息猶如海中的浮木，眼前逐漸模糊，顧熙梔再顧不得所有，衝上前緊緊地抱住了他。

『我到了。』顧熙梔先是回覆了這句話後，側著頭想了想、之後又在訊息中補充道：『先預祝貴隊旗開得勝！』

將訊息發送出去以後，顧熙梔的眼浮出笑容，而她也並沒有察覺，在舞臺左方的一個角落裡，有一雙眼睛始終一直盯著自己。

第六場遊戲　高人指點

主播與賽評兩人走上主播臺。

「大家好！我是主播山羊！現在，在職業聯賽開幕週的第一場比賽就要開始啦！」主播山羊抓起麥克風，興奮的聲音迴盪在整著場館裡。

從主播臺傳來的開場白，連帶臺下粉絲發出猛烈高呼，令現場又是一陣沸騰，紛紛為自己支持的隊伍大力應援。

「我是賽評久久！」賽評久久也難掩期待，聲音飽含著笑意，「今天究竟會鹿死誰手呢？讓我們一起看下去吧！」

「今天的對戰組合！是由萬眾矚目的新秀Redefined戰隊，來對上上季的殿軍ＡＡＫ戰隊！」主播山羊說完後，高舉的右手向場中央指去：「現在讓我們將目光轉到大螢幕上！」

會場內的燈光逐漸暗下，顧熙梔目光呆滯、心頭輕顫，直到在轉播的大螢幕裡看見Redefined戰隊的隊名時，她才漸漸鬆了口氣。

聲音從兩側的音響流瀉而出，漸強的磅礴配樂抓住在場每個人的耳朵，顧熙梔專注地看著介紹戰隊成員的先導影片，而當Star選手不太情願的憂鬱側臉出現在大螢幕上，會場內傳來一陣爆炸的歡呼、失控的尖叫聲，好像要將屋頂掀開似的。

顧熙梔嚇得摀住耳朵，喃喃自語道：「現場又更驚人耶……」

在雙方的先導影片播放完畢後，會場的燈光逐漸亮起，選手們也都就了比賽定位。

顧熙梔一雙褐色的眼轉呀轉，好奇地望向在臺上的每一位選手，直到目光落在某處時，她忍不住發出了聲驚呼……因為她好像跟Star對上視線了。

但很快，粉絲們的吶喊聲蓋過了顧熙梔的思緒，將她拉回現實，同時也注意到大螢幕的轉播畫面裡，Star選擇了身著白衣的少年劍神角色。

「果然Star選手就在首場比賽拿出他的招牌角色迎戰！」主播山羊高昂的聲音，又帶起會場內一波熱度，而後，他注意到轉播畫面，再也掩不住情緒，興奮地都快要從主播臺跳起來，「比賽終於開始了！」

「我們看到在藍色陣營的Redefined戰隊，以及位在紅色陣營的ＡＡＫ戰隊都出發啦！」

「喔？遊戲時間才剛開始，就開始有攻勢產生了嗎?!」賽評久久看著面前的轉播螢幕裡，雙方不斷試探靠近，於是一把抓起置於面前的麥克風一陣激動大喊，使得場館裡的氣氛更加沸騰。

但顧熙梔的目光不由自主地往Star那看去，看到他戴著有些陳舊，且對他來說過大的耳罩式耳機，一時之間她呆愣望著前方，心中快速閃過了數個如書本翻頁般，閃爍不已的記憶：「好像在哪……」

然而，一旁多了份下沉的力道，連著的椅子也跟著震動，顧熙梔突感到一陣涼意，心中訝異，回過頭，察覺原先空著的座位上多了個身著格紋西裝的男人。既使看見他眉宇間的疲憊，但仍可感受到他的氣質高雅，但冷峻的氣息卻不禁令人寒毛直豎。

而男人也似乎在壓抑胸膛間喘氣的機能反應，在輕拉外套上凌亂的下領片後，開始調整領口鬆開的暗色領帶。

他的手裡還拿著車鑰匙，但顧熙梔的眼突然被那上頭掛著的、對那人而言有些突兀的淺藍色飾品深深吸引，她因此而感到好奇，便瞇起眼，想對此一探究竟。

飾品是壓克力的材質，淺藍色的圓裡彷彿能看見無邊無際的天空，中間還有一對白色的翅膀，像是自由自在飛翔的象徵；除此之外，顧熙梔更注意到下方似乎還有一串英文字母。

男人留意到顧熙梔的視線，一雙紫羅蘭色的眼淡淡地向她掃過。

兩人彼此不語，而顧熙梔此刻充滿尷尬，卻也察覺男人的那張臉似乎在哪見過。

突然間，會場內傳來粉絲們的驚呼聲。

「觀眾朋友啊！現在我們看到紅色陣營選手好兇啊！直接讓藍色陣營的輸出選手承受一波攻擊！這對Redefined戰隊來說絕對是大大的劣勢啊！」主播山羊連珠砲似的語速十分驚人。

「但他們似乎有點心急啊……」賽評久久接著說。

顧熙梔的注意力轉回轉播的大螢幕上，看見Redefined戰隊的輸出選手Lion，以及輔助選手Sean在下路因失誤而被對手逮個正著，所幸在上路的Fly選手和遊走在野區的One選手及時趕到，不僅免除了兩人人頭落地的結果，還給予火力十足攻擊支援，因此成功反殺對手。

在Redefined戰隊取得擊殺數後，現場爆出陣陣歡呼及尖叫聲，還有幾個比較激動的粉絲一路舉著燈牌狂奔，在舞臺前面熱烈狂吼。

場面真的十分熱血激昂。

「ＡＡＫ戰隊成為囊中之物啊！」主播山羊在看到畫面後，馬上做出反應並即時播報。

「哇，這一波原本ＡＡＫ戰隊想藉此取得優勢啊，沒想到Redefined戰隊這麼快就趕來支援！」

同時，鏡頭畫面帶到中路，正與對手對峙的是剛剛沒參與攻勢的Star。他操作著一襲白色長袍的少年，刀刃出鞘，在那一瞬間疾如雷電，衝上前對敵人發出一波攻擊，而現場又度再爆出一陣巨大歡呼。

顧熙梔緊張到都沒注意自己忘了呼吸。

「這難道會是本賽季的第一號單殺嗎？」主播山羊不可置信地說。

而馬上，Star操作的角色在倒下的對手旁高唱勝利之歌，賽評久久見此笑著接話：「山羊你沒看錯！各位觀眾，Star才剛出賽！就拿到了屬於他的第一個單殺積分了！」

「這也是在所有出賽紀錄中，最快取得單殺積分的選手！」主播山羊興高采烈地說，「實在是太厲害了……」

最終，Redefined戰隊在拿下大多數的資源，也打出幾波完美團戰，在他們大幅領先時，像是算準遊戲時間，於二十分鐘的時候攻入敵方的堡壘要塞。

最終AAK戰隊無力回天，堡壘要塞處於門戶大開的情況，在場館內的Redefined戰隊粉絲此時無比激動，開始此起彼落呼喊著Redefined的隊名，與此同時，就由Redefined戰隊收下這一場勝利！

「我們恭喜Redefined戰隊拿下了在職業聯賽的第一場勝利！」主播山羊看著鏡頭畫面裡所帶出的勝利通知，由衷地祝賀Redefined戰隊。

「Redefined戰隊真的不容小覷啊！」賽評久久在整個比賽過程中也是驚呼連連，「看來會帶給這季的比賽一些衝擊呢！」

看著舞臺上的選手們紛紛脫下耳機，顧熙梔直到現在才鬆了口氣，她的目光又下意識地往Star的方向望。

這一次，Star像是做出回應般，從高高的舞臺由上往下直視著顧熙梔。

那一瞬間，顧熙梔好像看見盛開的黃花風鈴木花瓣飄散在會場內。

她身後的女粉絲如花痴般相繼發出尖叫：

「Star在看這邊！」

「他好帥喔！」

顧熙梔回過神，想轉移注意力般低下頭，有些慌張地掏出手機，在與小星星的Lime訊息欄裡輕輕敲了幾下鍵盤後將訊息送出。

Star見狀，那雙眼的神色黯淡了些許，低著頭在Fly的指示下向ＡＡＫ戰隊的方向前去致意。

在場如雷的掌聲沒有間斷。

而Redefined戰隊選手向對手握手致意後，正要走下舞臺時，其中Sean的目光見到了坐在第一排身著格紋西裝的男人身上。

Sean的腳步停歇，一張臉上的神情緊緊擰成一塊，看上去像是快要哭出來一樣。

One順著Sean的目光向舞臺下方看去，先是面露驚訝，隨即收拾好情緒向男人點點頭後，輕輕朝Sean的肩膀拍了拍，便儘速將他帶離舞臺。

顧熙梔因為在離舞臺最近的位置，將這一切都盡收眼底，不解地望了身旁的男人一眼，才突然驚覺他除了眼睛的顏色之外，其餘五官長相竟都與Sean十分神似。

那男人依舊不發一語，倏地起身、只低低嘆了口氣後，頭也不回地離開比賽會場。

顧熙梔滿臉疑惑，回頭望著男人越走越遠的疲憊身影，似乎還未將剛剛發生的所有事消化完，一旁的女性工作人員就面帶微笑地朝她走來。

「要麻煩您留步，請稍等一下喔！」

✷

Redefined戰隊選手在結束比賽後，回到了他們的休息室。

休息室內燈火通明，折疊式的桌椅整齊地排列在室內，而一旁牆上鑲著的42吋電視，正在重播他們今日的精彩瞬間。

「欸欸，Fly隊！所以這場賽後訪問要誰去啊？」季懿凡已經把裝備都收進包包裡，好像才突然想到這個問題。

「我想想喔……」隊長廖飛祈停下手邊收拾的動作，「就Star你去吧！」

廖飛祈此話一出，就看到季懿凡抓著衣服下擺扭來扭去，故意鬧道：「我也要去！人家想看妹子啦！」

而正貼著牆罰站的金榮禧與李承翔原本也想參上一腳，但卻在廖飛祈投射過來的目光下縮了回去。他們兩人瞬間讀懂來自隊長那對狐狸眼中的訊息，明明是燥熱不已的夜晚，他們卻雙雙打了個寒顫，然後這兩人同時心虛地看向一旁，沉默不語。

他們自已心裡知道，今天差一點就因為他們而輸了比賽。

「你們兩個，回去各加練三小時。」

而被點名到要接受採訪的那位似乎還不在狀況裡，彷彿沒聽見剛剛休息室內發生的一切，依然低頭看著自己的手機。

路星辰的視線停留在Lime的對話頁面，來自對方的最新一則訊息。

廖飛祈嘆了口氣，因為他從一回到休息室內就是這個模樣，已經維持這個動作十分鐘了。

一直到場館工作人員進來休息室，詢問Redefined戰隊今天要由哪一位選手上臺接受訪問，然後就看到廖飛祈直接把路星辰的後領拎了起來、扔了出去。

「是他，就再麻煩了。」廖飛祈感到頭痛無比，他的一雙狐狸眼雖然是笑著的，但笑意卻達不到那深深的眼底。

此時的路星辰好像才意識到自己現在的情況，被打斷的不爽情緒漸漸顯露在臉上；但廖飛祈就像是已經預想到會發生的狀況，就在他耳邊說了幾句後，接著看到他恢復成平常那一貫的冷臉。

礙於目前情況，廖飛祈只能強忍笑意，趕緊將人交給工作人員。

「好的，請跟我走。」工作人員笑容可掬，帶領路星辰往舞臺方向前進。

「隊長、隊長，你剛剛跟Star講什麼啊？我看他原本不爽不爽的，然後突然又好了欸？」季懿凡屁顛屁顛地跑到廖飛祈身邊，好奇地問自家隊長。

「你還記得他為什麼回來這裡嗎？」廖飛祈轉頭問他。

「記得啊，因為作者大大……」季懿凡一副理所當然地回答，但話還沒說完卻像是想到什麼一樣，理解般地點點頭：「不會是剛剛Star盯著的妹子吧？」

廖飛祈終於大聲笑了出來，也看來季懿凡還算蠻聰明的嘛！

隨後他提起自己的裝備包，順帶叫上在角落裡那兩個滿頭黑線、已經進入石化狀態的下路雙人搭檔，他道：「先走吧，等等回去要開檢討會了。」

＊

「我們歡迎今天要接受訪問的Redefined戰隊選手——Star！」女主持人依舊是上次想將Star「吃乾抹淨」的那個。

但在經過上次的採訪事件後，這個女主持人已經不像之前那樣露出明顯企圖、無時無刻都對他放電，因為當事人完完全全無視了她。

女主持人在心裡冷哼，她對這種冷漠且讓自己在論壇上被狠狠酸了三天三夜的少年早已失去興趣。

而從Star站上臺的那一刻，現場的鎂光燈以及尖叫聲就未曾停歇，但他依舊一言不發。

只不過這次他沒有從頭到尾低著頭盯著自己的鞋尖，因為他正盯著臺下，默默望向此刻抱著一大束百合花、正在跟工作人員說話的顧熙梔。

「我們先訪問Star選手！你在剛剛比賽裡拿到了今年、也是生涯的第一個單殺點，想問你那時候在想什麼呢？」女主持人硬著頭皮問。

在論壇中獲得「採訪黑洞・外星人」這個新封號的Star，這一次卻直接開了口。他的視線自始至終都追隨著顧熙梔，而所有人都聽到他以低沉且帶有一種特別磁性的嗓音回覆：「我在想……怎麼樣才能讓人不後悔？」而當然，他這句話是用英文說的。

此話一出，女主持人頭上冒出三條黑線。她無論如何都沒想到，擔任主持人的同時居然還要身兼翻譯，但臉上還是掛著最職業的笑容，將剛才Star有些奇怪，且牛頭不對馬嘴的回答轉換成中文給臺下及直播前的觀眾，隨後就速速將這個採訪收尾。

「好的，那現在開始進行獻花環節！」

顧熙梔原先還因為要上臺獻花而有些慌亂，但在聽見Star的回覆後，便猛地想起了小星星以奇特文法回應她的那句，心臟突然「碰、碰——」地亂跳了兩下，同時也聽見周圍的女粉絲激動地說：「Star選手好像正在看著我們這邊」、「幸福到快要死掉了」之類的話。

她抬起頭朝臺上看了一眼，而就這一眼，把顧熙梔嚇了一跳，因為Star真的緊盯著這個方向不放。

也一直到顧熙梔被工作人員示意該上臺獻花時，她都還有種想落荒而逃的念頭，因為臺下實在有太多雙眼睛盯著她了！同時，她也注意到一旁有無數臺攝影機正對著他們拍攝，於是她便心生一計，以褐色的髮將大半張臉都遮住後，一步一步地努力走到Star身邊。

這段路就好像走了一百年這麼久，果然她還是不太能適應這種場合，她也突然慶幸自己那年沒出席新人獎的頒獎典禮。

「現在我們請Star選手接下這個花束！」女主持人依舊掛著職業的笑容，「再次恭喜Redefined戰隊取得今天的勝利！」

在Star從接過顧熙梔手中的那束粉色包裝的百合花時，他的眼神淡淡地掃過她左手上的心形傷疤。

確認Star接下花束，顧熙梔就像鬆了一口氣一樣，對他笑了下後便轉身走下舞臺。

然而現在的顧熙梔還不知道，在她轉身後所發生的事卻讓自己上了今晚的論壇首頁。

＊

「顧熙梔啊啊啊啊啊！」劉家家這週跟顧熙梔一起留宿。而在顧熙梔一打開宿舍的門時，她就像餓很久的大型犬隻看到食物一樣撲了上去。

「噓——！」顧熙梔眼明手快地閃開，同時也將食指放在唇前，示意要劉家家放低音量，「很晚了，我可不想再被罰一次公差喔！」

「那那那、妳給我從實招來！」劉家家把顧熙梔的椅子拉到中間走道，示意她坐下。

「齁，就說了我跟他沒什麼啊！」顧熙梔一邊坐下，還一邊氣鼓鼓地說著。

劉家家雙手抱胸，好整以暇地走到顧熙梔身旁，語氣裡帶著一絲八卦的探詢意味：「誰？哪個他？妳現在在說哪一個？」

顧熙梔面露不解，還氣惱地打了劉家家一下：「小星星啊！」

劉家家沒有說話，逕自拿出自己的手機遞到顧熙梔眼前：「來，妳自己看看……」

「什麼啊？」顧熙梔接過那部手機，在看完了論壇的貼文後，望著劉家家癟起了嘴，一張臉也露出委屈。

「知名『採訪外星人』Star選手獲勝當晚，冰封的心被女粉絲融化虜獲……」劉家家將貼文標題一字不漏地唸了出來，「少來喔！沒什麼還會上臺獻花！」

劉家家待在宿舍看比賽直播，見到顧熙梔出現在臺上的那瞬間……直到現在她還是有點激動。

「我也是到那時候才知道要上臺啊。」顧熙梔委屈巴巴地表示。

劉家家還點開另一則貼文附上的影片，遞到顧熙梔面前晃了晃。

「欸！怎麼還有影片……」顧熙梔無奈地扶額。

「妳看他！他一直在看妳！妳走之後他就看著那束花在笑！然後妳看……他整個臉『埋』進那束花裡欸！」劉家家十分激動，蹦蹦跳跳地都快要把地板給跳破了，「現在大家都在問妳跟他到底是什麼關係欸？」

看完那部完整的「紀錄片」以後，顧熙梔不敢置信地摀著嘴：「我真的完全不知道……」

劉家家對著顧熙梔咋舌，同時裡也搖了搖手：「妳這個時間管理大師！」

「等等啦！我今天真的是自己一個人去……」顧熙梔放下手機，雙手高舉著投降動作，「票是小星星給我的，他是Redefined戰隊的工作人員！」

劉家家沒有說話，但臉上露出的狐疑表情出賣了她。

顧熙梔舉起手，在額際旁伸出三根手指，同時也無比認真說道：「我也是到剛剛才知道要上去獻花啊。」

劉家家看著她的表情，過了數秒後才緩緩嘆了口氣：「我只是很害怕妳被『他』找到，畢竟『他』連妳的電話都……」

顧熙梔的神色閃過一絲驚慌，隨後她失神地揚起雙手，緊緊抱住自己。

「但妳居然用頭髮擋住臉，我該稱讚妳嗎……？」劉家家輕輕拍著顧熙梔的後背，再以指節敲了下她的頭頂，「還有啊！」

顧熙梔來不及喊痛，摀著頭頂、眼眶泛淚，抬頭對著劉家家大喊：「還有啊？」

劉家家頓時無語：「我也很怕妳被騙……畢竟我真的沒看過妳跟哪個異性有什麼接觸！」

「……欸？為什麼？」顧熙梔歪頭，表示疑惑。

「啊，當我沒說……」劉家家見萬年神木依舊如此，抓抓頭後乾脆轉移話題：「要玩LFF嗎？」

「好啊！」顧熙梔快速地轉身、按下電腦的電源鍵，但又像想起什麼似的，突然回過頭問：「但，妳今天不用跟妳男友講電話嗎？」

「哎唷，他在國外比賽啦！」劉家家聳聳肩，也往自己的位置走去。

聞言，顧熙梔點點頭。她接著開啟LFF的遊戲介面，下意識地又往為數不多的好友欄位望去，第一眼就找到屬於他的名字。

但暗灰色的燈號顯示，今天的他依然維持離線。

已經過了好幾天了。

唇角硬是扯出一個奇怪的笑，顧熙梔撫過胸口，難受的感覺不斷湧現。

……她根本就沒有習慣。

顧熙梔的失望全寫在臉上，她輕咬著下唇，語帶失落地開口：「那，妳都不會想他嗎？」

「還說沒什麼嗎……？」劉家家喃喃自語，自兩人之間的小縫隙望著顧熙梔，窗外的光影掠動，她的側臉也陷入了陰霾之下。劉家家同時在心裡嘆了聲氣，才又開口：「我會想他，很想很想。」

「但我也會等他回來，因為我是他女朋友……也是這個世界上最愛他的人。」那一瞬間，劉家家笑得燦爛，目光也轉向擺在桌上一角的黃色相框中，裡頭少年少女的臉龐帶著稚氣，身上都穿著柔道服，兩人相擁、相視，彼此的眼中都只有對方。

顧熙梔抬起頭，月光恰好從窗戶照了進來，室內微微透著光亮。

劉家家說完後，雙手重重拍在自己的臉頰上，小麥色的肌膚甚至留下了清晰可見的掌印：「那……熙梔，我們今天玩隨機選角好了？」

「就是電腦隨機配角的那種嗎！」顧熙梔感到有趣，早已蓄勢待發，「我早就想玩看看了。」

隨即她們馬上被分配到一場遊戲對戰裡，顧熙梔眼前的畫面才剛跳轉成選角畫面時，就聽到劉家家趴在桌上演奏悲鳴：「完蛋，我覺得這個角色很難玩欸……」

顧熙梔瞥了眼自己的遊戲畫面，她分配到的角色是劉家家熟稔的輸出類型，接著她的視線往劉家家取得的角色望去，不禁略為出神，沉默片刻後才對她說：「我跟妳換吧？」

「謝謝熙梔大大的大恩大德，小的這場一定好好發揮！」劉家家聽到後，馬上從桌上滿血復活，並按下交換按鍵，隨後還誇張地對顧熙梔敬手指禮。

「太誇張囉！」顧熙梔蹙起眉，故作嫌棄。

直到進入遊戲後，顧熙梔才發現交換來的角色沒有想像中好操作，在第三次毫無作為就送給對面擊殺數以後，顧熙梔抱著頭嘆氣，望著變成灰白色的螢幕裡倒地不起的「少年劍神」而感到挫敗，也在心中哀怨道：「明明小星星玩起來就很帥！」

而遊戲裡同陣營的玩家A怒氣沖天，在通訊欄中發了句：『E04　熙熙攘攘也太爛了吧？趕快刪game回家喝奶去。』

劉家家見狀，過意不去地探出頭說：「抱歉啊，那個原本是我拿到的。」

「沒事，是我學不會……」顧熙梔抹了一把眼淚，正準備迎接角色復活時，突然看到自己的對話框中有訊息跳出。

竟然是不知道何時已經上線的小星星，正一字一句為她教學「少年劍神」的玩法。

顧熙栀突然覺得人生又燃起希望，也雖然被高手觀戰有點害羞，但她馬上就把身上的裝備改成小星星說的出裝順序。

小星星的這句話出現在訊息欄中，彷彿雪中送炭，令她心頭湧上一陣暖意，也感受到臉頰漸漸發出熱氣。

『有我在　妳不要怕』

而玩家A發現顧熙栀改變策略，但依舊吃了滿滿炸藥開砲：『唉唷？送頭仔熙熙攘攘，學Star出裝啊？』

於是顧熙栀回覆：『高人指點。』接著就將除了劉家家以外的帳號都按下禁言。

雖然最後她們這隊還是沒有贏，但顧熙栀已經不像一開始那樣送頭，甚至還拿到了幾個擊殺數。

劉家家見狀，越過她倆床位之間的梯子，疑惑問她：「真的有高人指點啊？」

顧熙栀聽到自家室友這麼問，然後又看到小星星傳來的遊戲邀請後，她便抬頭問了劉家家：「那妳要見一見高人嗎？」

第七場遊戲　碎裂

身著白衣、身姿颯爽、高舉神聖之破邪劍的少年劍神，在劍刃破風的伴奏下，穿梭在遊戲的所有角落。他所到之處、踏過的每一個地方，都全都被夷為平地、寸草不生。

於是在遊戲結束的同時，語音又興奮地宣布：「小星星已是傳奇——！」

「欸！顧熙梔！妳這哪撿到的寶啊……他也太強了吧！」劉家家不敢置信地捧著臉驚呼，她的嘴再張大一點可就要脫臼了。

「妳是忘記被他打趴過嗎？」顧熙梔一臉無奈。

「哎唷別這麼說啦！妳沒聽過一種說法嗎？」劉家家十分認真地望了顧熙梔一眼。

顧熙梔蹙了下眉，才開口：「什麼？」

「昨天的敵人，今天的戀人啊！」劉家家自信滿滿地說道，還驕傲地挺起什麼也沒有的胸膛。

顧熙梔汗顏，喝水的同時差點嗆到，傻眼地攤手道：「我們不是……還有妳說的到底是什麼歪理？」

「哎呀，好啦好啦！」劉家家拿起身旁的臉盆，將前一晚擺在地上瀝乾的盥洗瓶丟了進去，還走過來拍拍顧熙梔的肩膀，露出一個「我全都懂」的表情，「妳要加把勁喔！我會替妳加油的……我先去洗澡了！」

無言地看著走遠的背影，顧熙梔搖搖頭，正想要發送下一場遊戲邀請給小星星時，手機就收到來自他的兩條訊息。

『今天怎麼樣』

『還開心嗎』

顧熙梔回憶起在電競館內的每分每秒，仰頭看著大螢幕上的比賽畫面、能即時看見選手的表情及反應，還有令自己起雞皮疙瘩、觀眾震耳欲聾的歡呼加油聲……

她的手指在鍵盤上飛快地打字，並沒有意識到自己的臉上露出了滿足的笑容。

『我很開心，謝謝你。』

『那妳對那一個選手印象最深刻』小星星馬上又問。

顧熙梔的腦海中，不由自主地浮現出那個臉色蒼白、蹲坐在牆邊的少年。

總覺得他很需要關心。

『應該就是Star了吧！』顧熙梔回答。

『還有 是「哪」一個 不是「那」啦』

她將訊息送出後，感覺對方似乎停頓了幾秒鐘才又回覆訊息。

『像是哪邊？』

『全部啊！Star真的很厲害！』顧熙梔的手指停頓在半空中，眼前突然浮現遊戲內白衣少年揮劍的動作。

「真的，會有這種巧合嗎？」霎那間，顧熙梔將他們兩人重疊在一塊。但她立刻敲了下自己的腦袋，把這種怪異想法通通趕了出去。她將手機放在桌面，雙手無力地圈住自己彎起的膝蓋，喃喃地說：「電競選手怎麼可能會有時間……跟我們這種爛菜雞玩啊？」

逐漸暗下的手機螢幕收到一則則訊息，微小的光不懈地照在顧熙梔的側臉上。

顧熙梔嘆了一口氣後，才重新拿起手機查看。

『雖然』

『好像大家在比賽裡 只會看到在舞臺上的光芒四射的選手』

『但一個選手要發出光芒，不僅僅是他厲不厲害』

『在背後支撐支持　打理全部的人也很重要』

『這就是後勤的重要性』

顧熙梔反覆看著小星星傳來的訊息，深怕會漏掉了什麼資訊。

而接著收到他的語音訊息，顧熙梔按下了播放鍵，在聲音碰觸到耳朵的瞬間，心臟就像無法抑制地狂跳。

那是種低沉且獨具特色的聲線，富有磁性，也帶著些許慵懶，隱隱之中彷彿在不斷勾引她，令她不由自主地想靠近。

「所以……」

「妳願意嘗試看看嗎？」

但他的話就像一根釘子，用力地釘在顧熙梔的心頭上，也即將掀起她不願面對的那場巨大風暴。

✷

顧熙梔一動也不動地坐在位置上，彷彿過了一世紀之久。

劉家家從浴室走出來，被顧熙梔如死灰般的一張臉嚇到，倒退三步才找回自己的語言能力：「哇哩咧！顧熙梔……七月還沒到欸！」

因為她那模樣看起來，像是世界末日真的到來似的。

「我……」顧熙梔才剛開口，喉間卻像是沙漠般乾枯，痛苦地連一個字也擠不出來。

劉家家十分緊張，連頭髮還濕漉漉地在滴水都不管不顧，三步併作兩步趕忙拉過自己的椅子，奔至顧熙梔身旁坐下。

顧熙梔想了很久，還是緊抿著嘴，褐色的眼中露出痛苦：「我沒事啦……」憤怒的情緒與猛烈心跳使得淡青色的血管浮現在額際，劉家家為避免像上次那般打草驚蛇，因此再三告誡自己冷靜，但一雙緊握的拳頭仍顫抖不已。

顧熙梔選擇將臉別開，即使迷途卻也不想碰觸那道明顯的界線。

「看妳這樣，我就好痛苦。」劉家家咬著牙，悶悶的聲音從嘴裡發出。

「但我……我只是覺得，不應該把我的問題帶給妳們！」顧熙梔緊緊抓著自己的雙臂，強大的力道讓自己的身上多了好幾道鮮紅的指印，「妳們不也有自己的痛苦和煩惱嗎？」

「我是有啊！」劉家家氣憤地站起，身後的椅子被撞倒在地，她伸出手，大力地搖晃顧熙梔的肩膀。

顧熙梔被她搖晃得難受，忍住作嘔的反應開口：「所以，我更不可能再給妳們添麻煩了啊……」

「但，當初不就是妳對我伸手的嗎？」劉家家鬆開手，也痛苦地闔上眼。

＊

穿著制服的學生們三三兩兩地聚在一起，彼此間或是聊天、或是討論老師講課的重點，還有幾個學生趴在桌上補眠，教室最後一排的座位裡則不斷傳來紙張的「沙沙——」聲響。

少女揮動筆桿，在紙上不停地寫著，但也因為雙眼被厚重的瀏海蓋住而看不清她的表情。

幾個打扮得花枝招展、模樣像極了太妹的學生注意到少女的動作，不屑地朝她走去，伸手奪取了正在書寫的紙張。

少女愣了一下，看見被扯走的紙張上多了長長一條的筆墨痕跡。

「死啞巴轉學生！妳他媽的在寫什麼啊？」看起來像是為首的金髮太妹嘲諷地看了紙張上的內容。

「靠，不會要跟人告白吧？」頭上飄出刺鼻化學味的橘髮太妹也湊近一瞧。

「噁心！這麼陰沉誰會喜歡啊！」另一個染髮失敗、頭髮上卡了一坨奇怪顏色的太妹誇張地做出嘔吐狀，手還在鼻子前方嫌棄地扇了幾下，「超像冤魂的欸！」

幾人的嘲笑聲傳遍整個教室，但卻因為畏懼而沒有人敢上前勸阻。此時一旁還趴在桌上補眠的女學生緩緩睜開了眼睛，瞪著不斷吵鬧的方向，而她的目光冷冷的，就像浸在嚴寒的冰川之中。

「她在寫什麼……《與少年與劍》？」金髮太妹嫌惡地將紙張塞給身旁的跟班，「這字太多了啦！誰要看！」

「哎唷笑死！還寫到夥伴互相幫忙、陪伴咧！」橘髮太妹看了一眼後，浮誇地張大嘴巴笑著：「怎麼可能會有這種事啊！」

「……什麼『他那高高地舉起劍，目視遠方，就好像不畏懼遠方恐懼一樣。』天啊，真的好好笑！」染髮失敗的太妹按著肚子，忍不住大笑了起來。

「妳不會有作家夢吧？」金髮太妹的拳頭重重砸在少女的桌上，「死啞巴的破夢想怎麼可能會實現啊？」而少女雖然嚇了一跳，但依舊沒有開口說話，這樣的態度令對方更為惱火，正打算向她揮出拳頭時，一旁傳來課桌椅接連倒地的撞擊聲。

「喂！」原本還趴著補眠的女學生起身，整張臉上布滿兇惡的表情，隱藏在制服下的肌肉線條清晰可見，她斜眼，輕輕擰著脖子向那群太妹道：「妳們幾個……太無聊的話，我可以奉陪喔？」

少女的目光也隨之望去，注意到對方制服上的繡的名字是「劉家家」。

幾個太妹彷彿對劉家家畏懼三分，放下少女的寫得密密麻麻的紙張後便落荒而逃，而離開前還能聽見她們碎唸幾句：

「以前練過柔道了不起啊？」

「還不是什麼都沒有了……」

隨著聲音遠離，劉家家垂下眼，用力地咬著牙根不放，拳頭也死死地捏起，她轉過身，在臉上胡亂抹了一把後奔出教室。

少女望著劉家家跑遠的背影，默默起身，將倒了一地的課桌椅扶起。

⁂

一個悶悶的撞擊聲自校園一處陰暗角落傳來，而周遭的路人紛紛走避，沒有人敢蹚這趟渾水。

「媽的，看妳不爽很久了！」金髮太妹憤怒地甩甩手，「靠，打妳我也會痛欸！」

少女似乎撞擊到身後的水泥牆面，因為引力而後滑落地面，跌坐在了地上，但仍舊一言不發，還企圖往一旁被翻得亂七八糟的書包爬去。

另一邊的橘髮太妹大力將少女的手踩下，並愉快地將書包在地上一陣拖行：「哈哈哈！這樣好像遛狗喔！」

「還敢無視我？」金髮太妹見狀，又是衝上前對少女一陣拳打腳踢，「憑什麼妳可以不用上體育課？」

「欸欸！老大，我找到了！」染髮失敗的太妹興奮地高舉手搖晃，手裡的那疊紙張因而「啪啪——」作響。

少女掙扎著從地上爬起，正想伸手將屬於她的東西拿回來時，一股力道將她扯回原地。

「想去哪啊？」金髮太妹一把抓住了少女的褐髮，從口袋中掏出一個打火機，朝她們的方向扔，還露出邪惡一笑：「處理掉！」

少女不斷掙扎，金髮太妹高興地哈哈大笑，火焰自打火石碰撞之間產生，燃起的烈焰就要碰觸到那疊紙張……

下一秒，一道飛速的影子就像利刃劃破空氣，接連著是兩個人應聲倒下的聲響。

「妳們真的學不乖啊？」那聲音猶如黑暗中的死神，只不過她的手中沒有鐮刀的象徵，反而是赤手空拳前來、一步一步地向她們走近。

「我……」眼看兩個得力跟班都倒下，金髮太妹慌張不已，加重了扯著少女頭髮的力道。

少女死死咬著唇，看似痛苦不已地緊抱著頭。

「我什麼？」劉家家對此嗤之以鼻，「不是說了我可以奉陪嗎？」

「破銅爛鐵少在那邊打嘴炮！」金髮太妹將少女往一旁甩，還順手抓起地上的石塊，氣得向劉家家的方向衝。

少女頂著一頭亂髮，跌倒在地。在金髮太妹發出攻勢的那瞬間，依稀能從髮間縫隙看見她眼中閃過的驚慌，卻在慌忙閉上眼前捕捉到劉家家唇畔上掛著的冷冷笑意。緊接著就聽見物體撞擊地面的聲音，以及幾聲悶哼。

少女緩緩睜開眼睛，見到金髮太妹無聲無息倒在一邊，就只剩下劉家家獨自一人好好地站著。

「媽的，說誰是破銅爛鐵啊！」劉家家不太舒服地扭動肩膀，顯然也氣憤不已。這時她注意到少女呆呆地望著自己，便朝對方走了過去，「妳還好吧？有受傷嗎？」

但少女並沒有給出任何反應。

「怎麼都無法溝通啊……？」劉家家嘆了口氣，聳聳肩，目光尷尬地看向一旁，「好吧，那我走囉！」

語畢，劉家家真的轉身就走。

而少女抓起散落一地的物品，隨意地塞進書包內，並邁出腳步跟在她身後。

＊

劉家家紅著臉，迎來其他學生的目光，幾乎是憋著氣走在走廊上。

「也太丟臉……到底在幹嘛啦？」劉家家心裡哀嚎，但她也並不想理會身後跟著的少女。

少女就像不懂得放棄一樣，繼續跟著劉家家走著。

然而，走廊上圍觀的學生也越來越多。

劉家家決定加快腳步，想以速度甩掉陰魂不散的「冤魂」。

卻沒想到，身後傳來倒地的聲音。

「妳……？」劉家家回過頭，驚訝的表情全寫在臉上。

少女雖還趴在地上，但卻頑強地撐起身子，抬頭指著劉家家，此時她厚重的瀏海散開，先令人留意到的是在右眼角的那顆淚痣，還有那雙堅毅、閃著水光的雙眼。

她似乎努力地想開口說話，幾經嘗試後，終於聽見她小小的、細碎的嗓音：「我我……喜歡妳寫的文、章……章，敘事……很棒……很有條、條理。」

雖然許是人生中的幾個過場，但劉家家依然久違地聽見自己澎湃的心跳聲，彷彿就像當初站在賽場上，找回了高聲歡呼勝利的那一刻。

「妳也……也許可、可以當……體育記者啊！」

＊

「就是……」顧熙梔吞吞口水，最後在劉家家的注目下將一連串的話全部吐出：「我現在要說的是我朋友的事啦！」

劉家家在心裡翻了一大圈白眼，因為顧熙梔的事她比誰都還清楚。除了這間寢室的三個人以外，顧熙梔平時就沒有其他比較親近的人，而她本人似乎也不願意再多跟其他人熟識……

所以她哪來的其他朋友？

頂多最近多了那個小星星嘛！

「我那個朋友啊，她還是學生，有正在連載的已出版小說，但不久前收到有人邀請她去嘗試電競戰隊的後勤。」顧熙梔自以為這個編得很好的故事，但劉家家已經快憋不住笑意了。

直到聽見最後一句話後，劉家家驚訝地站了起來，連原本想吐槽的話都忘了說。

「妳說……戰隊邀請妳嗎？」劉家家眼睛瞪得老大，像是還在消化顧熙梔的話。

「不，不是我啦！是我朋友！」顧熙梔舉起手，嚴正否認。

「啊對對對，是妳朋友！」劉家家吐吐舌，驚訝得都忘了她的小堅持，「我是覺得這個機會很不錯啊！可以嘗試看看，能見到不同的世界。」

「但她很害怕，也擔心小說會不會沒辦法跟後勤兼顧……」顧熙梔嘆了口氣，才說出她的擔憂：「最後兩邊都沒做好。」

「嗯……我覺得妳可以跟他們說清楚，跟他們協議工作時間呀！」劉家家思考了一下，也補充了一句：「喔，我是說妳朋友啦！」

顧熙梔點點頭，但沒自信的神態卻占據了她的表情。

劉家家見狀，伸手抱住顧熙梔，並在她的背上輕輕拍了幾下。

「對不起……」顧熙梔感到抱歉地說：「我只是擔心會給妳們添麻煩。」

「會覺得這樣就麻煩的，就不是朋友了吧？」劉家家笑著說：「我只再說一次喔！我們從來都沒有覺得麻煩或討厭……因為我們是朋友啊！」

這瞬間，顧熙梔突然覺得心裡那一塊築起的城牆崩落、碎裂，接著是燦爛的陽光照射進來，原本荒蕪貧脊的土地上，此刻終於有了一片生機。

「謝謝妳。」顧熙梔回應了劉家家的擁抱，閉上眼，露出了無比感謝的笑容，溫熱的液體滑過臉頰，她伸出手、像是接納一切，將所有都收進自己懷中。

「妳一定很害怕吧？別怕了，我們都會陪著妳……」劉家家像是感受到顧熙梔的變化，想起她曾經提過自己那部小說的創作背景，情緒一激動又哭了起來，「就像《與少年與劍》的夥伴們那樣，我們會像他們陪伴主角一樣陪著妳的！」

而這一個夜晚，是顧熙梔近期睡得最安穩的一覺，壓著自己的大石碎去，使得她心中輕盈了起來、也漸漸看得清前面的道路。

✷

清早，Redefined戰隊的練習室內就只有兩人。

那對狹長的狐狸眼不斷回頭，偷偷瞧著在第三排座位裡、有著小鹿般乾淨雙眼的少年。

少年此時坐在自己平常練習的位置上，他的手緊握滑鼠，還開著的遊戲畫面變成灰白色的，不知已維持同一個姿勢過了多久，像是出神般看著自己座位旁的書架。

書架上除了放了一排《與少年與劍》的小說，還有那束粉紅色包裝的百合花。

直到從他身後傳來一道沉穩的男聲，打斷了他此刻的出神狀態。

「Star，你等等……」葉澈走到他的身後，才看見他此刻電腦螢幕的狀態，「欸？你在開直播啊？」

「嗯。」他將視線收了回來，淡淡地看過葉澈一眼。

「我等等有話要跟你說，等你關臺之後就來找……」葉澈的話還沒說完，就見他「啪」的一聲把直播關了，小鹿般的雙眼露出一個「現在就說」的眼神。

此時葉澈滿頭黑線，先是把一臉不明所以的他抓到角落狠狠唸了一頓，像是「關臺前要跟觀眾說一聲」、「開臺時不要一言不發」、「不要把觀眾晾在一邊」等等的。

廖飛祈忍不住笑意，還不慎跌下椅子。

葉澈和路星辰紛紛瞥了眼廖飛祈的方向。

隨後，葉澈無奈地嘆了口氣、扶了扶額，想起要找他的真正原因，便示意他在自己對面的位置坐下。

「你看一下這是誰。」葉澈拿出不久前收到的資料，放到他的面前。

而那名少年淡淡瞥了一眼，只不過在看見到熟悉的名字與作品名稱後，他淡漠的眼裡突然多了份溫度。

葉澈見此，愣了片刻。

路星辰的目光從資料移開，直盯著葉澈的表情裡像是寫著「然後呢？」

「你沒發現她是誰嗎？如果你很在意我可以拒……」葉澈有點激動地指著資料上的重點，但還沒說完就被一道低低的聲音打斷。

「是我推薦她來的。」少年的指尖觸摸著資料上的人名，唇角似乎輕輕勾起。

「什、什什……什麼？」葉澈驚訝的地方不僅是他說的這句話，也包含在一瞬間看到的情感。只可惜等到葉澈想再確認時，卻已經消失得無影無蹤，「你早就知道是她了嗎？」

「是。」他已經恢復成平常那樣淡漠的神情，「沒事的話，我要先回去練習了。」他後面的這句話是用英文說的，說完後也沒等葉澈做出反應，便起身離開了。

留下原地石化的葉澈還沒消化完過大的資訊量。

「難怪你那天問我那幾句話翻成中文要怎麼說……」廖飛祈終於從地上爬起，露出一臉八卦的表情：「呵呵還好我英文還不錯，不然要怎麼幫親愛的弟弟把妹呢？」

「……」路星辰坐回位置，完全不理會自家隊長在一旁的話，獨自冷漠地排起下一場排位。

第八場遊戲　背後支持

傍晚，幾個女生坐在寢室的地板上，正熱烈討論最新一季的化妝品。

「我覺得磚紅色的比較好看！」林宣如很堅持。

「但不是一上市就賣完了嗎？」王育池搖搖頭。

而顧熙梔沒有參與討論，一個人坐在位置上滑手機，她注意到論壇的一則熱門貼文，標題寫著：**【RED Star 開臺沉默？沒有畫面？不理觀眾？】**

顧熙梔戴上耳機，點擊Star的直播連結後，望著一片黑、什麼也沒有的畫面……直到臺內傳出鍵盤按鍵與滑鼠的點擊聲，從那一端不斷傳來的聲響提醒了她，此時正在「觀賞著」直播實況。

「那這個呢？顏色蠻像的！」劉家家將手機的畫面遞給兩人。

「但這個包裝比較美吧？」林宣如指指手中的螢幕，「是星星的欸！」

關鍵字一出，顧熙梔肩膀一縮，手裡的手機摔落地板，連同插著的耳機線也一併脫落，使得正在播放的內容，毫無保留地展示在所有人面前。

『Star，這個借我看！』

『滾開。』

『你很小氣欸！這你不是有好幾套嗎？連一本也不借喔……』

『你自己去買。』

『那我可以吃你的布丁嗎？』

『去死。』

顧熙梔早已摀住自己的臉，不想去看一眾室友此時臉上的八卦笑容。

「熙梔長大了嘛！」劉家家面露欣慰。

「但不是有小星星了嗎？」王育池道出疑惑。

「哎唷！小孩子才做選擇啦！我們熙梔兩個都要！」林宣如對顧熙梔做了個俏皮的表情。

「妳妳妳……妳們別這樣啦！」顧熙梔趕忙從地上撿回自己的手機，將直播臺速速關上，但她臉上的兩道紅霞卻無法掩飾。

「啊，害羞了害羞了！」一群人幸災樂禍。

此時，顧熙梔的手機收到一則通知，而所有人都以姨母般的笑容望著她。

「……欸？」顧熙梔的手發出顫抖，淚水也在瞬間從臉上滑落。

「妳看妳把她弄哭了啦！」王育池面露責怪，大力地打了劉家家的後腦勺。

「熙梔對不起!!!」劉家家向顧熙梔遞上自己的一大包衛生紙。

「我……」顧熙梔泣不成聲，連一句話都說得坑坑巴巴。

「妳怎麼了？」林宣如十分擔心。

「我、我……收到面試通知了。」顧熙梔像是不敢置信般，她的話如喃喃般說得很小聲。

「齁！這不是該開心的事嗎！」劉家家氣得直跺腳，「幹嘛哭啦！」

「就，有種被肯定的感覺啊……」顧熙梔抽了張衛生紙，抹去她不斷冒出的淚水。

而其他人的目光在空中交換，也都露出傻眼的表情後點點頭，在心中吐槽：「堂堂一介輕小說新人獎得主，在這跟我開玩笑嗎？」

＊

直到面試的前一天晚上，顧熙梔還拉著自家室友練習自我介紹，深怕會因為太緊張而說不出話。

於是一眾室友就被迫扮起各種情境的面試官……

雖然顧熙梔早早就上床準備就寢，但她翻來覆去、用盡各種辦法都無法入睡，同時也順帶把室友們都叫醒了。

第三次被吵醒的劉家家想到自己明天還有早十的課，於是她黑著臉問：「顧熙梔！妳是要遠足的小孩嗎？」

「我好緊張……」顧熙梔欲哭無淚，因為她也不想啊！

第五次被吵醒的林宣如趴在床緣，有氣無力地說：「還是妳要看我的總裁系列轉換情緒？」

「可是我比較喜歡奇幻一點的……」顧熙梔很認真思考了一下才回她。

然後不知道第幾次被吵醒的王育池則淡淡地說：「那我想看《與少年與劍》的結局。」

王育池這話一出，顧熙梔不到三秒就順利睡著了。

劉家家與林宣如兩人露出像哭鬧不休的小孩終於睡著的欣慰笑容，同時對王育池比了個讚。

＊

隔天，顧熙梔起了個大早。

她站在廁所簡單梳洗一下後看著鏡子中的自己，做了個深呼吸。

狀態似乎還不錯。

接著換上白色襯衫、黑色長褲，從廁所走出來時，還是略帶侷促地看著寢室內的室友，輕拍著胸脯道：「但我還是有點緊張欸……」

眾室友相視，像是做了某種決定般點了點頭，接著劉家家從位置上起身，大步走向顧熙梔。

「這個，一起帶去吧？」劉家家將手裡的書本塞到顧熙梔手中，並對她燦爛一笑，接著想起了什麼，又從口袋掏出一枚深藍色物體，「……喔對，差點忘了這個！」

紙張與布面輕輕劃過手掌，那熟悉的感覺再次回歸，顧熙梔的一雙瞳仁閃爍，緊盯著書封上的字樣，以及上頭繡有「勝守」二字的深藍色御守。她的鼻尖泛出濃濃酸意，淚水匯聚在眼眶中，久久未曾散去，過了許久才找回自己的聲音：「我以為妳丟了……」

「怎麼可能！這是妳好不容易的心血欸！」劉家家上前擁抱著顧熙梔，輕輕地拍著她的背，「就當作幸運物帶去吧！」

「我們都會陪妳的，放心上吧！」王育池伸出大拇指，比了個讚。

「熙梔GOGO!」林宣如高舉雙手、飛撲向顧熙梔。

似乎恢復了精神的顧熙梔，收起淚水，向一眾室友大喊：「各位，那我要出發了！」

＊

顧熙梔坐在公車的單人座位裡，一手揪著斜背包的背袋、一手支撐著倚靠窗的頭，同時被窗外的陽光吸引，目光不由自主地追隨過去。

這時，身體與腿間傳來的陣陣刺痛，又再次紛擾著她。

就算已經不再深陷牢籠，但這些年不間斷的陰影就像惡夢一樣仍侵蝕著她。

耳畔響起男人憤恨與女孩仇視的叫喊、唾罵聲，身子被拋飛出去，又重重地摔落在地，牙間顫抖，驚恐地不斷向後退，直到再無退路，後背貼在冰冷的牆上，發抖的手觸碰到身上不斷涔涔流出的鮮紅液體。

顧熙梔痛苦地闔上眼，好像浮現出身埋黑暗、無法逃脫的幽幽恐懼，就算用盡全身力氣伸出手，也無法觸及那一片蔚藍的天空。

想起當初構思這部作品的種種過程，她的眼角漸漸浮出了些濕意。

「少年主角」與她的親身經歷有關，也或許她在寫作的過程中，無意識加入了她理想、期望的人生模樣。

從包裡拿出劉家家交至自己手中的書本及御守，顧熙梔的指不自覺地出力、漸漸泛白，出神般的眼前浮現出網路評論區裡的文字，每一筆都像是刀刃強硬劃在她的心上。

『說是親身經歷改編，根本是創的吧？』

『到底誰會被打成這樣啊？』

一本本的書冊被甩飛出去，紙張如凋零般飄散在室內，顧熙梔與劉家家無言對望。良久以後，空氣中僅存一聲無奈的輕嘆。

「燒了吧……全部。」

「我再也不想看到這些東西了。」

寢室的門被重重摔上，留下劉家家呆然面對滿地瘡痍。

深藍色的御守被拋至一旁，綬帶結延伸出去的黃色細繩孤單地垂在地上，彷彿切斷了與那一方的連繫。

而狹窄無光的會議空間內，神韻像極了東洋演員的中年男子，與眼中黯淡無光的褐髮少女，兩人相對而坐，誰也沒有開口打破僵局。

直到少女的眼中泛起淚光，男子才逐漸面露惋惜。

「真的……做好決定了嗎？」凜然的男聲帶著遲疑出口，那男子也彷彿在思考什麼似的摸著下巴，而他的另一手則輕輕敲在桌子上，「決定了就沒辦法再回頭囉？」

但少女沒有回應，倔強地咬著下唇，還將臉別至一旁。

男子嘆了口氣，雙手交疊靠在下巴前，露出認真的表情看著少女，開口：「不然這樣好了……我們做個條件交換吧？」

少女緩緩抬頭，疑惑的神情透露在臉上，以細小的聲音發出了個疑問：「佐藤……編輯？」

「我可以讓妳『休息』一陣子……」佐藤編輯的手拍在桌面，狡詐地扯出一個笑容，「但妳得持續保持著人氣熱度，如何？」

恰好行經顛簸的路段，公車大幅度地搖擺了幾下。

體內的器官像是被擠壓般難受，顧熙梔喘著氣，強壓下心中湧出的不適感，緊緊捏著手裡的書本，她的指滑過右下角的書名，雙眼目光也盯著當時與繪師討論已久的封面，是「少年主角」那高高地舉起劍、目視遠方的畫面。

就好像不畏懼遠方恐懼一樣。

＊

顧熙梔的懷裡抱著《與少年與劍》，站在那扇黑紅配色相間的大門前——即將要踏入面試的場域，不斷感受到自己的心跳在耳膜邊鼓譟，她再次做了幾個深呼吸，並伸手拍了拍自己的臉頰，想令自己的情緒穩定下來。

顧熙梔突然心頭一顫，下意識地感受到不遠處的邊坡道上疑似有股視線盯著自己，她順著感覺抬首後定睛一瞧，發現Star竟然就站在離自己不遠的地方。

他此時穿著一件與炎熱的夏季早晨相違和的黑色連帽風衣，並且將帽體的部分拉得緊緊的，再將繩結打了個大大的蝴蝶結，除此之外還再戴了一頂黑色的鴨舌帽，將那張好看的臉遮去了大半。

顧熙栀注意到他的臉色比上次見到時還要紅潤許多，也試圖釋出善意想向他打聲招呼，卻沒想到連一個字都還來不及開口，就見Star「咻——」地往一旁的建築物裡衝。

顧熙栀愣了好半晌，還是被那扇黑紅色大門無情關上的聲響給喚回神。

「我……」顧熙栀石化，在原地欲哭無淚。

沒過幾秒鐘的時間，那扇黑紅色的大門又被開啟，這次走出來的人是一個穿著Redefined戰隊T-shirt、看上去有點嚴肅的中年男人。

顧熙栀對他有印象，便對著他點了點頭。

「請問是顧熙栀，顧小姐嗎？」那人向自己走近後，便對她點了點頭。

「您好，我就是。」顧熙栀回應著，微微地笑了一下。

但在這個男人靠近自己後，她更能看清楚對方臉上的表情……顧熙栀感受到，他似乎正在壓抑著笑意？

「妳好，我是Redefined戰隊的領隊，我叫葉澈。」同時他向顧熙栀伸出手，「跟妳連絡的人就是我。」

「謝謝您，葉領隊。」顧熙栀也伸出手回握。

「先進來吧。」葉澈示意顧熙栀進門，並說出了他準備已久的開場白：「歡迎來到我們Redefined戰隊的基地！」

一踏進去，顧熙栀感覺到她全身被基地內的大廳吊燈所散發出的溫暖光線包裹著，彷彿沐浴在和煦的陽光下，給人一種回到家的感覺；接著她又注意到左手邊一面嵌壁式原木櫃，裡頭擺著的是不久前Redefined戰隊獲得的次級聯賽冠軍獎盃，這又令她想起那時與室友們在電腦前一同激動地觀看直播，一幕幕華麗打法、熱血的場面又浮現在眼前。

「孩子們之後一定會將這裡填滿的。」葉澈見顧熙栀的注意力被獎盃櫃吸引住，便也停下了腳步，「我相信他們一定做得到。」

「抱歉，一不留神就……」顧熙栀感到不好意思地說。

「不會不會！畢竟當初決定把獎盃櫃放在這裡，就是有這個用意。」葉澈笑了笑，表示沒關係，語畢後就領著顧熙栀在基地內介紹空間：「一樓是大廳、廚房、曬衣間……」

接著兩人一前一後走上通往二樓的樓梯，葉澈指著最右邊的房間開始一一說明：「從這邊開始是倉庫，沒有門的這間是一號練習室，旁邊有門的是二號練習室，再來最左邊是休息室。」

「選手平時主要用一號這間比較大的，然後三樓的話就是選手的宿舍。」葉澈補充道，也伸手指了下樓上的方向。

而葉澈同時也注意到練習室裡，Star的座位旁此時空空如也，就像什麼東西也沒有擺放過。

葉澈此時又憋著笑意。

大致介紹完以後，葉澈將顧熙栀帶到休息室內。

「妳會不會覺得現在基地很安靜呢？」葉澈示意顧熙栀坐在另一端的位置，也隨口問了她這麼一句。

「嗯，很安靜，而且沒有人。」顧熙栀接收到對方的示意，在坐下後也將自己所見的說出來。

「那是因為我們選手大多都練到半夜，通常都在下午比較活躍。」葉澈笑了笑。

「原來是這樣……」顧熙栀點點頭。

「就如妳所見，我們這支戰隊其實才成立一年的時間，很多事都才剛上軌道，人手和經費也不夠充足。」

葉澈坐姿端正，雙手搭在自己的膝蓋上，此時以一種不慍不火的語調向顧熙栀解釋，臉部表情也因為情緒轉換而變得有些嚴肅，「而國內目前對電競這個產業的接受度普遍不高，以致招聘的部分也遇到些許困境，許多工作目前是我跟教練一起分擔。」

「總之妳今天願意來面試，我們其實都非常歡迎，也非常高興！」而葉澈也接著說下去：「在這邊也想先請妳做個簡單的自我介紹。」

顧熙梔原本就因為緊張而有點僵硬的身體，在接收到關鍵字後如坐針氈。

「妳不要緊張，可以輕鬆一點沒關係。」葉澈放鬆了點臉部表情，並抬起手在大約胸口的位置揮了揮。

顧熙梔深深吸了口氣，在葉澈期盼的目光下緩緩開口：「我是顧熙梔，目前是C大中文系的大四學生。」

「在三年前也獲得了輕小說新人獎殊榮，目前與出版社簽約的作品有這部《與少年與劍》。」她邊說的同時，也將手裡的書本遞到葉澈的面前。

而葉澈瞄了一眼封面，是他已經熟悉到不能再熟的那個「舉起劍的少年」，但卻還是裝作對這部作品很陌生一樣翻閱著。

顧熙梔看到葉澈拿起自己的作品後便眉頭深鎖，原本稍微舒緩的情緒突然又緊繃起來，說話也變得結結巴巴。

葉澈注意到她的狀況，於是從熟悉到不行的字裡行間抬起頭，對著顧熙梔說：「妳繼續說，我有在聽。」然後就繼續低頭假裝跟內文不熟。

「我因為寫小說的需要，會長時間大量閱讀與接收網路資訊，也會將這些新奇資訊吸收、並轉化成自己的養分，再把這些想法傳達給讀者粉絲們。」

而說到這，顧熙梔的腦海想起小星星傳來的訊息，目光閃爍，心跳聲也逐漸劇烈。

「有人告訴我，一場比賽裡不只有『在舞臺上光芒四射的選手』，因為一位選手要發出光芒，也需要有人在背後支持。」顧熙梔想起小星星提及的每一個字句，「……也在看過貴戰隊的比賽後，我深刻體會到要完成一場比賽有多麼不容易。」

突然間，葉澈抬起頭，冷不防跟顧熙梔的視線撞上，但這一刻她沒有任何閃躲，一雙褐色的眼睛堅定不已。

顧熙梔微微地笑了下，並將接下來的話說完：「雖然我目前還是門外漢，但我也想為這些選手做點什麼，也想成為在背後支持這些選手的一員！」

在她說完後，葉澈像是認同她所說的話語般笑著點點頭。

有一瞬間，顧熙梔好像在他的眼中看到一絲波光，但僅止在一剎那，而後便消失得無影無蹤。

而葉澈看了看放在手邊的《與少年與劍》，再抬頭看了看坐在對面的顧熙梔，突然陷入好幾秒鐘的沉默。

直到葉澈再度開口，打破了他製造的沉默：「……我以前也是電競選手。」

同時他也看到顧熙梔臉上驚訝的表情，「在那個人人認為『電競』都只是愛打電動的壞小孩的年代。」

「當年比賽結束後回來，雖然頂著世界冠軍的名號，但在那時又能代表什麼？」葉澈閉著眼睛，平淡的語調彷彿是在訴說他人的故事，「這都不是飯碗的保證。」

「為了生活，我做過很多份工作。」而他依舊坐姿端正，宛若一座大山挺拔地坐在那，「但真正讓我回到這個圈子的，是因為我放不下那群孩子的夢想。」

第九場遊戲　邀約

「再一次謝謝妳今天願意過來。」葉澈站在門口、笑容滿面地伸出右手：「也很高興認識妳，顧小姐。」

「別這樣說！」顧熙梔也伸出手回握，接著開口：「我也很感謝有這個機會，葉領隊。」

「下次見面的時候，可以喊我澈哥。」葉澈點點頭，隨即又補充說道：「那麼，後續結果不論如何，都會以郵件通知……要再請妳留意了。」

「好的！」顧熙梔的語氣中帶著興奮，不自覺地加重握手的力道。而她的餘光也不由自主地向基地內那不斷流淌溫暖光線的大廳張望。

✷

葉澈關上基地的大門，甫一轉身，就被不知何時站在身後的路星辰給嚇了一跳。

「你……！」葉澈在看見他的表情後，憋了一上午的笑意終於釋放，忍不住地放聲大笑：「你在躲她？」

而路星辰此刻卻沉著臉，像隻護食的野獸，不允許有任何人觸碰屬於他的東西。

「欸欸！她是你推薦來的，你還要躲到什麼時候？」葉澈雙手環胸，還佯裝嚴肅地問：「而且，你不就是為了她才……」

葉澈的話才說到一半，路星辰原先陰暗的臉色些微地變了變，但很快地就又恢復成平常那張冷臉，逕自轉身、往二樓的方向離開。

被留在大廳的中年男人拍了拍自己的額際，有點無奈地搖搖頭說：「有時候我真的搞不懂你在想什麼。」

＊

顧熙梔一打開3A宿舍的門，就見到林宣如第一個從位置上跳起來迎接她。

「熙梔回來啦！」

顧熙梔被林宣如一把抱住，在原地體驗了一回旋轉咖啡杯，而她也注意到劉家家與王育池沒有說話，兩個人痛苦的神情表露無遺，還紛紛低下頭哀嚎。

顧熙梔不明所以，直到走近一看才發現自家室友正在玩ＬＦＦ，而三個人的螢幕畫面皆已呈現灰白狀態。

「我大意了，沒有閃……」王育池痛哭流涕。

「我們好不容易……」劉家家崩潰中，依舊扯著那頭可憐的金髮，而頭頂也漸漸能看到原生的黑色髮根，「我差一顆頭就能成為傳奇啊！」

顧熙梔直到走回自己的位置坐下，都還盯著這兩人誇張的反應，再看看另一個人彷彿身處不同世界，不禁啞然失笑，於是也疑惑開口：「嗯？那宣如妳怎麼不難過？」

被點名到的林宣如雙手一攤，還驕傲地揚起下巴：「妳沒看過玩到快被檢舉的人吧？」

「唉，輸了輸了！」王育池看到電腦螢幕跳出戰敗訊息後，一邊退出這場遊戲，還一邊搖頭碎念，畫面活像個正在誦經的唐三藏。

「那我也要玩！邀我吧！」轉眼之間，顧熙梔已經打開遊戲了。

聞聲，劉家家從桌子上爬起來，越過與顧熙梔中間隔著的梯子大喊大叫：「欸顧熙梔！叫小星星帶我們玩啦……」

「今天一直輸……」王育池向幾人都發出組隊邀請後，托著腮有氣無力地嘛嘴說：「心好累。」

而一旁的林宣如十分不屑，撇撇嘴道：「自己的勝利自己拿啦！不要叫別人的男人做這種事啊！」

劉家家和王育池同時翻了一圈白眼，朝林宣如的位置扔去靠腰的抱枕：「被檢舉的人請安靜！」

顧熙梔被室友的舉動逗笑，但視線甫接觸到小星星仍舊灰底的欄位，唇角的笑意卡在一個奇妙的弧度，失落也逐漸覆蓋她的表情。

「他不在。」

劉家家因為離顧熙梔最近，因此將她的表情盡收眼底。

正當劉家家咬著指甲想著辦法時，目光與斜對角的王育池撞上。於是王育池開始對劉家家擠眉弄眼，而後者也束手無策地搖搖頭。

林宣如因為將頭靠在椅背上，雙眼盯著天花板而錯過了那兩人無聲的對話，她若有所思地問：「欸！妳們覺不覺得小星星也會是電競選手啊？」

隔空交談的兩人先是嚇得瞪大眼，在心中一陣唾棄後，接著相繼對林宣如揚起不雅的手指。

「這白目……」

「沒救了……」

「妳們幹嘛這樣？」頻率沒有對上，林宣如沒能理解。

顧熙梔眉頭深鎖、神思恍惚，似乎心中已經種下疑問的種子，她沉默了半晌才說話：「但，他說他是工作……」

帶著疑惑的尾音尚未落下，見事態發展成如此，劉家家顧不得三七二十一，只好見縫插針：「欸拜託！他根本就沒有正面回應妳的問題好嗎？」

「可是……」顧熙梔還想說什麼。

劉家家雙手抱胸，以下巴指著電腦的方向：「妳看過哪個『凡人』像他一樣的嗎？」

趁著顧熙梔沉思的時刻，劉家家朝王育池的方向眨眨眼睛。而王育池立馬意會，大力地點點頭。

「小星星、Star、路星辰……會剛好這麼巧嗎？」王育池出發執行任務，開始向顧熙梔分析起他們的相似之處，也精準地戳中核心。

林宣如直到剛剛才察覺，開始嗅到空氣中的氣味後，她的眼睛都亮了起來：「哇，這如果是真的，那也太偶像劇了吧！」

王育池欣慰地對林宣如點點頭，還對她豎起大拇指。

而劉家家決定趁勝追擊，再朝顧熙梔推了一把：「妳覺得呢？」

顧熙梔的眼神猶疑，在開口前還回頭看了那一格好友欄位，彷彿是再次確認他的狀態：「我不是沒有想過……但電競選手怎麼會有時間跟我們這種菜雞玩？」

她的話一出口，寢室內陷入寂靜。

「啊，這麼說也對啦……」劉家家似乎快要被她說服了。

「那，妳想不想約他出來？」王育池這麼說的同時，還輕輕彈了下手指。

「……我不敢啦。」顧熙梔把臉撇開，一點自信也沒有。

林宣如懸空的雙腳不停擺動著，選擇補上一槍：「熙梔上臺獻花都可以了，這有什麼困難的！」

「我……」

顧熙梔啞口無言，只能紅著臉，任憑一眾室友發出姨母般的笑聲。

✷

授課老師站在講臺上教課。

顧熙梔坐在教室裡，最後一排的靠窗位置。

一點也沒有將上課內容聽進去，她撐著頭、出神地望著窗外，那此刻有一隻蟬依附在樹幹上，嘒嘒鳴叫。

而外頭刮起一陣風，樹葉飄落，蟬猶如意識到危險般，用盡全力揮動翅膀，飛得又高又遠。

「真好……」顧熙梔喃喃自語，眼底多了分悲傷情緒。

放置在桌面的手機收到通知，與桌子相互共振，結果是發出了巨大的震動聲響。

顧熙梔慌忙抓起手機，她略帶尷尬及抱歉的眼神，迎接從四面八方傳遞而來的視線。

尤其一旁的劉家家，放下還在玩的手機遊戲，一臉八卦地望著顧熙梔。

顧熙梔向劉家家甩甩頭，髮絲在空間中飛舞，隨後置之不理，將目光挪向手機螢幕上。

在看見寄件署名後，顧熙梔呼吸一滯，不停顫抖的手指嘗試了好幾次才終於打開那封郵件。

心跳的聲響大規模占據了耳畔，直到大大的兩個紅色字體浮現在顧熙梔眼前，她才找回屬於自己的呼吸，也摀住差點驚呼出聲的嘴。

於是顧熙梔連忙傳訊息告訴小星星這個好消息，等到按下傳送鍵時，她的心中才猛地想起小星星的身分：「他會不會……已經知道了？」

而聊天室內，訊息如同泡泡般冒出，顧熙梔急迫地低下頭確認，就看見一張張貼圖花式地出現，正祝賀著自己。

劉家家還在一旁探頭探腦，同時也瞧見她綻放的燦爛笑容。

此時，聊天室內又跳出一則訊息。

顧熙梔驚訝地抬起頭，此時下課鐘聲響起，也正巧撞上劉家家的下巴。

「靠……」

＊

翌日傍晚。

水聲嘩嘩流走，劉家家等人守在廁所門外。等到緊閉的門開啟一個小縫後，幾人紛紛衝上前。

顧熙梔滿臉驚恐。

＊

顧熙梔站在連身鏡前，不敢相信眼前的人是自己。

「妳們怎麼……」

波浪般的褐髮優雅地披在肩上，經過幾人巧手妝點過後，妝容將她五官的優點一一放大，身上穿著一件與她相稱的杏色連袖平口上衣，胸口的皺摺波紋恰好包覆住她身前的波濤起伏，而那雙大長腿則在淺色修身牛仔褲及白色的跟鞋下搭配得更顯奪目。

「喂！這可是約會欸！」劉家家很不客氣地打了顧熙梔的背，在白皙的肌膚下留下一道鮮紅的掌印。

王育池見狀，像母雞護住小雞般將顧熙梔拉近身側，責怪地瞪著劉家家：「妳平常動手動腳也就算了！」

「喔，對喔對喔！熙梔抱歉。」劉家家尷尬不已。

「做事也都毛毛躁躁的，衝動成不了大事……」誤觸開關，王育池開啟了唐三藏唸人模式。

劉家家的臉拉得好長，趕緊轉身逃離。

林宣如則是痴痴地望著鏡中的顧熙梔，不禁感嘆道：「真的好美喔……好像仙女。」

「沒有吧？」聞言，顧熙梔下意識想以手遮擋臉。

「怎麼不是？」王育池按下顧熙梔的手，也露出驚恐的表情。

劉家家從位置上小跑過來，遞給顧熙梔一個黑色的格紋小包，並示意她收下。

「我不能拿……」顧熙梔大力搖頭。

「啊～誰說要給妳！這借妳的啦！」劉家家將小包塞入顧熙梔懷中，本又想伸出手、但在瞥見王育池的可怕神情後，忍住衝動、捏著拳開口：「顧熙梔，請放膽衝吧！」

「一定沒問題的！」

「上吧！回來再告訴我們他長怎樣喔！」

顧熙梔接收到室友們為她打氣的目光，先是垂首了些許時間，接著像是下定決心般揚起臉，然後在所有人期待的神情中，一鼓作氣地將話說出：「謝謝妳們！那我出門了！」

說完以後，顧熙梔走出寢室。

「祝好運啊！」劉家家語帶真誠，對著關上的門說出祝福。

然後不知道是誰說了一句：「顧熙梔終於去約會了耶……」

第十場遊戲　真實

抵達場館外時，顧熙梔注意到漫天飛舞的黃色雪。

她揚起頭，是一片片黃色花瓣拂過眼前，一雙眼也跟著輕輕瞇起。

之後她拿起手機，仔細注視著上頭的時間：「……還有十分鐘。」

顧熙梔吞吞口水，目光轉移到門口，喧騰不已，黑壓壓一群排隊人龍綿延，已經看不見隊尾。

她與小星星約在電競館門口碰面。

顧熙梔感受到手心不斷出汗，將那些濕黏擦在淺色的牛仔褲上，留下了幾道印子，她的視線小心翼翼地覷著每一個經過的人，下意識尋找出現在夢境中的少年身影。

接著，顧熙梔注意到一旁的男孩正盯著自己。

良久以後，她終於鼓起勇氣，正要伸手向他打招呼時，另一頭有急促的腳步聲靠近，之後就是一道倩影直撲進那個男孩懷中。

「寶～人家找你好久了唷！」女孩依偎在男孩懷裡撒嬌。

「哎唷，但妳還是找到我了啊！」男孩寵溺地望著女孩，也伸手揉亂了她的頭髮，「我們快進去吧！」

「齁！你每次都這樣！」女孩嬌嗔幾聲，但還是收緊了環抱男孩手臂的力道。

「妳怎麼樣都漂亮啦……」

顧熙梔尷尬地縮回手，同時也捏著手中的黑色小包，上頭的格紋因而變了形狀。她注視著兩人走遠的身影，眸中的光彩暗下了幾分，不知怎麼略帶失落的情緒，低著頭朝向一旁角落的花圃走去。

花圃的另一側，聚集了幾個打扮新潮的男孩們，彼此圍成一個圈，正愉快地吸菸、聊天。

「那個比賽啊……」

顧熙梔彷彿聽見幾人在討論相關賽事，便裝作若無其事地滑手機，實則豎起耳朵偷聽。

「你最近是不是常來看比賽啊？」理成平頭造型的男孩吸了口菸後，雲霧竄升。

「對啊！我可是入手季票了呢！」對面的馬尾男孩笑了一下，叼著菸令他有些口齒不清，「今天也終於要看到我最期待的比賽了！」

另一個油頭男孩將菸蒂踩熄以後將其放進收納袋，他思考一下才終於開口：「但我覺得……這季除了今天兩隊以外，我覺得那支新秀也很棒欸！」

「說的是Redefined戰隊吧？」平頭男孩不假思索回答。

「尤其是Star選手！」馬尾男更加興奮了。

「實力又好……人還長得很帥，真羨慕！」平頭男孩十分讚嘆。

偷聽到這，顧熙梔心尖一顫、肩頭一縮，即使已經知道造成自己心跳失速的罪魁禍首，但卻無從得知……為何會對那個名字有那麼大的反應。

『叮咚——』

此時手機傳來收到訊息的提示音，熟悉的星星記號也在手機螢幕上浮現。

顧熙梔雙手捧著手機，輕輕按在自己的胸口處，將鬢邊的髮絲攏進耳後。直到似乎是準備好了，顧熙梔一雙笑眼才迎接訊息上的文字，連她也沒有察覺自己的唇角早已勾起深深的笑容。

而從螢幕上傳來的亮光，映出她增添色彩的臉龐，然後她猛地抬起頭，在離她不遠的路樹旁發現了那個頎長身影。

即使戴著一頂深藍色的鴨舌帽、臉上也掛著口罩，即使是套著普通的白色短袖T恤、洗到泛白的黑色長褲、踩著一雙隨處可見的運動球鞋……也掩蓋不住他身上的氣息。

雖然他只露出一雙眼睛，但顧熙梔仍能感受到對方是一個清爽、乾淨的少年。

而腦海中的記憶似乎又對此無比熟悉……

街燈恍惚，身旁的花瓣隨風飛舞，深黑的髮絲滑過他的側臉，節骨分明、修長的手揚起，抵擋著差點碰觸到眼睛的花瓣。

就在那個瞬間，滿天星辰的光輝都比不上她此刻的雙眼。

如此地熠熠生輝。

著魔般地朝向他走去，顧熙梔直接撞進了他澄澈的雙眼裡。

正當顧熙梔慌張不已，準備將視線瞥開時，他的那雙眼微微彎起，一雙眸子好像帶著笑意。

而後少年朝她走近，顧熙梔的雙腿像是被牢牢吸住一樣，動彈不得。

也突然，他在剩下幾步遠的距離時停住，對方倏地伸出了手。而顧熙梔見狀，闔上了眼，也屏住了呼吸。

冷冽的氣息宛若撲進鼻息間，顧熙梔的髮間傳來一股騷動，電流傳達到她肌膚的每一寸，使得她驚地睜開了眼，愣然望著眼前的少年。

他的指纖長的好看，那猶如螢火般閃耀的金光安置在他簇起的尖端。

雖只是一片瓣花，但顧熙梔卻好像聞到百花齊放的清香。

「熙熙攘攘，對嗎？」小星星終於開口，這是他見到她的第一句話。

「我是……」顧熙梔呆愣地點頭，心臟也快要從嘴裡跳出來，同時她也發現自己需要抬頭才能看著他。

如若此時顧熙梔能再冷靜些，一定也會想起這個聲音在哪聽過。

「我們快進去吧。」小星星伸出拇指比了比電競館的方向，也悄悄將那片花瓣收攏在自己掌心之中。

✻

會場內依舊熱鬧不已，今天尤其熱烈，雙方粉絲的應援聲都互不相讓。

小星星走在前頭，領著顧熙梔到他們的位置。

「我們今天坐比較後面，妳會想坐第一……」正當小星星要請顧熙梔先行入座時，他注意到她的走神：「嗯？妳還好嗎？」

那雙眼睛不斷靠近自己，像是想確認她的狀態，顧熙梔趕忙回過神，心跳漏了無數拍以後露出略帶慌忙的神色，同時雙手也舉到約胸前的位置大力揮動：「不……這裡就很好了！」

顧熙梔尷尬地笑了兩聲，因為總不能跟人家說，是想著他所以才走神吧？

「我還以為妳想坐前面一點。」小星星澄澈的雙眼微微彎起，隔著口罩的話語中似乎也帶著低低的笑意，他指著顧熙梔的腳邊道：「這裡很暗，要小心腳步……」

「我……比較不習慣受到注目啦。」顧熙梔面露窘態繼續解釋，手指抓了抓自己的臉頰。

「但，妳可能要開始習慣了。」小星星突然正色。

顧熙梔見到他這樣，也跟著嚴肅了起來。

「就算只是站在電競選手身邊……」他說話的同時也伸出手，揉了揉顧熙梔頭上的褐髮：「也是被很多雙眼睛盯著的。」

小星星的這個動作，令顧熙梔好不容易稍微平靜的心跳又再度瘋狂起來。

而另一頭，主播山羊與賽評久久一同出現在主播臺上，滿臉笑容、迫不及待地對現場宣布：「各位觀眾！今天的比賽快要開始啦！」

「讓我們歡迎選手進場！」

主播山羊的話一說完，現場的燈光突然暗下，大螢幕上除了又開始播放戰隊的介紹影片之外，周遭突然傳來一陣巨大的騷動與尖叫，顧熙梔原本害羞、緊張的心情，被這麼一嚇都拋到九霄雲外。

驀地回過頭，顧熙梔見到穿著印有隊伍LOGO的短T、已經列好隊的兩群選手依序從大門走進，他們踏著場館的地板魚貫而入，氣勢非凡絕倫。

「咦？他們為什麼從那邊進來？」顧熙梔疑惑地問，「不是通常都直接從後臺出來嗎？」

「ATP跟MKK戰隊，他們是上季的冠、亞軍……」小星星略帶無奈的情緒說，「賽會就喜歡這些噱頭。」

「哇，但這樣真的很熱鬧欸！」顧熙梔興高采烈地四處張望。

而小星星的神色卻黯淡了幾分，口中喃喃自語道：「……所以我適應不了啊。」

「嗯？你說什麼？」但他的聲音卻被會場的巨大聲浪覆蓋，所以顧熙梔並沒有聽清楚。

這時，其中一位選手在經過他們身邊時，一頭亮眼的紅髮撞進了顧熙梔的目光。接著，他的視線不經意跟小星星對上，他閃過一絲詫異，也稍稍停頓了腳步，望了望一旁還沒反應過來的顧熙梔後，便帶著饒富趣味的神情朝小星星點點頭。

見對方如此，小星星也輕輕地點點頭。

「欸！為什麼我的J大人要對他點頭啊？」一旁的女粉絲拿著寫有「J」的應援扇，十分氣憤道。

「什麼你的！J大人是我的！」另一個女粉絲更是生氣，向她嘲諷了兩句。

兩人爭得你死我活，而叫罵聲也引來會場工作人員出聲制止。

小星星見狀，他的目光一沉，伸手將他的帽緣壓得更低。

顧熙梔悄聲在小星星的耳邊問道：「他很厲害嗎？」

「很厲害，他是ATP戰隊的主力輸出。」小星星側過身，貼近在顧熙梔耳畔，以低低的聲音告訴她。

「要怎麼知道選手厲不厲害啊？」顧熙梔疑惑，她才踏入LFF的世界不到兩個月，還有很多不瞭解的地方。

「最好的成績是世界賽四強，他目前個人積分的排名是世界前五。」面對著顧熙梔，小星星沒有露出一絲不耐煩。

「好厲害！」顧熙梔點點頭。

正當小星星聽見她對別人的讚許，失落的情緒正要蒙上他的雙眼時，顧熙梔卻突然開口：「那……」

聞聲，小星星望著顧熙梔。她的目光先是還看著在最前方的大螢幕，雙眼被光線映照，彷彿能看見星空，但她在下一秒突然回過頭，像是捧著光照亮了他的子夜，笑得十分迷人：「Star選手一定是世界第一！」

在說完以後，顧熙梔又回過頭面向大螢幕。

但顧熙梔卻沒有注意，小星星此時緩緩低下的目光中，流淌著數道星光。

⁂

而最後，這場比賽的勝利是由ATP戰隊拿下。

場內的工作人員們在場邊舉起指示牌，指引著粉絲們的散場。

「哇～這場比賽看得好過癮！」顧熙梔起身後伸了個懶腰，也拉拉自己皺掉的衣裳，隨口一說：「J真的很強耶！」

小星星並沒有接話，繃著臉、垂眼盯著自己的手掌心，隨後像是想抓住什麼般地緊緊握拳。

顧熙梔不解地望著小星星的側臉，不禁思考自己是有哪裡說錯話了。

之後，兩人之間一陣沉默，誰也都沒有再說話。

直到走出場館時，小星星的餘光瞥見一旁站了不少手裡拿著燈牌的粉絲，看起來正在等待選手們離場。

小星星稍稍地喘了口氣，再度壓了壓已經不能再低的鴨舌帽緣，同時也加快腳步，想儘快遠離人群。

見著他漸遠的背影，顧熙梔注意到他似乎不大對勁，正想開口說話時，身後突然傳來能刮破耳膜的一陣尖叫聲，以及如地殼裂開般的踩踏聲。

她還沒來得及明白狀況，就目睹小星星的肩膀縮了下，顫抖也猶如從身體的深處發出。

顧熙梔抿著乾澀的嘴，耳畔傳來女孩淒厲的哭喊聲，眼前也浮出深不見底的悲傷，她很清楚人在害怕時會有什麼反應……

那對她來說，再熟悉不過了。

於是她大力地抓著自己手臂，在肌膚上留下一道道觸目驚心的紅色指痕，強迫令自己走上前，輕輕拉住小星星的衣角，強忍心底的那道傷，開口關切道：「你還好嗎？」

雖然顧熙梔的力道沒有很大，但腳步虛浮的他還是差點跌倒。

「我……」他扶住一旁的牆面，回過頭，一雙瞪大的眼中飽含驚恐，話裡的聲音也不停發抖。

但他的這句話沒有說完的機會。霎時間，他敏銳的目光覺察到在顧熙梔身後，像惡狼撲食一樣的粉絲放聲尖叫著往前衝。

「這邊才對啦！」

「ＡＴＰ戰隊出來了！」

「啊啊啊！是Ｊ大人！今天也射擊我的心吧！」

「我今天要摸到他們！」

這時，顧熙梔的肩膀被人撞了一下，這突如其來的力道快又猛，令她的腿無法負荷站穩的力量，整個人在失去重心後就要往一旁倒去。

而她驚慌的手，似乎也在混亂裡勾到了疑似線狀的物體，就聽到織物斷裂「啪——」的一聲……眼前的事物逐漸被顛覆，過程也緩慢地能看見殘影，顧熙梔就這樣閉上眼，準備迎接疼痛到來。

下一秒，身處黑暗的她感受到自己被往前帶進一堵溫熱、結實的厚牆中，同時鼻尖也感到一陣酸疼。

再一次睜開眼，潔白的色澤滿滿映入眼簾，接著她聞到一股清爽凜冽的氣味，就像是站在山頂上呼吸，宛如清洗過、沒有沾染一絲塵埃的清新空氣，直直沁入她的鼻腔內。

彷彿被搖晃過的湖水漸漸靜止如明鏡，顧熙梔發現那是種能令她平靜下來的味道。

他們兩人維持了這個姿勢大約過了幾秒，直到小星星低低的嗓音中帶著一絲生硬說道：「……不要逆來順受，試著掙扎一下吧？」

顧熙梔似乎聽見胸腔的震動，才意識到自己目前身處在對方懷中，她先是感受到自己從腳底竄升的熱氣，心跳也漸漸失控，隨即一陣手忙腳亂地向後退了一步後，卻在抬頭的那一刻就愣在原地，她瞪大雙眼，而喉間只記得發出一個音節：「欸？」

小星星也愣住，揚手接觸到臉的那瞬間，他才驚覺口罩的細繩已經斷裂。

也就是說，小星星的臉……

現在是完完全全地暴露在顧熙梔的面前。

「你……？」

「妳……！」

顧熙梔嘴巴張得大大的，伸出顫抖的手指著他：「S、Star嗎？」

被點名的人睜大了雙眼，顧熙梔感覺到他的身體一滯，臉上的表情寫著不敢置信。

一旁的狂熱粉絲被這邊的騷動吸引，他們也發現Star就站在這。

「那是Star吧？」

「哇，看到J大人又看到Star，真的賺爛！」

投射過來的目光使得少年如驚弓之鳥，於是他以帽子遮住臉，一把拉過顧熙梔的手，在她還沒回神的情況下拔腿狂奔！

⁂

路星辰就這樣拉著顧熙梔在街上跑著，而他一邊跑，一邊回頭查看有沒有人跟上來。

顧熙梔則是渾然不敢回頭。

而也直到現在，她才意識到自己正大步邁開步伐……

「嗯？」顧熙梔的鼻息間發出一個單音節，正疑惑般地往左腿看去時，一陣無力感襲來，令她一個踉蹌往前趺撲，「啊！」

砂石飛濺，也劃傷了顧熙梔的臉頰，一顆血珠滑落、滴到她的手背上。

路星辰面露震驚，呆愣看著從地上爬起的顧熙梔。

「天……好痛！」顧熙梔疼得眼角冒出淚光。

「妳的腳……」路星辰喃喃自語。

「腳應該沒事啦！」顧熙梔先是摸摸摔疼的膝蓋，隨後抹去手背的血，將手掌翻轉至眼前，似瑰麗鮮豔的一抹紅痕就綻放在兩人之間，「……倒是手擦到了。」

「對不起，我以為……」路星辰語帶自責，輕握住她的柔荑，神情低落。

顧熙梔見他如此，想緩和點氣氛，便開口：「沒關係啦！又不是第一次跌倒了……」

但路星辰卻硬生打斷她的話，像是快要哭出來一樣著急：「不要再受傷了，好不好？」

顧熙梔卻是沒有聽懂，第一次看見這樣的「路星辰」，她輕輕地眨了幾下眼。

而巷子口傳來一陣驚叫聲，這一頭的兩人抬首，見到是追上來、步步逼近的狂熱粉絲們。

「Star在那裡！」

「我們追上去！」

顧熙梔神色慌亂，從地上起身後一瘸一拐地走了幾步，卻看見那個少年背對著自己，倏地蹲下。

「快上來！」

✷

路星辰背著顧熙梔整路，來到離電競館有一段距離的河堤步道。

兩側合歡盛開，猶如片片絲絨紅霧，在夏季晚風的陪伴下迎風舞動。

兩人感受彼此相依的體溫，相輝映的顏色飛到臉頰上，任誰都感到害羞不已。

「到這裡……應該就可以了吧？」顧熙梔的目光別至一旁，羞澀地開口。

「嗯。」路星辰只回了單單一個字。

「快放我下來啦！」顧熙梔不斷掙扎。

「嗯。」路星辰笑著回過頭，望著身後滿臉通紅的她。

「我很重吧？」顧熙梔的臉垮下來，略帶失落地說。

「不……」

「啊咿……羞羞！」這時，一個稚氣的孩童聲音響起。

兩人嚇了一跳、紛紛回神，目光也轉向一旁聲音的來源。

只見坐在三輪車上的小孩指著他們，他說完後，一雙小手還摀在自己紅撲撲的小臉蛋上，而車後的小孩母親則尷尬地對著兩人略表歉意，隨後便趕緊推著三輪車離開。

「……快放我下來啦。」顧熙梔見他們走遠，輕輕地戳了下路星辰的肩。

路星辰又走了幾步後才將顧熙梔放下，而他不敢與之對視，好幾次在目光即將交會的瞬間，又將臉撇開。

最後他摀著臉，指指一旁的長椅：「坐。」

顧熙梔有些艱難地移動到椅子裡，也因為路星辰的反應，她忍著笑意開口：「對不起，剛剛太混亂了。」

「不……」他淡淡開口，從口袋翻出一條手帕，「是我應該說對不起，對妳一直隱瞞身分。」

路星辰拉過顧熙梔的手，將那條手帕仔細又輕柔地按壓在掌上的傷口。

「對不起，我只有這個。」路星辰專注地將手帕打了個漂亮的結，臉上的神情飽含溫柔。

「沒事啦，但手帕會被我弄髒耶？」顧熙梔指指上頭開始透出的褐色印記。

「手帕……不就是要來弄髒的嗎？」路星辰在回答的同時，目光撞上顧熙梔的眼，這次連耳根也紅透了。

顧熙梔還沒消化完小星星就是Star的這件事，她感到有點暈頭轉向，而他似乎也跟自己印象裡的不太一樣。

「坐吧？」她以沒受傷的那隻手拍拍身旁的空位。

路星辰盯著顧熙梔的手，小心翼翼地在她身邊坐下。

顧熙梔的手撐著臉頰，看著面前繁花似錦的紅合歡，若有所思地開口：「Star，我很好奇……你們平時訓練不累嗎？」

而身旁的少年緩緩地開口：「累，但我……喜歡。」

他低低的嗓音瀰漫在夏季溼熱的空氣中，久久沒有散去。

「我的意思是，你怎麼會有時間跟我組隊啦！」顧熙梔忍不住笑了出來。

「我跟妳……我就不會累！」少年一臉認真地點點頭回應。

「我只是怕耽誤你。」顧熙梔沉默片刻後，她垂下眼眸，終於說出自己的擔憂，「你還有大好的前程欸！」

「不會不會，絕對不會！」他頓時手足無措、神色慌張，緊張地站起身，一雙眼裡的情緒飽含哀求，「跟妳組隊我開心……真的！」

那名少年望著顧熙梔好半晌，此時的模樣像是要被遺棄的小狗一樣可憐。

顧熙梔見狀，她笑出聲，也突然想起過去幾次見面，每每見他的反應都不太一樣：「你……平常在隊裡也是這樣嗎？」

坐在她身旁的少年不明所以地搖搖頭。

而一陣風吹過，將顧熙梔的髮絲吹亂。

「我的意思是……」顧熙梔以指將髮絲勾入耳後，她微微地仰起臉，見著了天邊甫探出頭的星星，「我們終於好好說到話了耶？」

路星辰低著頭，像是在思考一樣，隨後一雙小鹿般澄澈的眼望向顧熙梔，含著難解的情緒，他有點不好意思地撓著腦袋，猶豫片刻後，唇畔才緩緩微啟：「星星……妳之後叫我星星，好嗎？」

「那你叫我熙熙吧？」顧熙梔對著他笑，像是一朵美麗的花綻放。

路星辰見她如此，愣在那數秒，世界彷彿也為此寂靜。

夏天的夜裡，風依舊帶著熱度吹拂著他少年般的臉龐，他渾身發燙，不確定自己是因為炎熱還是什麼原因導致體溫升高。

同時也勾起他過去記憶裡的那些片刻，流光倒轉。

誰知那時嫣然一笑，卻是一笑傾城。

但這時路星辰的手機不解風情地響了。

他從口袋拿出手機，只瞥了一眼後就將手機放置一旁，並沒有要將這通電話接起的打算，而他的目光重回到顧熙梔身上，就好像天崩地裂也與他無關。

「你不接嗎？」顧熙梔疑惑地問他。

「……」路星辰沉默不語，而顧熙梔越過他看到手機螢幕的來電顯示是「狐狸隊長」。

顧熙梔差點笑出來，因為她記得Redefined戰隊的隊長，那張臉上就有對狐狸般的狹長眼睛。

「星星，接一下吧？」顧熙梔側著頭，一雙靈動而剔透的眼眸眨呀眨地看著他。而原本勾在她耳後的褐色髮絲垂落，滑過路星辰的手背，撓得他不只手背癢，「好嗎？」

在顧熙梔眼神攻勢，還有廖飛祈不斷的奪命連環Call下，路星辰終於將電話接起。

而才剛接通，就聽到電話那頭，有個冰冷且聽得出對方明顯壓抑著怒火的聲音傳來：「路星辰你混到哪去了？比賽都結束多久了還不回來訓練？」

「我現在回去。」路星辰淡淡地說完後就將電話切斷。

「抱歉，我得要先回去了……」路星辰眼裡帶著抱歉的情緒看向顧熙梔，語調也明顯與方才不同，「我先送妳。」

「沒事啦！你快回去，我可以自己坐車的。」顧熙梔不知道哪生來的勇氣，伸手朝坐在她身旁少年的髮頂摸了摸，隨後對著他微微一笑。

「那我送妳到車站！」路星辰眼底急切的情緒傳達到顧熙梔那兒，她突然覺得他的頭上多了對小狗狗的耳朵。

⁂

「我回來了。」顧熙梔也不知道自己是怎麼回到宿舍的，直到現在都還有點不真實；她才剛推開寢室房門，就見到一群室友朝自己撲過來，嚇得顧熙梔直接坐在地上不敢動。

「顧熙梔！請好好解釋！」劉家家撲倒在她面前，整個人超級激動，只差沒有把她的皮扒了。

「嗯？」顧熙梔下意識藏起那隻受傷的手，同時也見到自家室友的反應，疑惑的表情表露無遺，好像全世界就剩她還不在狀況內。

「妳還『嗯？』咧！知不知道妳又上熱門了?!」劉家家拿出手機，直接塞到顧熙梔面前，並用下巴示意要她自己看。

顧熙梔接過手機，看到那則討論串的以聳動的標題寫著：「**爆出戀情?高冷男神+採訪黑洞外星人RED Star死會?!疑似與戀人在月下逃亡！**」。

她的嘴角抽了兩下，路星辰什麼時候又多了個高冷男神的稱號？

顧熙梔接著往下滑那則討論串，而劉家家擠過去她身旁，激動地指著內文的照片：「妳看看！這什麼！他拉著妳跑欸！」

「牽到手了！」林宣如豎起大拇指，「熙梔做得不錯！」

而顧熙梔看到照片後，先是鬆了一口氣，因為發布的那幾張照片，她的臉沒有一張是清晰的。

「妳看吧？」劉家家聳聳肩。

「這也要拍，太誇張了吧……」顧熙梔摀著臉，有氣無力地說。

「誇張的是妳!!!」一眾室友雙手叉腰，對著還坐在地上的顧熙梔大喊。

「世上沒有這種巧合啦！」

「就只有妳不相信而已！」

一波波劇烈猛攻弄得顧熙梔差點招架不住，差點被這些攻擊K得往後倒。

看上去像是被後母跟一群壞繼姊圍攻的顧熙梔，平時的仙女氣質都沒了，只見她沒種到都快趴到地上去，然後小小聲地說：「嗯似乎，就是本人沒錯……」

✷

「哎唷，Star約會回來啦？」季懿凡看到路星辰推開戰隊基地大門時，他此時嘴裡咬著冰棒棍，含糊不清地說。

「叛徒！約會！跟妹子！」金榮禧放下手機，他的中文還帶著韓式發音，臉上則露出羨慕的表情。

「好好喔！我也想約會。」李承翔也一臉羨慕，他就坐在金榮禧旁邊，此時欲哭無淚道：「但我就只有跟你組CP的份……嗚嗚嗚。」

「走開！不要抱我！」金榮禧一臉嫌棄，但還是讓他抱住。

「回來啦？」廖飛祈聽到聲音，從練習室所在的二樓走了下來，「給你惡補的中文有派上用場嗎？還是你太害羞又講不出話？」

季懿凡正好起身，與路星辰擦肩而過時，突然瞪大雙眼指著他道：「靠！他身上好香！」

「哇！肯定做了什麼吧？」金榮禧一臉氣憤。

「幹他偷跑啊！太無情了！」李承翔憤慨不已。

面對隊友的消遣，路星辰選擇冷著一張臉，直接往練習室的方向走去。

被「冷落」的一眾隊友互相交換了下視線後，爆出了一陣笑聲，久久沒有消停。

第十一場遊戲　報到

顧熙梔完全不知道自己是怎麼逃過這群室友的攻擊。

等她回過神的時候，寢室內已經恢復一片祥和，開始玩起LFF了。

「欸對對對對！放那裡、放那裡！」劉家家激動地狂敲鍵盤。

「上囉上囉！這波打完直接攻堡壘了！」王育池大多擔任她們之間的主指揮。

「我又死了……」林宣如一臉囧，等待著她的依舊是一片灰白的螢幕。

「……」顧熙梔整個呆滯中，但還是完成一波完美的連貫操作。

3A宿舍眾人結束這波團戰後，不知道是誰先開口說：「我覺得熙梔越玩越好了欸。」

然後就聽到一些「刻意的」咳嗽聲。

「哎唷，那當然啊！人家有『高人指點』啊！」劉家家露出一臉姨母笑的表情。

「真的好浪漫啊～」林宣如眨著眼，她的雙眼中充滿亮晶晶，「我也想趕快找到我的『小星星』！」

「我是不是也要找一個電競選手的男友了？好想進步神速啊！」王育池也故意虧了幾句。

「快點結束遊戲啦！」顧熙梔終於回話，隨後氣鼓鼓地敲著鍵盤，「他才不是我男友。」

在拿下勝利後，一眾室友各個面露疑惑回應道：

「不是嗎？」劉家家問。

「咦？還沒嗎？」林宣如疑惑。

「那很快就會是了吧？」王育池邊摸著下巴說。

「嗡——」

顧熙梔還沒接話，就聽到一個平穩的震動聲在寢室內回響著。

「……」顧熙梔瞄了一眼自己的手機，隨後在自家室友一臉「快接啊」、「等什麼」的表情中接起這通來自路星辰的電話。

「喂？」顧熙梔故意壓低聲音，不想被聽出來自己此刻的興奮情緒。

「喂？是熙熙嗎？」電話那頭傳來路星辰低低的磁性嗓音，他的語調裡帶著些許慵懶，撓得顧熙梔的耳尖發癢。

「我是。」顧熙梔沒發覺自己臉上的神情早已出賣了她。

而一眾室友都將她此刻的表情盡收眼底，隨後幾人便笑著去做自己的事了。

「妳有安全到宿舍吧？」路星辰那頭還不斷傳來敲打機械鍵盤和滑鼠點擊的聲響。

「有呀！」顧熙梔不自覺地帶著笑意。

「抱歉沒有辦法送妳回去。」

「不會啦！電競館離我們學校很近的！」顧熙梔說這話不是在安慰他，是因為這兩個地點的距離確實很近，「真的一下下就到了！」

「那妳畢業以後呢？」路星辰好聽的聲音不斷傳來，也像是在勾著顧熙梔的靈魂，「之後打算要住哪？家裡嗎？」

「對耶，我都忘記這個了！」顧熙梔被他這麼一說，才突然想起自己即將要畢業，也代表將會失去宿舍的居住權。

顧熙梔驚覺這世上沒有自己的落腳處，她對著話筒沉默了片刻。

路星辰似乎捕捉到她情緒瞬間的變動，來自話筒那少年喉間的磁性嗓音，似乎是想安撫她的：「還有一些時間，可以慢慢想。」

「謝謝你。」因為他的話而感到心安，顧熙梔淺淺地笑了。

「要幫忙可以跟我說……」路星辰這時也低低地笑了，「我都在。」

明明才分別不久，但這瞬間卻令顧熙梔立刻就想再見到他，想再看看「笑」的表情出現在他那張好看的臉上，會是怎麼樣的感覺。

她只記得記憶裡的他，笑起來很好看。

是淡淡的那種笑容，一雙小鹿般的眼睛還會微微瞇起來的那種。

「對了，妳還要玩ＬＦＦ嗎？」路星辰問她。

「好啊！」

顧熙梔原本想找室友們一起，卻沒想到回過頭時，其他位置上早已空無一人。

於是她在心裡嘆氣，一眾室友又再度錯過近距離觀賞高手操作的機會了。

隨後遊戲內收到了組隊通知，她一邊忙著把手機插上耳機，也沒留意向自己發送邀請的對象是誰，就移動滑鼠游標按下確認鍵。

下一秒，她揉了揉眼睛，不敢置信地問了電話那頭的人：「你……怎麼用這個帳號邀我啊？」顧熙梔直到剛剛才發現，他是以有隊名前綴的那個帳號邀請她。

「嗯？」那頭傳來一個稍稍慵懶的鼻音。

「我會不會打擾你練習了？」顧熙梔有點緊張。

「不會啊。」

「那就ㄏ——」

然後顧熙梔這句話都還沒說完，就聽到電話那頭，來自那個少年低低的嗓音說著：「因為我在開直播啊。」

「???」這下顧熙梔完全說不出話了。

而電話那頭的少年似乎不覺得有什麼問題，就按下開始尋找對手的配對按鈕。

「那這樣你的觀眾……」顧熙梔還有些呆，她眨了眨眼睛，問道：「不就會知道你邀人一起玩LFF嗎？」

「大家都知道最好。」路星辰似乎心情不錯，這次又發出低低的笑聲。

而同一時間裡，Redefined戰隊的眾人沒有一個不被路星辰反常的狀態震驚到，紛紛討論起明天太陽是不是要從西邊出來了。

✷

這天下午，是顧熙梔前往Redefined戰隊基地報到的日子。

一走進Redefined戰隊基地內，顧熙梔就受到所有人的熱烈歡迎。

一字排開，有領隊、教練還有選手們，他們都站在大廳中以友善的笑臉望著她。

「歡迎我們第一位後勤人員！」葉澈大力地鼓掌，從表情看得出來他今天是真的很高興。

「所以我們的社群終於可以擺脫澈哥難笑的笑話了嗎？」季懿凡也高興地歡呼，而回應他的是葉澈的一記手刀，劈在他充滿水分的腦袋上。

「齁，我講的是事實啊！」季懿凡摀著腦袋，嘟著嘴跳腳。

「歡迎嫂子！」金榮禧也拍著手，笑得樂不可支。

「Lion啊，這時候應該要說得是『弟媳』才對！」李承翔趕緊做更正，「Star的年紀是我們這裡最小的。」

「啊，原來是這樣！」金榮禧以拳擊掌，一臉受教了的表情。

「你們兩個，這邊話很多嘛！」廖飛祈一手一邊搭上了他們的肩膀，此刻的表情陰沉得嚇人，也嚇得他們兩個差點大叫，「今天訓練再被我知道，你們少了溝通的話……」而廖飛祈邊說，臉上的表情轉變為冰冷的笑意。

於是Redefined戰隊的下路雙人組合，兩人僵硬地回應了幾聲「是」之後，腳底抹油、溜之大吉。

「得加倍練習了。」王成瀚無奈搖頭。

顧熙梔見此，差點就要憋不住笑意。

「喔對了！熙梔，也跟妳介紹下……」葉澈向顧熙梔招手，隨後指著牆面上掛著的品牌LOGO，「這是我們隊上目前唯一的贊助商。」

顧熙梔向牆面望去，映入眼簾的是彷彿淺藍色的天空與自由飛翔的象徵，正一步一步喚起她的記憶。

這一次，顧熙梔終於看清楚下方的那句英文，她的嘴型描繪過字母以後，聲音從喉間緩緩發出：「LuoLuo？」

「沒錯！這可是我弄了好久才談成的！」說完，葉澈也突然八卦了起來：「這名字的由來，據說是創辦者因為初戀所以取的……」

葉澈邊說的同時，也注意到從剛剛就一言不發的路星辰，在換了一種語調後對他說：「好啦，那我先帶熙梔去她的工作崗位！」

此時的他臉上沒什麼表情，令人看不出情緒。

葉澈見他這樣，眉毛一挑，也沒說什麼就領著顧熙梔上樓了。

顧熙梔跟在葉澈的身後走著，在經過路星辰的身邊時，還對他微微笑。

而路星辰也回以一個淺淺的笑。

＊

葉澈帶領著顧熙梔上樓。

他走在前頭，餘光不斷瞄向在身後的顧熙梔，似乎思考許久、但還是開口：「……Star他呀，以前生活在國外。」

聞言，顧熙梔略帶訝異的神情點了點頭，也突然能理解他之前特別又奇怪的文法。

「那孩子之前是美、韓服的紅人，因為長期站在排行榜第一的關係，所以大家都在關注他。」葉澈回過頭，他的眼神裡似乎帶著憐惜又複雜的情緒，「那時候有很多隊伍跟他接觸，包括拿過世界冠軍、在世界上很知名也很有錢的隊伍……但最後他選擇了我們。」

「第一次見到他時，我覺得他很特別……很像一隻受傷的野獸，死命地把自己封閉起來。」葉澈回憶起過去初見他的時候，他笑了幾聲，「那孩子很特別，但實力也是真的很強。」

「遊戲的敏銳度、精熟度，要成為選手的特質他全部都有。」葉澈走到一扇上頭寫著「二」的門前停下腳步，從口袋取出一把鑰匙後將門打開，「我問過他，明明有更好條件的隊伍邀請他，為什麼不留在國外、為什麼最後選擇我們？」

裡頭的光線像是傾倒而出，顧熙梔瞇起了眼，直到視線能適應光線以後，看見葉澈早已回過頭望著自己。

葉澈停頓了數秒，才對顧熙梔開口：「他說，因為他有很重要、很想再見到的人在這。」

聽見他這麼說，顧熙梔心頭一顫，腦海中的記憶突然閃過，那一片一片的拼圖如雪花般飛來，驀然回憶起心中的某個位置裡，曾經有個少年出現過……

但顧熙梔卻怎麼樣也記不起他的樣貌。

「那麼之後，就麻煩妳了。」葉澈點了點頭，笑著將那把鑰匙交至她手中。

＊

顧熙梔首先被交辦的工作內容，就是管理Redefined戰隊的社群帳號。

「但我沒有……這個經驗。」顧熙梔消化完葉澈的話以後，她的視線撇向桌上那組昂貴的桌上型電腦，還有看起來要價不斐的電競配備。

「那……這樣好了，妳撰寫完以後先給我看，我們一起討論如何？」葉澈思考了一下，想到了這個辦法。

顧熙梔似乎因為自信潰散，低落地垂下頭，手指在腿間不斷攪動。

「放心吧，妳的文字很有力量。」葉澈笑著拍拍她的肩膀，也在走出二號練習室前，轉頭開口：「一定沒有問題的。」

目送葉澈身影離去，顧熙梔抹去眼角溫熱的液體，心頭漸漸有一絲能量湧出。接著，她聽見隔牆的陣陣歡呼聲，想起季懿凡在大廳時說的那句話，她好奇地將戰隊的社群貼文倒回去前些時段，的確每一篇發文中都有很冷的那種笑話。

這時她擱在桌邊的手機收到了一則訊息，顧熙梔低頭一看，發現是路星辰傳來的。

『要憶起吃晚餐嗎？』

顧熙梔看著這則訊息以及其中的錯字，她先失笑，隨後在鍵盤上輕敲了幾個字後按下送出鍵：『好啊，然後是「一起」不是「憶起」！再去罰寫十遍～』

訊息才發送沒多久時間，就收到路星辰回覆：『六點，門口見。』

而同一時間，隔壁的一號練習室內。

季懿凡在經過路星辰的座位時，看著後者「沙沙沙——」在紙上寫字，他就面露疑惑地問：「Star，你在幹嘛啊？」

只見被點名的那人一臉認真，依舊低著頭振筆疾書，只淡淡地回：「罰寫。」

季懿凡聽到這個回答差點跌倒，因為這些天他實在太奇怪了……

像是話變多了，開臺偶爾也會講一兩句話，還有無緣無故會對著空氣笑，那天甚至讓教練嚇得把晚餐都給打翻了。

⁂

傍晚五點五十五分，顧熙梔正要前往與路星辰的集合地點。

而她經過選手們所在的一號大練習室時，餘光下意識地往裡頭一瞄，瞥見了那個熟悉的身影。

其他選手似乎都不在，只剩下路星辰一人。

現在的他戴著耳塞式耳機，黑色的碎髮自然垂墜在額前，小鹿般乾淨澄澈的一雙棕色眼睛，此時緊盯著螢幕內ＬＦＦ的團戰，一雙劍眉似乎是因為戰局，時而緊鎖、時而放鬆。

顧熙梔就站在門口看著他認真的神情，看得都呆了。

一直到一個聲音插入，才打斷了顧熙梔的出神狀態。

「妳在這幹嘛啊？」

顧熙梔被這個突如其來的聲音嚇了一跳，雙肩一抖，轉頭發現是廖飛祈站在自己身後。

廖飛祈沒等她回答就邁開大步前進，在離她幾步的距離停下後便探頭進練習室內一瞧，接著一對狐狸眼掃過她，並露出一臉「我都懂」的表情，隨後點點頭笑著離開現場。

偷看被抓包。

顧熙梔「唰——」一聲，整張臉都紅了。

而還在練習室內的路星辰似乎察覺到外頭的動靜，回過頭後看到顧熙梔紅著臉站在門口，在摘掉耳機後慌張地向她奔去。

「妳怎麼了？」路星辰一臉擔憂地湊近她的臉瞧，同時也伸出手探了探她的額，「臉好紅，不舒服嗎？」

這瞬間，兩人的距離近得都能感受到對方的鼻息，顧熙梔胸口竄上一陣麻癢，此刻緊張地連呼吸都忘了，耳畔因心跳如雷，只聽得到轟隆隆的聲響。

「怎麼又更紅了？」路星辰不知道是他的這個動作所致，只知道顧熙梔的臉又更紅了。

「我沒事！」顧熙梔像是波浪鼓一樣，大力地搖頭，想表示自己真的沒事，「很好的！」

「好吧，那妳如果真的不舒服要跟我說。」路星辰拉遠了他與顧熙梔的距離，使他們倆之間有更多空氣流動。

「我真的OK的！」顧熙梔大口大口地吸氣，想讓更多氧氣進到自己的體內。

她也不斷在心裡尖叫著，因為剛剛實在太近了！

「那我們走吧。」說完後，路星辰向前先走了幾步，然後像是想到什麼，突然停下腳步，回過頭對著她淡淡地笑了下。

✷

正當顧熙梔還在疑惑時，他開口解釋道：「抱歉，我一個人太習慣，好像都走太快了。」

他們倆步行在後街的小巷子。

兩人肩並肩走著，顧熙梔不斷偷覷著路星辰的側臉。

月光輝映，雙眼如一輪明月，好看得不得了。

而路星辰走著走著突然緩下腳步。

「怎麼了？」顧熙梔回過頭，望著被微弱地快要看不清的路燈映照著，此刻完全無法看到臉色的少年臉龐，想在他臉上找尋到自己想要的答案。

「熙熙，之後妳如果要走這條路，一定要我陪才能走。」路星辰的臉向顧熙梔湊近，也似乎都能感受到雙方的吐息，而直到這時她才看清他臉上的神情。

「哎……好。」他一雙劍眉輕輕擰起，彷彿有無窮盡的憂傷環繞著他，這也使得顧熙梔愣了下才回應。

「雖然這條路能很快到，但實在太暗了。」路星辰伸出手、輕輕撫著顧熙梔頭頂的髮，「我一定會保護妳。」

走出了後街巷子的另一端後，街燈的霓虹光亮閃爍著顧熙梔的眼，她此時才注意到這是另一頭的大街上，此刻人來人往、車水馬龍，與方才小巷子內的氛圍截然不同。

顧熙梔卻也注意到路星辰的側臉有些許寂寞，似乎與這裡格格不入。

✻

顧熙梔坐在靠窗的位置裡，即使餐館內的裝潢還算乾淨，卻也看得出有些許歲月的痕跡，但她仍滿懷新奇地看著每一處。

「這是我很喜歡的店……」路星辰坐在顧熙梔對面，對她淡淡一笑，「雖然都只是一般的家常菜。」

「家常菜！」顧熙梔一聽，雙眼瞪大著驚呼出聲。

而她這聲驚呼，也把要從一旁遞上菜單給他們的店員嚇了一跳。

「妳不喜歡嗎？」路星辰聽到她突然驚呼，心裡擔心了一下。

「不不不！我很喜歡！」顧熙梔露出開心的笑容，整個伸出雙手置於桌面上，愉悅地打起節奏。

「嗯？我還以為妳不喜歡……」路星辰對她這個反應感到意外。

「這……說來話長啦！」顧熙梔歪頭想了一下要怎麼跟他解釋，但也不想說得太多，「我過去沒什麼機會能吃到家常菜。」

路星辰迅速地在菜單的某個欄位上畫了一筆後，隨即將菜單遞給坐在對面的顧熙梔。

「那熙熙平常在大學呢？」路星辰問她，同時臉上多了分羨慕的顏色，「……也感覺大學很有趣。」

顧熙梔感覺到，他似乎對「大學」這個話題很感興趣。

「學餐！我最喜歡自己夾的自助餐！」於是顧熙梔滔滔不絕地跟他說起學校生活，「……但大學嘛，我覺得跟電競選手一樣，自律真的很重要，因為翹課翹到不能畢業的也大有人在。」

「大有……人在？」路星辰有點艱澀地重複她的話。

「嗯，意思是『相同情況的人很多』。」顧熙梔意識到這句對於他來說似乎太過艱難，於是當起國文小老師，向路星辰解說。

「原來是這個意思。」路星辰點點頭。

「我選好了！」顧熙梔雖然一邊跟他說話，但也還是有將注意力放在菜單上。

而店員聽到他們這邊的動靜，笑著迎上來接過顧熙梔手裡的菜單。

「我會常來這家店，是因為會讓我想起我媽做的菜。」路星辰看著窗外經過一對滿臉笑容的母子，像是想起什麼似的，突然提及常來這裡的原因，「我剛上國小的時候，我爸媽就離開了。」

聽到他這麼說，顧熙梔瞪大了雙眼，而褐色的眼珠在月光的反射下更顯得像是漂亮的玻璃工藝品。

「我被舅舅接到美國照顧，所以我的中文說得不太好……」路星辰說到這，有點不好意思地笑了出來，「因為周遭沒有人跟我說，久了我也忘光了。」

「我陪你講啊！」顧熙梔帶著柔和的笑看向路星辰，十分認真地對他說：「你有不懂的就來問我吧！」

「謝謝妳。」路星辰笑了，同時也感覺到自己耳朵有點熱。

原本顧熙梔還想說什麼，但此時她置於桌面的手機響了，於是顧熙梔低頭看了螢幕一眼，視線卻在撞上那串紅色的字體後，原本的笑臉在一瞬間垮掉。

有一瞬間，顧熙梔覺得像是有一道道黑影快速地朝自己襲來，那排山倒海、心驚膽顫的力道彷彿又像雨點打在她的身上，從此墜入黑暗深谷，再也萬劫不復。

坐在她對面的路星辰將一切都盡收眼底。

路星辰不動聲色，迅速將顧熙梔的手機取走。

「熙熙？」路星辰喊了她一聲，節骨分明的手勾住她顫抖不已的纖指。

「我……」顧熙梔此刻的臉色很難看，一張小臉上慘白如紙。

「沒事的。」路星辰覺得她快要昏厥，一雙劍眉緊鎖，同時也攀上她的手、緊緊握住，小鹿般的雙眼無比認真地看著她，「害怕的話，看著我吧？」

「咦？」顧熙梔眨了眨眼睛，臉色恢復以往，似乎是被他突如其來的話語拉回現實。

第十二場遊戲　失利

「呃，不……」路星辰也是到脫口之後才察覺自己說了什麼，突然間也有點慌了手腳，趕緊解釋道：「我是說，以後比賽可以多看我……的操作一點。」

他現在慌張的模樣連同耳根通紅，令顧熙栀覺得剛剛還烏雲密布的情緒全都消散，轉變成豔陽天。

「好啊。」顧熙栀輕輕笑出聲，她索性直接把手機關機，同時也將幾絲落下的髮勾回耳後。

從玻璃窗透進的月光照射在顧熙栀的身上，使得她盛開的笑臉彷彿散發著光芒。而坐在對面的路星辰微微地睜大雙眼，這瞬間的她好似被溫暖光芒包裹住，他的思緒有了片刻的斷線。

而這時店員開始陸續上菜，也中斷了他們原先的談話。

「好好吃！」顧熙栀才剛將眼前的佳餚送進嘴裡，就看到她眼裡閃著光芒，口中含糊不清地說著讚美的話語。

「好吃就好。」路星辰見她高興的樣子，心裡也一陣愉悅。

「不過啊……」顧熙栀喝了一口隨餐附贈的飲料後，像是突然想到什麼開口，「星星為什麼會想成為選手呀？」

「妳聽過國外的ＴＪＬ戰隊嗎？」路星辰也想了一下，他也是第一次跟人提起這個原因，「就是被叫『邪教』的那個。」

「啊，我知道他們！」顧熙栀想起之前為了更瞭解職業電競，在網路上看過各種ＬＦＦ的相關資料，印象裡的確就有那麼一支隊伍，因為能不分場合讓全場一起呼喊他們的隊名而有了這個稱號。

「我不適應國外生活，所以我開始玩ＬＦＦ。Thor選手是我在這遊戲裡第一個遇到的高手，雖然我以前跟他玩都輸很慘，但我還是很喜歡他……我也一直都有個目標，我想要變得跟他一樣強、我想要跟他比賽、想要跟他站在同一個舞臺上。」路星辰用他那低低的聲音說著，他的嗓音不斷繚繞、徘徊在空氣中，久久不曾消去，「我們只要能拿到『冠軍』就能出國打世界大賽，就有機會能遇到他，雖然他應該不知道我是誰，但我好想讓他知道……當初被電爆的小菜雞，現在已經站在這裡了。」

顧熙梔聽著路星辰的話，輕輕地點頭，表示能理解他不適應國外生活而以遊戲作為一種放鬆方式。她也突然明白，或許是面對陌生的環境和文化，大大地影響了他的性格，才會讓人覺得他冷漠又冷淡。但她同時注意到，當路星辰在說到這些的時候，一雙小鹿般的眼中不斷閃著光芒，似乎能感受到他對於遊戲和Thor選手滿滿的愛。

而那瞬間的他，就像天空中最閃耀的那顆星星。

「我好像……說得太多了。」路星辰回過神，帶著有些抱歉地眼神看著顧熙梔。

「不會！不會！」顧熙梔的心中冒出了許多想法，她的雙手大概舉到胸口的位置，輕輕地搖了搖表示沒關係，又對著他笑了笑，因為對她來說，這是能多知道關於他的一些事的機會，「……倒是我很開心能聽到這些喔！」

但話說到這時，顧熙梔心頭「咯噔」了一聲。

因為如果路星辰留在美國，就等於會跟那位選手同賽區，能直接跟他比賽，就不需要還得先拿到冠軍才能出國了……

此時她的腦中突然回響起葉澈的那句話，不斷地在耳邊重覆播放著。

「他說，因為他有很重要、很想再見到的人在這。」

顧熙梔表面裝作若無其事，但其實她無法不在意，也無法不去想，能讓路星辰不惜放棄跟那位選手同賽區的機會，也要再見到的人……

「妳怎麼了？」路星辰似乎是發揮出平常在遊戲內的敏銳度，留意到顧熙梔的異常。

顧熙梔嚇了一跳，抑制住心中所有的酸澀感，對著路星辰笑了下，說：「我沒事啦！」

而顧熙梔接住方才心中冒出的想法，想將虛無化為實體，便對著路星辰脫口道：「我想要幫你們拍一個紀錄片！」

✷

「熙梔，聽說……妳要幫我們拍紀錄片嗎？」季懿凡在聽到消息的隔天，興沖沖地跑到顧熙梔身旁一蹦一跳的問，「澈哥好像很高興耶！」

這時的顧熙梔正在幫忙打掃大廳，而身後還站了個拿著抹布、自告奮勇說要幫她的路星辰。

「對呀，我打算要……」顧熙梔原本還想跟他多說點自己的計畫，卻沒想到季懿凡一溜煙跑走說要回去練習了。

「那、那個……我、我、我先回去練習了！」季懿凡的聲音還跟他跑遠的身影一樣越來越小。

顧熙梔回頭看向她身後的路星辰，面露疑惑地問：「他怎麼了啊？」

路星辰不在意地聳聳肩，繼續擦著大廳的桌子，他以低低的聲音淡淡開口：「別管他。」

而幾乎是「逃」回練習室的季懿凡此時抱著他的美少女抱枕，在其他隊友怪異目光的注視下還抽抽噎噎、可憐兮兮地說：「人、人家只是想跟熙梔說一下話，就被Star瞪了……」

＊

幾天後，顧熙梔在下午的課結束之後，獨自在宿舍內翻箱倒櫃，似乎在尋找著什麼。

「熙梔，妳今天會過去電競館對吧？」劉家家回到宿舍後，越過她倆之間的梯子，探出頭問她。

「對呀，今天戰隊有比賽。」顧熙梔半個人都爬進衣櫃，只剩一雙白皙的腳丫還露在外頭。她努力撥開頭頂上懸掛的衣服，一隻手在深處撈了撈，在確定手中那樣東西的重量後與之一同出了衣櫃，「但我會先去基地，他們要先開賽前會。」

她的雙腳踏回寢室內鋪的塑膠地墊上，手背擦了擦額際快要滑落的汗珠，並伸展了下些微發酸的手臂以及腰桿，再度在心中暗自抱怨這所學校的宿舍哪裡都很好，就唯獨衣櫃實在太深，缺乏收納設計，就只有一根橫著的桿子能掛衣服，令她們要取物都很不容易。

這個衣櫃也被學生們戲稱做「異次元空間」，因為每每從櫃裡出來都像跑完五千公尺一樣渾身痠痛、滿身大汗，個個都會滿頭問號地表示：「我是誰？我在哪裡？」

「咦，妳居然有相機！」劉家家看到她手裡拿著的物體，驚奇地說。

「被『異次元空間』一吃就吃了快四年，都快忘記我有這東西了。」顧熙梔吐吐舌嘆道。

「我以後的家，一定會注重衣櫃的設計。」說到這個衣櫃，劉家家對它也是有千百個怨念，顧熙梔在這近四年裡就聽過她說過好幾次這句話。

「同感。」顧熙梔拍了拍她的肩膀，笑道。

「不過，妳帶相機要做什麼啊？」劉家家問她。

「是祕密！」顧熙梔微微地笑著，看著自家室友嘟起嘴的表情，她只好又補充：「是我想要記錄這群選手的訓練、比賽，還有一些日常生活。」

「哦～我大概知道妳要做什麼了！」劉家家立刻意會過來，「好啦，妳快點去！不要遲到了！」

「那我出門啦！掰掰！」顧熙梔穿戴完畢，整裝出發。

＊

顧熙梔搭上前往Redefined戰隊基地的公車，因為一路順暢的關係，比她原先預設的時間還早到達。

一進到基地大廳，就見到季懿凡、金榮禧及李承翔三人一臉乖巧地坐一排在大廳中的長椅，幾人的雙手還安分置於腿上，那模樣像極了在幼稚園裡被訓斥過後的小朋友。

「熙梔來啦？」葉澈首先注意到她，似乎察覺她的視線往那三人方向看去，於是他笑著說：「比賽前禁止吵鬧，結果就是這樣。」

聽到葉澈這麼說，顧熙梔大致上能理解了剛剛發生了什麼……在心裡再次佩服他的管理能力後，還是面露微笑跟在大廳內的幾人打了招呼。

「澈哥，時間差不多了。」廖飛祈的聲音從二樓傳下來，隨後他本人沿著樓梯下樓，後頭還有路星辰以及王成瀚。

此時幾個選手一齊走向那個放有他們獲勝獎盃的嵌壁式原木櫃，他們一字排開、個個站好，原本還帶有少年感的一群選手瞬間氣勢滿溢，她的心臟突然「砰咚砰咚——」地劇烈狂跳著。

顧熙梔手裡拿著相機，有點緊張地吞了吞口沫。

「好，都到齊了吧？」葉澈與王成瀚也走近那個原木櫃，兩人在一旁的位置停下，轉身面向所有選手。

接著葉澈環視大廳內一圈後，他朝站在身旁的王成瀚點點頭，接著清了清嗓子，面帶嚴肅地開口：「今天呢……是對上前一季排名第二的ＭＫＫ戰隊，希望你們都能發揮平時充分練習的結果，拿出你們的實力，衝擊這個賽場！」

「是！」五名少年齊聲喊出的聲音巨大，快要把天花板掀了。

「好啦！那我們出發吧！」葉澈收起剛剛的嚴肅，對著幾人咧嘴一笑。

這是顧熙梔第一次看到電競隊伍在比賽前的樣子，她停止拍攝後，無法克制地起了雞皮疙瘩，臉上也不禁露出震撼的表情。

「這就是我們的賽前會。」葉澈見顧熙梔的表情變化，便走近她身邊詢問：「雖然很短，但卻是能凝聚團隊力量的一部分。」

顧熙梔沒有接話，但她此刻眼裡正閃閃發光。

葉澈見此笑了下，對著她點點頭後，轉身離去前的背影也同時說著：「萬事拜託了。」

✷

Redefined戰隊的巴士抵達電競館的大門時，一如往常地又被手舉燈牌、手幅的一群粉絲包圍。

顧熙梔滿頭黑線，因為她現在對這群粉絲有滿滿的陰影。

「嘿嘿，我先下車啦！」季懿凡還沒等巴士完全停止就蹦蹦跳跳地跑到車門旁。

「哇，粉絲好多！」金榮禧看著車外的粉絲說，「喔，那個地雷系妹子好正！」

巴士完全停止、車門還尚未開啟時，所有人都起身準備下車，唯獨路星辰還好端端地坐在位置上，他的手支著頭，眼神淡漠地看著遠方，彷彿天塌下來也不關他的事一樣。

顧熙梔原本也跟著站起來，但馬上就聽到從前頭傳來阻止的聲音：「熙梔妳先留著！妳陪Star從後門進場！」

「哎，我嗎？」顧熙梔轉頭看向聲音傳來的方位，訝異地指著自己，「可是不是有規定戰隊全員下車後要走正門嗎？」她想起自己臨時惡補的其中一條比賽規定。

「齁，妳都不知道他有多怕人！」季懿凡擺擺手，他現在的動作很像市場傳八卦的大媽，「次級聯賽的第一場比賽走正門就吐了！吐得整個走廊都是……多難清啊！」

「那時工作人員的表情，說多精彩就有多精彩！」李承翔大笑出聲。

「我的鞋子還被吐到！那是新的……」金榮禧難過地抹了一把鼻涕眼淚。

「比賽還因為這樣輸了。」王成瀚雙手一攤，無奈表示。

廖飛祈一雙狐狸眼看不出情緒，掃過外面那群快要把巴士推倒的粉絲，「也因為他的長相，官方怕會發生暴動，默許他可以走後門進場。」

「總之，為了避免意外發生，就麻煩妳跟著他了，不過……」葉澈略帶抱歉的眼神看著顧熙梔，而他話還沒說完，吊著一群人的胃口好一陣子，在大家期待的目光下說：「也趁這時候看看有什麼素材可以拍？」

而廖飛祈忍住翻白眼的衝動後，在經過顧熙梔身邊時，悄聲在她耳邊說：「他……是真的很怕人多的地方，就拜託妳了。」

聞言顧熙梔愣了愣，唇畔微啟，一直到巴士駛離後，她才消化完他們的話。

……所以路星辰是以什麼心情跟她一起去看比賽的？

「熙熙，我們下車囉？」

顧熙梔回過神，發現巴士已經停妥，路星辰也不知何時站到了她的身旁。

「好。」顧熙梔看了他一眼，確定他的神情沒有任何異常後才站起身。

路星辰注意到她的這個舉動，嘴角不由自主地微微上揚。

「找妳出門這件事，是我自願的……」路星辰揹著自己的裝備包，一腳一階走下巴士的階梯，「而且我那天很開心。」

「咦？」顧熙梔聽到他這麼說，驚訝的神色直接寫在臉上。

而她的驚訝在於，怎麼路星辰都知道她心裡在想什麼？

「熙熙走囉，我們要先去測試器材。」路星辰朝向後門走去，走沒幾步後也不停地回頭望著她，像是在確認她有沒有跟上。而路星辰看著她的眉眼間，始終都帶著淡淡的笑意。

＊

顧熙梔一路拿著相機跟拍，直到這幾位少年走上舞臺。

看著他們圍起圓陣、呼喊口號的身影，她覺得好耀眼。

而比賽就隨著主播、賽評的開場，以及觀眾熱血的應援聲開始了——

但這場比賽，位在紅色陣營的Redefined戰隊在選角、禁用環節就處處被對方針對。

ＭＫＫ戰隊尤其針對路星辰，將他擅長的所有角色全數禁用。

以「少年劍神」為首的角色美術圖上多了兩道紅色的大叉叉，在進了禁用區以後，顧熙梔的心緒就跟著會場內的幾聲失望嘆息一樣摔落低谷。

雖然路星辰還是選擇了其他角色應戰，但由於他現在選擇的角色因為版本改動的關係，導致在一開賽時就被對方壓制。

緊接著下路雙人組合也因為失誤，儘管Redefined戰隊的其他人即時趕到，但還是被對方打出一波完美的團戰。

「Redefined戰隊今天似乎運氣不太好啊！」主播山羊坐在主播臺上，可以聽得出他的口氣中帶著一絲遺憾。

「我們可以從一開始那波團戰看到……」賽評久久也接著主播山羊的話說下去。

顧熙梔的耳畔開始嗡嗡作響，拿著相機的手指也因為用力而使得指節有些泛白，頭頂上那盞場館大燈照得她頭暈，眼前也漸漸因為眩光而看不清……

不知道過了多久，顧熙梔再回過神時是先聽到一陣歡呼聲，她再抬起頭就看見大螢幕裡，紅色陣營的堡壘在對手的攻勢下支離破碎，接著化作塵埃。

這場比賽，遊戲時間三十分鐘，就在ＭＫＫ戰隊攻下堡壘後獲勝。

✷

顧熙梔不用點開論壇，就可以想像現在上面是怎麼說的。

而Redefined戰隊的休息室內，氣氛一陣低迷。

所有人都不發一語。

「可惡！」季懿凡氣得踢了一腳身邊的椅子。

「One，不准破壞公物，回去加練一小時。」廖飛祈眼神淡淡地掃過季懿凡一眼。

「收拾收拾東西，我們先回去開檢討會吧！」坐在最前頭的葉澈首先站了起來，對休息室內的所有人說著。

而這時，一個身影突然站了起來，隨後在大家都還沒做出反應就奪門而出！

還留在休息室內的眾人面面相覷。

只有站在最前方的葉澈先是嘆了口氣，然後看向顧熙梔說道：「熙梔不好意思，他……真的要麻煩妳了。」

第十三場遊戲　交會

「星星……去哪了？」顧熙梔走出休息室以後，站在人來人往的場館走廊上，雖然頭頂上的日光燈照得她頭暈目眩，但還是伸長脖子思考他有可能前去的方向。

「借過一下喔！」工作人員推著沉重的音箱設備，一方面探頭注意前方動線。而另一頭的工作人員拿著對講機大喊：「下場比賽的設備還沒調好嗎？」

「便當來了喔！」另外幾個工作人員提著大塑膠袋，從後門方向走進。

顧熙梔穿梭在茫茫人海中，找尋路星辰的身影。

「星星……」顧熙梔的臉色緩緩沉下，眼神中充滿無助，心一橫，也顧不得其他，似乎在對著自己的腿說：「……拜託了！」

顧熙梔才邁開步伐。接著倏地，一陣椎心刺骨的疼意竄上，攫住她的全身感官，她差點跌倒，在千鈞一髮之際扶住一旁的牆面，一滴汗珠也從額角滑落。

「果然還是……」她一邊喃喃自語，一邊輕輕倚靠在牆邊，目光在左腿上停留片刻，顧熙梔牙關緊咬，既無奈又憤怒地伸手，就要朝腿間用力搥下。

「妳是……？」一個男性的聲音從顧熙梔身旁傳來，就像暮色的夜空那般特別。

視野內停留了一雙鞋的鞋尖，顧熙梔的動作停下、同時也抬頭一看，察覺站在那的是當日有一面之緣的J。

他面帶微笑，在瞥了顧熙梔掛在胸口的識別證後，內心情緒起伏，心想著：「Star這是近水樓臺先得月？」

即使如此，但他還是優雅地站在原地，保持一慣的泰然自若開口：「如果妳要找你們家Star的話，他往後門的方向去了。」

「謝謝你！」顧熙梔的臉上綻放笑容，便舉步往那個方向前去，尋找那令人放不下心的身影。

J目送顧熙梔的背影遠離，臉上多了幾分八卦的笑容。

＊

走到底的長廊，顧熙梔迎接出口，也漸漸背棄光明，緊接著黑紅的色彩就逕自映入眼簾。

她捏捏有些出汗的手心後抬起眼，目光內滿是擔憂地看著他的方向。

那名少年，正獨自蹲坐在當初顧熙梔第一次見到他本人的那個位置，而緊緊擰著的眉心、發白的臉與唇色，都在訴說他有多麼痛苦。

顧熙梔也是近看才發現他的臉浮著一層虛汗，她心中一顫，胸口逐漸被一種奇怪的感覺撞擊。

於是她悄悄走到他的身邊，靠著牆緩緩地坐下。

那名少年起初發現身旁多了一個人，他驚嚇地瞪大雙眼，雙肩也因為情緒而緊繃，彷彿是隻驚弓之鳥。

一直到傳入鼻間的是他熟悉的那股氣味，才令他放鬆下來。

而兩條本是平行的線似乎開始相交，孤單與寂寞的兩人終於碰觸在一起。

「很遜對吧？這樣要怎麼去打世界大賽……」路星辰自己先開口了，但他的雙手擱在那雙眼睛上，讓人看不清情緒，「我本來，一直都想在妳面前維持很強的樣子。」

顧熙梔聽到他的話，差點沒笑出聲。

因為見過他那麼多不同的表情與面向，路星辰在她心中的形象早就不是只有那個很強又高冷的「Star」而已。

顧熙梔沒有說話，就只側頭對著路星辰微笑，也伸手輕放在他的頭上，猶如安撫般地輕拍。

沉穩的力道不斷傳來，路星辰倏地放下擱在眼前的手，在視線接觸到顧熙梔的笑眼時，已湧到喉間的自貶話語都被他吞了回去。

那樣的笑容在她的臉上，令人絲毫移不開視線，而她的髮細膩如絲，因為側頭的動作使得長長的褐髮滑落，伴著陣陣清風吹拂，不知不覺間，空氣中已充滿著顧熙梔的味道。

「我……」路星辰只開口說了一個字，緊接著就是哽咽與輕聲的啜泣取代了他的聲音，在顧熙梔不斷傳遞的力量裡，潸然淚下。

夜幕的星月不語，就只剩下他的悲咽聲釋放。

路星辰的哭聲漸漸微弱，而顧熙梔的手沒有停下。

過了許久，低低的抽泣終於停下，路星辰有些呆愣地望向顧熙梔那側，他因為哭過的鼻尖與眼，在暗色的夜裡像不斷閃耀的紅寶石。

「我好像好多了。」路星辰發現，原本低落心情突然煙消雲散，彷彿被絢爛的陽光照射過，這一瞬間連自己也覺得不可思議。

心跳緩緩加速、被溫暖包裹他的全部，記憶中的女孩身影、頂著一頭雜亂披散著的髮、湊近瞧著他的模樣都猶如昨日發生，而此時他的大腦發出渴求的訊號，令他突然想再嚐嚐某個滋味……

顧熙梔擔心他是不是因為不想給自己添麻煩，所以才說自己已經好了。

她知道他有多痛苦，她就會有多心疼。

正想開口說話，顧熙梔一回過頭，就見路星辰緩緩抬起頭，雙手撐在身後，深沉的眼底與黑夜應對，像是一潭無法見底的湖水，他看著天邊遙遠的星光，若有所思地開口：「我很想吃布丁……現在。」

「哎？」顧熙梔以為自己聽錯了。

「現在，我好想吃布丁。」路星辰又再重複了一次。

「那這附近有個知名甜點師開的店，你要去看看嗎？」顧熙梔邊說著，邊拿出手機想搜尋地圖。

「我想要便利商店的。」路星辰垂著腦袋，他伸出手，拉過顧熙梔正覆在手機螢幕上的手。

「咦？」顧熙梔瞪大了眼，一雙被月光映照著光輝的褐色眼眸，望著似乎在她面前示弱的少年，她眼睛眨呀眨，一張小嘴也因為驚訝而微微開啟。

「走。」路星辰拉過她的手，完整地收入自己掌中。

顧熙梔感受到和他的肌膚接觸，還沒消化完剛剛的驚訝，就接收到他掌心不斷傳來的熱度，一波波向她襲來的攻勢像是對著她的心臟爆擊，令她整張臉紅得冒煙了。

「這樣不好啦，如果又被拍到……」顧熙梔現在超級緊張，手腳都快打結。

「妳很漂亮啊。」路星辰低低地笑著，月光打在他的臉上，整個人散發的光芒耀眼不已。

「什……」顧熙梔聽到他這麼說，此時更加感受到自己臉傳來的熱度不斷攀升。

「我是說真的。」路星辰的語氣十分誠懇，一雙澄澈的眼無比認真，也強調般地再說了一次：「妳，非常漂亮。」

語畢，路星辰這時才意識到他剛剛說了什麼，臉頰上的溫度傳達到大腦，告訴他這就是害羞的訊號。他有些不知所措地伸出手，抓了抓那前額隨風起舞的碎髮，別開眼看向一旁。

顧熙梔望著眼前的少年，內心充斥興奮與焦躁，而心中的小鹿撞得她一塌糊塗，在看著他那張風靡萬千少女的臉，已經弄不清她現在的心情是什麼，情急下自隨身包包裡取出一個新的醫療口罩，遞到路星辰的面前，「戴上吧！」她說。

「好。」路星辰笑著接過，並以空著的那隻手迅速將口罩戴上。

對此顧熙梔感到好氣又好笑，因為他緊緊牽著的手還是沒有放開。正當她鼓著臉看著他們相連的手，突然間耳邊又響起葉澈的話。

「他說，因為他有很重要、很想再見到的人在這。」

……有一瞬間，她的心好酸。

她好羨慕那個對他來說很重要的人。

＊

顧熙梔站在便利商店的冷藏櫃前，看著剛補完貨、排列整齊的盒裝布丁，似乎產生了零碎的記憶，她使勁地去回想，卻只收到徒勞的回應，只依稀記得與自己面對的當事人，他的額角似乎有一條長長的疤痕。

「熙熙也要嗎？」路星辰指著櫃內的布丁，一雙眼閃閃發亮地看著顧熙梔。

「嗯……今天很晚了，我先PASS。」顧熙梔被他這麼一喚，終於回過神來。她下意識先往他被碎髮遮蔽的前額望去，接著看了下時間，拒絕這個看似絕佳的提議。

「為什麼？」路星辰拿了三個一組包裝的布丁，疑惑問。

「這麼晚吃會胖……」顧熙梔說著，並摸摸自認不甚滿意的小腹。

而路星辰聽到她這麼說，稍稍退後了一步，視線將顧熙梔全身由下往上看了一遍後，滿是疑惑地開口：「妳很輕啊？」

「才沒那回事……」顧熙梔今天被他稱讚幾次，不免有些害羞，開心地邊笑邊說：「我明明就很重！」

「我揹過妳走整路！」路星辰和顧熙梔兩人邊說，邊往櫃臺的方向走去，「妳根本就像一根羽毛啊？」

聽到這，顧熙梔又想起上次那令人害羞的場面，感覺到自己臉頰又開始發熱。路星辰也想起那天發生的事，感受著自己臉頰的溫度，同時無意間看到玻璃映照的自己，暗自慶幸要不是口罩遮去了大半張臉，一定會被顧熙梔發現自己此時紅了臉。

但他卻沒注意到自己的耳朵也紅了。

「星星……」他們離櫃臺還有幾步的距離，顧熙梔抬起頭看著比自己高出一顆頭的路星辰，原本還想跟他說些什麼，但同時路星辰的手機響了。

「是Fly打來的，熙熙……等我。」路星辰以眼神和顧熙梔表示抱歉後走向一旁，接起了電話。他的神態與語氣在這一瞬間起了變化，話語裡的冰涼彷彿能將一切結成凍，在與和顧熙梔說話時相差甚遠，「嗯，我們在路口的便利商店……好。」

掛上電話後，路星辰先是大步走向櫃臺的方向，將手中的布丁交給店員結帳。在收好店員找回的零錢與發票後，他輕輕吁了口氣並轉身，視線與顧熙梔對上的瞬間緩緩轉為柔和，一雙眼笑得彎起、像是掛在天邊的彎月那樣明亮。

「熙熙，他們說要來載我們回去，大概五分鐘後會到。」

和少年的視線相交，顧熙梔的心又開始「撲通」地狂跳，「好！」

兩人一同走出超商門口，路星辰像是想到什麼，開口問：「妳剛剛是不是有話要跟我說？」

顧熙梔其實在剛剛被「斷招」後，就不知道要怎麼開口。

尤其原本準備好要說的話是比較令人害羞的那種……

而顧熙梔的腦海不禁閃過從他們相遇到現在的種種經歷。他們每一次的相處，都讓她感受到他們之間有一種奇妙的連結，彷彿彼此的心靈已經交織在一塊。

但葉澈的話又不斷在她耳邊響起，她也努力控制內心的紛亂，雖然複雜的心情讓她感到迷茫，並不知道該如何釐清自己現在的心情，只不過她的心中同時也希望能保持這份微妙的關係。

於是她抬起手，輕輕地在自己後腦拍了下，靈動的褐眼像是會說話一般眨呀眨，故作抱歉地對路星辰說：「我忘記我要說什麼了……」

「等妳想起來再跟我說吧。」路星辰看著顧熙梔的眼裡含著笑意，也帶著只給她的那份專屬溫柔。

而這時路邊傳來汽車的喇叭聲，令兩人同時間轉頭看向聲音傳來的方向。

「上車啦！」季懿凡搖下Redefined戰隊巴士的車窗，探出頭對著他們大喊，但下一秒就被伸出的一隻手抓回，後來那個位置取而代之的是廖飛祈，向著他們倆點點頭。

還在路邊的兩人見此畫面，相視一笑。

✷

「有布丁！」他們一上車，眼尖的季懿凡發現路星辰手裡拿著三個一組的布丁後，就用手拍著前面的椅背，嚷嚷著說他也要。

車上除了廖飛祈以外的選手兩名，見季懿凡半真半假地吵著，也紛紛加入「向路星辰要布丁」的行列。

「我也要！」李承翔伸手。

「我們一人一個剛剛好！」而金榮禧似乎計算錯誤。

「不給。」路星辰對他們除了冷淡還是冷淡，不著痕跡地收攏指間的力道，像是在保護一件極為珍視的物品，也深怕一不留神就會被搶走。

「好吧，小氣鬼……」季懿凡嘟起嘴，雙手一攤，「去喝涼水啦！」

「欸，那下一句是什麼啊？」李承翔摸著下巴思考。

「滿地開花二五六！」金榮禧馬上接話。

「才不是！你連數字都接錯了！」季懿凡從位置上跳起來，狠狠吐槽：「那絕對是根爛掉的香蕉啊！」

「好噁……」

「噁爆了。」嫌棄聲在巴士內此起彼落。

顧熙梔走在路星辰身後，很努力地在憋笑。她跟這群選手相處也有一陣子了，她很清楚這就是他們相處的方式，與其說是一個團隊，更像是一個大家庭，彼此間的互動既有趣又溫馨，他們之間已經建立起深厚的羈絆。除此之外，顧熙梔也發現他們都很喜歡鬧路星辰。

很多人都覺得「Star」既冷漠又冷淡，也總是頂著一號面癱表情，卻沒有人真正理解他為什麼會這樣；也很多人覺得「Star」就應該要符合他們心中「強」的樣子，若稍有失誤則跌入萬丈深淵，彷彿罪大惡極，遭受萬人唾罵。

這令顧熙梔感到無奈又心疼。

那天在餐館知曉了「Star」背後的故事，了解了他是個單純為夢努力的少年，而冷漠和冷淡只是他為了保護自己的方式。

要成為一名選手的壓力該有多大？想必他一定經歷了許多挑戰和困難，但他一直在追求自己的夢想。她真的很欣賞他那股堅持和不屈不撓的精神。

她也非常開心他能待在這樣的一支隊伍裡。

「好了，你們別鬧了。」葉澈與王成瀚分別坐在最前排一左一右的位置上，而此時葉澈轉頭出聲制止這群選手，「大家先休息一下吧，回去還要開檢討會！」

一聽到關鍵字，車內原本的說話聲完全消失無蹤，只剩下一個個選手面色凝重地乖乖坐好。

顧熙梔坐在第二排，她的手托著下巴，一雙眼看著車窗外的景色。

而突然間，她聽到前頭傳來喊了她名字的聲音，回神後發現，是坐在自己前一排的葉澈正小小聲地叫她。

「澈哥？」

「今天謝謝了，多虧有妳。」葉澈此時臉上的表情充滿感謝，與剛剛和選手說話時的嚴肅不同。

「不，這沒什麼的！」顧熙梔慌張地搖頭，雙手也舉起至胸前大力地左右擺動。

「呵呵呵。」葉澈見她的反應，不由自主地發出笑聲，回過頭沒再說什麼。

✷

很快地，Redefined戰隊的巴士抵達顧熙梔的學校。

「謝謝大家！」顧熙梔待巴士停妥後，起身對車上所有人道謝，她不想耽誤到他們的時間，便迅速起身、快步走下車，「大家晚安……」

而就在這時，顧熙梔的身後傳來一道聲音將她喊住。

顧熙梔不用回頭就知道這個聲音是誰。

「怎麼了？」顧熙梔已經站在離巴士幾步遠的人行道上，回過頭就看到一步步朝她走來的路星辰。

「給妳。」路星辰不知何時拆了那組布丁的外膜包裝，纖長的手裡拿了其中一個布丁，遞到顧熙梔面前。

顧熙梔沒有立即接過，她的目光掃過路星辰手裡那黃澄澄的布丁，她吞了吞口水。

本想別開視線不去注意，但下一秒她的手被一隻溫暖的大手拉起，等顧熙梔反應過來時，那個布丁已經交到她手中了。

「為什……」儘管有過數次的肢體接觸，但顧熙梔還是嚇了一跳，一雙眼瞪得大大的。

「就當是回禮。」路星辰笑得寵溺，一雙像小鹿般澄澈的眼笑得彎起，彷彿眼前站著的女孩是世間上最美好的寶物，「……早點休息。」

路星辰說完後，那雙眼深深地再看了顧熙梔一眼，不等她回應便隨即轉身就要走回巴士。

「什麼回禮……？」顧熙梔疑惑道，但望著他馬上要離去的背影，於是深深吸了口氣，有些緊張地閉了閉眼睛才開口：「我……」

路星辰聽到她的聲音，依然背對她的身影愉悅了起來，笑意全寫在他的臉上。

而將這一幕全都盡收眼底的Redefined戰隊所有人，驚嚇得把原本在拍車外兩人互動的手機都給弄掉了，紛紛想確認原本的路星辰到底是被外星人調包到哪去？

「我會一直支持你的！」顧熙梔站在人行道上，鼓起十足的勇氣，一口氣將在超商時沒能說完的話告訴他，「一直都會！永遠……都會支持你！」

「謝謝妳。」路星辰轉過身，臉上的笑意令唇角勾起一個好看的弧度，「我也會繼續支持妳的。」

語畢，路星辰大步往巴士走去。

回到巴士上的路星辰在面對領隊、教練及一眾隊友，雖然又恢復了平時的樣子，但留在臉上以及耳根的紅暈過了許久依舊沒有消退的跡象。

✵

一直到顧熙梔走回宿舍，她都還是沒弄懂路星辰最後說出的那句話……

「支持我……什麼啊？」她反覆咀嚼，卻始終不明白他的意思。

第十四場遊戲　意識

「顧小姐，如果妳考慮好了歡迎再聯絡我。」身穿西裝的中年男房仲，臉上掛著專業的笑容，正在將物件的大門鎖上，一邊對站在走道一旁的顧熙梔禮貌地說：「那麼，我還有其他帶看，必須先離開了。」

「好的，謝謝您。」顧熙梔禮貌地向那人道謝。

一直到房仲的身影消失在轉角的盡頭，顧熙梔意興闌珊地翻閱手裡的物件資料，同時環顧了走廊的環境，或許是希望能在這個陌生的地方找到令她感興趣的事物。

但牆面的水泥坑坑斑駁，雖有幾扇窗戶，卻無法將外頭的陽光帶進來，使得光線昏暗無比，而唯一能帶來照明的鎢絲燈泡，卻在頭頂上閃爍不定。

失望全寫在臉上，顧熙梔有氣無力地拿起手機，朝螢幕上的時間望：「下午兩點……」

顧熙梔像是洩了氣的皮球，周邊勾起她對「家」的印象，腦海中閃過一股陷在可怕無盡地獄裡的念頭……她的神色黯淡了幾分，緩緩朝下樓的樓梯走去。

而樓梯間雖然有燈光，但卻因為建築封閉的關係，宛如套上一層深灰色的濾鏡，因而變得更加昏暗，朦朧地看不清前方的道路，顧熙梔死死地抓著自己的手臂，指甲都快要插入肌膚之中，連帶虎口處的心形疤痕也因力道而充血鮮豔。

她小心翼翼地踩在階梯上，耳畔卻傳來男人撕裂、彷彿要將一切毀滅殆盡的可怕咆哮：「沒有勢力、沒有權力……還想跟我玩捉迷藏？」

也從那一日起，她開始提心吊膽，並不清楚自己還有多少日子能度過。

來自左腿的疼痛如會傳染般逐漸蔓延，顧熙梔強忍著痛，卻在經過第一個樓梯轉角時，注意到牆上那面方才未曾注意到的連身鏡，似乎是著了魔，她不假思索地抬起眼，視線冷不防與鏡中的自己碰撞。

那一刻顧熙梔渾身發出顫抖，好像看見了什麼，埋藏在心中深處的寒意與恐懼也不斷湧現，她恐懼地摀住嘴，幾乎是落荒而逃地邁開步伐。

顧熙梔不停地向前跑著，就像被從身後追趕一樣，而她也似進入一個輪迴裡，樓梯如同無止盡般地出現在眼前，不停地在原地兜圈子。

驚慌失措、呼吸紊亂、大腦逐漸失去思考的選項，使得顧熙梔在經過每一面鏡子時，都只能一味地狼狽躲避。

此時，一抹璀璨的陽光近在眼前，但疼痛卻像枷鎖，使得顧熙梔於咫尺之處跌倒在地，也從剩餘的幾個階梯滾落，口袋裡的手機也因此拋飛，顧不得自手腳滲出的溼黏液體與逐漸擴大的血腥味，她慌張地爬起，但目光卻直直地撞進了牆面的鏡子裡。

裡頭映照出看不清面容的「人」，有著一頭像是雜草一樣枯黃的髮隨意披散在肩膀，身上穿著不知道多久沒更換過、破爛且髒兮兮的衣服，每一寸皮膚更是飽含新舊交疊的傷痕，看著令人怵目驚心。

顧熙梔呆愣地望著，唇畔微啟，想吸進更多的氧氣，但那「人」卻開始放聲大哭，哭得歇斯底里。她伸出顫抖的手，晶瑩的淚珠自眼角滑落，似乎是想碰觸鏡子裡頭的「人」，但突然一道一道的血痕竄上，直到鮮血飛濺，從天空下起了血雨，將整個空間都染紅、染上了再也無法洗刷的血腥氣味。

「對不起……」顧熙梔抽回手、緩緩跌坐在地上，她的一張臉慘白著，神情恍惚地自言自語：「我還是……做不到。」

拋飛在一旁手機躺在那許久，剎那間螢幕突然亮起，接著不斷發出震動，提醒著有人來電。

聲響迴盪在樓梯間裡，令人頭皮發麻，顧熙梔嚇得發出驚呼，六神無主的目光飄向四四方方的螢幕，上頭顯示著三個字：「葉領隊」。

彷彿是經歷了一場浩劫，她的身體虛浮暈眩，沒想太多就將電話接起。

而聽見葉澈焦急的聲音不斷從話筒傳出，顧熙梔的世界彷彿被重擊後裂開。

✷

顧熙梔趕到Redefined戰隊基地時，她的手裡還拎著一大袋從藥局掃來的藥盒。

「澈哥，熙梔來了！」季懿凡一發現顧熙梔抵達後，便扯著嗓子向坐在大廳內的一干人等大喊。

而被他這麼一喊，全部人都抬起頭，幾雙眼睛同時盯著她瞧。

顧熙梔下意識地後往退了一步，但還是想令自己的頭腦清醒一點，她使勁地用力呼吸，壓抑住那種從心底冒出的恐懼感、強迫自己前進。

「熙梔，Star在自己的房間，他……」葉澈一見到她就像看到了救星一樣，火速地衝到她眼前，但卻欲言又止。

然後顧熙梔發現，不止是葉澈的表情有些奇怪，連在大廳中的其他人的表情也很怪異。

就像是遇到了無人能解決的棘手事件一樣。

「他已經整整一天不吃不喝、沒踏出房門了，這對一個生病的人並不是好事。」這句話是廖飛祈替葉澈說完的，「……他只要生病就會這樣。」

「所以，你們是要我照顧他，對嗎？」顧熙梔在電話中聽到路星辰生病的消息，也聽得出葉澈焦急的聲音，但她沒想到情況會是這樣。

「也許，只有妳辦得到了……」葉澈像是脫力一般，他的身體直接摔進大廳的沙發內，看上去已經束手無策、十分頭疼的樣子，「季後賽鄰近了，我們沒有任何替補選手……不能損失掉任何一個。」

「好，我去試試看。」顧熙梔說話的同時走過葉澈身邊，察覺他頭上的白髮又增加了好幾根。

＊

顧熙梔在廚房切切弄弄，沒一會功夫就完成一道清淡好入口的蔬菜粥。

Redefined戰隊的其他幾位選手似乎是被香味給吸引過來，顧熙梔一回過頭就看見他們幾人的腦袋探進廚房，那畫面看起來就像是直立的丸子串一樣，而其中季懿凡還誇張地吞了吞口水。

顧熙梔沒忍住，直接笑了出來。

還在門口的三人面面相覷，直到來自廖飛祈刻意的咳嗽聲才打斷顧熙梔的想像畫面。

「之後還有比賽，快去練習。」廖飛祈對著門口的「丸子串」說，而後他抬起頭看向顧熙梔，伸出拇指，指著樓梯的方向示意她趕緊上樓，「快去吧。」

顧熙梔對著廖飛祈點點頭，便端起放著退燒藥及盛滿蔬菜粥碗的托盤，往樓梯的方向走去。

＊

雖然是顧熙梔第一次上到三樓，但她還是很快就找到路星辰的房間，因為一扇扇的房門上都掛有屬於選手自己名字的門牌。

而其中就屬路星辰的最為簡單，就貼著一張白紙，上頭以黑筆寫著他的中文名字，不像其他選手掛著花花綠綠的牌子。

顧熙梔望著上面歪歪扭扭的黑色字體，良久，她才發覺自己的唇角不知何時已經高高上揚。

這瞬間意識到自己的狀態後，顧熙梔的笑容凝固在半空中，她甩甩頭，想把不知從何而來的笑意從自己腦中驅逐。

接著她抬起手，輕輕地在那扇門上敲了敲。

大概過了數十秒後，才從裡面傳來一個顫抖又虛弱不已的聲音：「……誰？」

「星星，是我！」顧熙梔壓抑住對他的擔憂，努力穩住自己的聲音，不想讓他聽出自己有任何不對勁的地方，「你還好嗎？」

而顧熙梔始終沒發現，在聽見他的聲音後，自己的腳不由自主地向前踏了一小步。

下一秒，從房間內傳出像是物體撞擊地面的聲響，接著有類似塑膠板挪移、紙張翻動的沙沙聲，然後才看到緊閉的那扇門，以緩慢的速度開啟一個小縫。

房間內沒有開燈，黑暗的浮現使得恐懼攀上顧熙梔的神情，但僅止於一瞬間，她還是忍下所有不適，選擇以笑容面對他。

顧熙梔看不清路星辰現在的表情，只看見他的眼在黑暗中一閃一閃的，就好像夜空中閃爍的星星一樣，但又有那麼瞬間，卻令顧熙梔覺得遙不可及。

「你看，我煮了蔬菜粥。」顧熙梔笑容滿面，手裡端著的托盤向路星辰的方向遞近，像是想把這邊的溫度一起遞給他。

「……」路星辰自開門後就不發一語，淡漠的眼神冷冷地掃視著站在門外的人。

顧熙梔開始感到不對勁，因為在記憶中的他從來沒有用過這樣的眼神看著她。然而，由於深藏在她記憶中的恐懼，使得她本能地想要退卻。

「你還好嗎？有量過體溫了嗎？」顧熙栀吞了吞口水，正準備伸手觸碰路星辰的前額，卻只見黑暗中伸出了一隻手，一把抓過她手裡的托盤，接著「碰——」地用力關上了房門，絲毫不再給顧熙栀任何說話的空間。突如其來的力道令顧熙栀失去平衡，使得她不由自主地撞向那扇門。一陣劇烈的撞擊聲迴盪在空氣中，接著她感受到蔓延在身體的震盪和疼痛。

顧熙栀靜靜地注視那緊閉的門扉，彷彿是他畫起的界線。她的身體微微顫抖，無法相信剛才所發生的一切，隨後一絲呆然才浮現在她的臉上。她試圖理清思緒，心跳也不斷加快。過了好一陣子後緩緩轉過身，不可置信地瞪大眼，她的背輕輕靠在門上，身體緩緩滑落，直到整個人跌坐在冰涼的地面上。

顧熙栀意識到自己一定弄錯了什麼。她不禁想，為什麼會有這樣的錯覺，覺得自己對他來說是特別的？為什麼她一直沉迷於虛幻中，拒絕去面對現實？明明就很清楚他回來的原因，但她卻一直選擇忽略……？

這些疑問纏繞在她的心頭，數不盡的無助與懊悔化成一片灰暗的陰霾，籠罩在她的內心世界，彷彿一切希望又離她而去。

顧熙栀的雙手緊緊抱著彎曲的雙膝，她的下巴抵在手臂上，無聲地嘆了口氣，直到視線變得模糊，臉頰滑過一道道溫熱液體，胸口也不斷傳來隱隱的痛楚。

手掌搗上心口，顧熙栀喘著氣，十分難受地開口：「……好痛。」

但顧熙栀不知道的是……路星辰在關上門的那一刻就後悔了。

他小心翼翼地將托盤中的退燒藥和那碗蔬菜粥好好地放在桌上，而看不出情緒的一雙眼，注視著被他關上的門，良久。

路星辰伸出手，輕輕地貼在門上，彷彿能靠近一絲希望，就好像自己能脫離這個深不見底的漩渦、能觸碰那道光一樣。

「熙熙，對不起。再等我一下，我馬上就到妳那邊……」路星辰蹲坐在地，口中喃喃地說著。

顧熙梔鴕鳥地躲進只有她的二號練習室內，她的唇角淡淡地扯起一抹難看的笑容，想說服自己事情並沒有那麼糟。

＊

接著她打開戰隊供她使用的電腦，恰巧，隨機顯示的桌布照片是路星辰為Redefined戰隊這季拍攝的宣傳照。那名少年唇紅齒白，黑色的碎髮依舊自然地垂在前額，一對劍眉的眉心淡淡擰起，原本如小鹿般的眼此時像被憂鬱籠罩，深墨色的眼中帶著一抹深沉且銳利的光芒，彷彿看見眼前的未來充滿無數挑戰。

看到這，顧熙梔的呼吸一滯，不自覺有種壓迫感朝她襲來。

顧熙梔到現在才發現，她所認識的路星辰也並不是完全的「路星辰」，也只是一部分而已，還有太多太多她所不知道的他。

她嘆了口氣，無力地趴在桌上，而後意識到自己仍在上班，倏地從桌上彈起，有些用力地以掌拍了拍自己的臉頰，想迫使自己打起精神，隨即抓起放在一旁的相機，往隔壁選手們所在的一號練習室走去。

李承翔剛好站在練習室門口講電話，見顧熙梔像一陣風衝過來，便嚇得匆匆掛斷電話，「熙梔？」

「請問我可以拍你們練習的照片嗎？」顧熙梔手裡抓著相機，雙眼閃著光芒向他詢問。

李承翔聽了她的話後，直接扯開喉嚨對練習室內的其他人大喊：「耶呼！熙梔要來拍照囉！」

被他這麼一喊，所有人立刻抬頭挺胸坐好，像是在跟顧熙梔說「快來拍我吧！」一樣。

顧熙梔見他們如此大方的模樣，於是舉步踏進那個屬於Redefined戰隊選手的區域，在不打擾他們練習的前提下，迅速拍了幾張照片，向他們道謝後便要離開。正當她要離開時，卻被季懿凡的聲音留住了注意力。

「只有背影嗎???」季懿凡一臉難過。

「嗚嗚嗚，想要妹子看我呀！」金榮禧摀臉痛哭，而坐他旁邊的李承翔伸出手，安慰式地拍拍他的肩。

顧熙梔被他們的這齣戲給弄笑了，故作偏頭思考的動作，過了一下才說：「想要正面照，可以啊！」然後在所有人期待的目光中，她接續開口：「拿勝場的MVP來換吧！」

聽到她這麼說，幾位選手臉上露出了滿頭黑線的囧臉表情，顧熙梔滿意地哼著歌，離開了一號練習室。

「她這樣應該心情會比較好吧？」季懿凡看著顧熙梔離去的背影，小小聲地對練習室內的其他人說。

「啊災，眼睛腫得跟麵龜一樣，也不知道那臭傢伙做了什麼……」廖飛祈無奈地搖頭，隨後旋轉座椅面向螢幕，「唉，還是多練習吧。」

聽到自家隊長最後一句話，其他幾人認同般地點點頭，在心裡想著他們的「正面照」，對著螢幕繼續練習。

＊

顧熙梔回到二號練習室後，拿起相機確認方才拍攝的照片。

然而在看到季懿凡旁邊空著的位置，顧熙梔的手指在相機螢幕上輕輕地撫過那部分。

她無聲地嘆了口氣，隨後道：「還是來好好工作吧！」

完成了在照片上套用濾鏡等後製，顧熙梔開始敲著鍵盤，在社群中撰寫著她要發出的內文。

沒一會兒功夫，顧熙梔滿意地看著她寫的文字，並在最末處標註了幾個主題標籤，就將貼文發送出去。

顧熙梔瞄了眼螢幕右下角的時鐘，才發覺已經過了下班時間，便開始收拾東西，準備回宿舍。

走到大廳時，顧熙梔突然想到在三樓的那人好像沒吃晚餐。她又嘆了口氣，雖然他們之前發生了那種事，但基於一般的關心，她還是改變步行方向往廚房前去。

「哇，好香啊！」季懿凡像是動物，循著香味一路走到廚房。

「我有多煮，你們想吃也可以一起吃，只是要麻煩你們幫我盯著他吃了。」顧熙梔笑著望向眼前口水都快滴出來的季懿凡，隨即神色一轉，遲了幾秒才接著說：「……如果他願意的話。」

「放心交給我們吧。」季懿凡對她笑了下，豎起了他的大拇指。

「謝謝你。」顧熙梔關上爐火，將湯杓拿去水槽清洗後，越過季懿凡的身邊時對著他說：「那我就先回去了。」

而還在廚房內的季懿凡，在聽到基地大門被關上的聲音後，若有所思地對著那鍋粥說：「是妳煮的，他怎麼會不吃？」

第十五場遊戲　不再

顧熙梔回到宿舍後，發現寢室內空無一人，等待她的只有放在桌上的一張紙條。

「現在不是都傳Lime了嗎？」顧熙梔垂眸看著那張紙條的訊息，同時拿著的手指略加施力，有氣無力地瞥了兩眼上面龍飛鳳舞的文字，嘆了口氣道：「家家就算了，什麼時候連她們也脫單了？」

放下手裡的紙條後，一陣暈眩從體內竄出，她驚地扶住一旁的牆，天旋地轉的感覺絲毫沒有退去，逼得她只好伸手撈過椅子坐下。

而剎那間，一雙淡漠冰冷的視線又在腦海浮現，她的眼前再度模糊，溫熱的液體從眼角滑落，顧熙梔緊抓著那本《與少年與劍》，將小小的書本抱在懷中，低鳴哽咽，發出的聲音既悲痛也破碎：「真的……會有力量嗎？真的會幸福嗎？」

過了許久，顧熙梔哭累了，她精疲力竭地趴在桌上，但她的視線卻被貼在一角、已然泛黃的便條紙呼喚，而上頭的文字如同定心丸，令顧熙梔的心跳逐漸平復，她吸吸鼻子，抹掉在臉上的水痕後，選擇大力拍了拍自己的雙頰，想要打起精神。

「不過就是失戀吧……」顧熙梔拿起手機，螢幕的光線照在黯淡的眼眸上，她在鍵盤上輸入了一行字後，卻等不到對方的回覆，「好想講話。」

她又嘆了聲氣，將手機擱在桌子的角落後，在電腦上開啟了直播。

「大家晚安！」顧熙梔刻意讓自己的聲音聽起來全然無事，但盯著一片黑的直播畫面，對上腫得跟核桃沒兩樣的雙眼，她愣了片刻。

聊天室的留言動得很快，不斷地向上捲動，顧熙梔也是看了很久才發現上頭的留言在說什麼：

『梔子的聲音好像怪怪的？』

『心情不好？』

『是不是又出什麼事了？』

「可能……」顧熙梔搗著嘴，淚意湧現，寂寞雖然擁抱了她的世界，但這一刻，她卻感到了一絲溫暖，「有點冷吧？」

✵

黑漆漆的房間一角，不斷傳來女孩說話的聲音，語句像是單方面的對答，之中卻也飽含濃濃的鼻音。

一床被子凌亂地掉在地上，房間的主人自暴自棄地躺臥在床上，以手支著頭，暗色的碎髮遮蓋了他的神情，而桌上的托盤上放著空蕩蕩的碗和整齊排列的餐具，一旁還有被拆封過、已經空了的藥包。

置於枕頭旁的手機發出微微的光芒，裡頭傳來顧熙梔顫抖的聲音：「可能……有點冷吧？」

✵

「謝謝你們……」直播邁入尾聲，顧熙梔終於展露微笑，向還在線上的讀者粉絲道謝。

顧熙梔原本還想說些什麼，但肚子突然像在抱怨般發出一陣陣哀怨叫聲，她到這時才想起她整個晚上都沒進食。

縱使顧熙梔連忙將麥克風關上，但還是全都被聽見了……

『梔子肚子裡的恐龍有點大隻喔』

『好像很餓』

『快去寫稿　會不會是稿費花完了沒錢吃飯？』

「我下播就去吃……」顧熙梔有點糗，而她的話還沒說完，視線被數則留言緊緊勾住。

『不管怎麼樣都會支持梔子的！』

『我們永遠都在。』

『請不要擔心酸民怎麼說！』

『妳已經做得很好了。』

顧熙梔摀住嘴，再也憋不住的情緒終於潰堤。

✵

富麗堂皇的偌大飯廳就像宮殿一樣氣派，彷彿重現巴洛克的輝煌時代，中央擺置了一張長型餐桌，配置了近十把的花紋絨布椅，而一旁還有數位傭人隨時等候侍奉。

此時背對著門，坐在主位中的男人面對滿桌香氣四溢的佳餚，仍然面不改色的神情，如同他的褐髮梳理得一絲不苟，正優雅地手持刀叉享用盤中的牛肉。

而主位左方數來的第一個位置裡，有個穿鵝黃色洋裝的黑髮女孩，體態臃腫，一張臉胖得都快要看不到眼睛，看上去虎背熊腰，都快要把身上的衣服給撐壞。她粗肥的手指抓著手裡的刀叉，一點也不流暢地切著盤中的肉塊，一陣手忙腳亂後揮汗如雨。

男人似乎是想起什麼，優雅的褐色瞳仁裡多了幾分不屑後，高傲地向一旁伸出手。

站在第一位的男傭人，他的服裝明顯與他人不同，衣袖上多了代表位階的金色袖扣。他恭敬地走上前，並遞上一塊乾硬而發黑的麵包。

男人睥睨了飯廳的一角後發出恥笑，抓起堅硬如石的麵包，就朝那個方向扔去。

麵包在空中畫出一道拋物線，之後打中了一個物體，接著滾落石英砌成的磚地板。

那個物體些些挪動了下，還以為是破爛的布袋裡伸出了一隻色澤奇異的手，仔細一瞧，原來那是個「人」。

「人」身上套著件髒兮兮的衣服，並源源不絕地散發出濃濃臭味，連身邊的傭人都皺著眉不想靠近，褐色頭髮因久未整理，就像枯黃的雜草般凌亂地披在身上和臉上，但依稀可見露出的那雙褐色眼睛，以及在右眼下方的那顆痣。

而那個「人」露出的皮膚上，幾乎找不到任何一塊完好，都充斥著青紫色、令人怵目驚心的傷痕。

這裡雖華麗，卻也顯得那個「人」的突兀。

那個「人」像條畜生一樣，趴在地上大口撕扯那塊僅有的麵包，在沒多久以後，地面上只殘留點點碎屑。

那個「人」貼近地面，張口就將剩餘的碎屑收入果腹。

嚼食與口水的聲響，與傭人們不斷發出訕笑和恥笑，刺耳的聲音迴盪在整個飯廳之中。

臃腫的女孩放下手裡的刀叉，壓下作嘔的反應，嫌惡般地瞪著那個「人」，口中喃喃自語：「噁心的野種……」

「顧盼語！誰准妳這麼說話的？」坐在主位的男人終於開口，他怒意橫生，將銀色的叉子重重地往桌上一插後，冷聲道：「下一次，這就會是妳的下場。」

「父親，我……」顧盼語滿臉委屈，但她的話又被硬生打斷。

「妳身為『顧氏』的接班人……」男人面容冷峻，連看都不願意看待在角落裡的「人」一眼，他的手指在餐桌上點了點，「我從來都沒有允許妳這樣說話。」

「是，我感到很抱歉，父親。」顧盼語咬著森森的白牙，低著頭應答，但餘光還是掃過在最角落的「人」，惡狠狠地瞪著。

男人以餐巾抹嘴，之後便起身離席。

在飯廳的大門緊閉上的那一刻，顧盼語的怒氣宛若火山爆發般，朝那個「人」身上扔出手中的餐具，而同時也牽動她大大的臉上橫溢的肥肉，震動幅度就像劇烈的激流。

顧盼語衝向前，之後就是一陣打罵：「死啞巴！」

那個「人」驚恐地以手抵擋，卻如螳臂當車，痛意全數招呼在她的身上。

「……都是妳！都是妳我媽才會死！」

顧熙梔那時還不叫顧熙梔。

那一年，她剛滿十二歲。

沒有名字，也從來沒上過學、沒學習過應有的禮儀，更別提出門這件事。

打從睜開眼有記憶以來，顧熙梔的人生就一直是這樣，她是顧家裡被特別厭惡的存在，也是他們最想抹去的汙點。

對她來說，顧家就像一個華麗的牢籠，顧熙梔沒有自由，就連呼吸的資格更是隨時都有可能被剝奪。

顧熙梔一直認為，她會度過這樣的人生，直到死亡讓她解脫。

凸顯身分的華貴大廳裡，壁爐燒得熊熊旺盛，卻也無法將一室的刺骨森冷驅逐。

此時的顧熙栀就跪在這個廳的正中央，面前坐著儀態雍容的男人，他一雙腳交叉、一手支著頭，居高臨下望著眼前的一切。

「父親！絕對是她偷了我的東西！」顧盼語雙手叉腰，一雙因肥胖而腫泡泡的眼此時瞪得圓滾滾的，扯著嗓門大叫的樣子像極了潑婦罵街，矮小的身體卻長滿了一身快溢出的肥肉，她穿著一套大紅色緊身衣，看上去就像個剛灌好的香腸，「不然我的項鍊怎麼會少一條！」

「老爺，這是我們搜到的。」傭人將手裡裹著布的「證物」交到那個男人手裡，說這句話的同時還以鄙夷的目光瞪向跪在一旁的顧熙栀。

但男人還是保持一開始的姿勢，在見著眼前的一切時，卻只興趣缺缺地挑了挑眉，仍舊不發一語。

「我就知道！」顧盼語露出邪惡一笑，朝顧熙栀的方向衝過去，一股腦將火氣全都發洩在她身上，「我今天一定要好好懲罰妳！」

但顧盼語的動作卻突然定住，發出一聲驚呼後跌坐在地：「……血？不……請不要處罰我！父親，這不是我弄的！」

這一聲似乎勾起男人的興趣，他的視線越過傭人，在目睹了顧熙栀腳邊的那灘血痕後，男人的眼浮出陰鷙與狠戾，彷彿先前的優雅和從容都是包裝的假象。

「老爺……？」傭人擔憂地上前，卻被男人狠狠推開。

男人不可置信地搖著頭，口中喃喃碎語，在走到顧熙栀身旁後緩緩蹲下，如綻放般的花蕊映入他的眼，長指抹了下地上那道鮮紅的印子，接著置於唇邊，在所有人面露驚恐下，伸出如蛇信般扭曲的舌，將味道嚐入口中。

然後，他先是發出幾聲低低的冷笑，之後一雙手如指揮般輕輕揚起，如點水似地捧在臉旁，露出森冷的白牙，如果說剛才的笑只是山雨欲來，那現在就是激烈的滂沱山洪，他一雙眼瞪得老大，漆黑的眼窩深陷，顯得他的笑既病態也張狂。

而顧熙梔趴在地上，她的手緊緊環抱著自己，隱約能見到她瑟瑟發抖。

「我就知道……我就知道！妳們都只剩勾引男人的用處……！」那個男人瘋狂的目光淡淡掃過顧熙梔，此時的她依舊是頂著像雜草一樣凌亂的頭髮，看不清臉部表情，男人心中湧上一陣煩躁，便一把抓住她的頭髮將她扯起，就像在扔垃圾一樣將顧熙梔往一旁扔去，「果然都是低賤的物種！」

顧熙梔的身體撞擊大理石地板的聲音響徹整個廳內，但她卻連一聲疼的聲音都不敢發出來，因為她很清楚……那些哀求聲，只會讓她陷入更糟的困境。

男人猶如著魔般的笑聲縈繞，他笑得狂妄、眼淚直冒，同時向一旁的傭人伸出手，似乎是在催促般地搖搖手。

傭人立馬意會，顫抖地取下掛在牆上的高爾夫球竿，即使害怕卻還是畢恭畢敬地遞上前。

「沒有人可以玷汙『妳』！沒有……沒有人！」癲狂已侵佔了他的理智，男人大力地扯過球竿，如癡如醉地撫摸竿身。

顧盼語以及在場的傭人們，全都害怕地向後退。

「忍著點，一下就解脫了！」男人輕聲開口，眼底的溫柔逐漸浮出，同時也笑嘻嘻地緊握球竿，「『虹』，這樣妳就能永遠陪在我身邊了呢……」

「嘻嘻嘻！一下就不痛了喔！」

一切彷彿都還是暴風雨前的寧靜，冰冷的涼意猛地直撲進來，於是顧熙梔閉上了雙眼，靜靜地等待疼痛的到來。

＊

使力、負重的悶哼聲在庭院裡傳來，兩個男傭人經過打理完美的花草間，卻無暇顧及，他們正一前一後、吃力地扛著一個沉重的麻布袋。

較年輕的那個走在後頭，對著前頭那人的後腦勺說著：「喂，我們做這種事真的好嗎？」

「唉，誰叫這邊薪水高……趕緊交差了吧？」回過頭的年齡目測約中年，他無奈地嘆了聲氣，「明早還得把『這個』處理掉。」

「不過，她真的好可憐啊。」年輕的傭人抬頭看了麻布袋一眼，「跟我女兒差不多的年紀……」

朦朧的意識逐漸回籠，顧熙梔從泥沼般的地獄裡掙扎著醒來，睜開的眼前卻是一片漆黑。

「明明就是大人的錯誤，為什麼是她來背負？」年輕傭人感歎道。

而中年傭人聽聞他這麼說，嚇得揪緊肩上的布袋，連忙開口：「喂！噓……隔牆有耳！」

痛意傳來，顧熙梔悶悶地叫了聲。

兩人紛紛都嚇了一跳，停下腳步，彼此的眼神都不敢亂瞥。

「你……」年輕的傭人不敢繼續說下去。

「你跟我過來！」中年的傭人的眼神轉變，似乎在一瞬間下了某種決定。

兩人七手八腳將麻布袋挪進庭院的倉庫後，使勁全力將麻布袋扯開。

顧熙梔虛軟的身體從裡頭滑落，雜草般的頭髮與血液凝固在一塊，也糾纏在手臂、脖子上，更遮擋了她的呼吸。

他們將她的頭髮撥開，不顧手上與身上都沾染了濃濃的血腥氣味，無所畏懼地伸手探著她的鼻息。

「還有呼吸！」年輕傭人似乎接到好消息，喜悅飛上他的眉梢。

「但好微弱……」中年傭人擔憂地咬牙。

顧熙梔意識飄忽，似乎在聽見他們的話後，強硬撐起因血腫而發紫的沉重眼皮，但迷濛的目光卻只見到兩個模糊的人影。

「妳再撐一下！我們馬上送妳出去！」年輕傭人很慌張，輕拍她僅存還完好的肩頭一角，「靠，怎麼辦才好……」

中年傭人蹙著眉，面色凝重地站在一旁沒有說話。

顧熙梔的牙間發顫，也感受到從嘴裡不斷傳來由喉間和身體裡冒出的血腥味，昏昏沉沉、暈頭轉向，全身也就像被火燒過一樣，滾燙得難受。

力氣一點一點失去，眼前開始剩下永夜的黑暗，但顧熙梔卻沒有感到悲傷，反而露出微笑，準備抱住將要解脫的世界。

「喂！妳……別睡啊！」年輕傭人絕望地大喊，眼淚早已失控，他淚流不止，顧不得顧熙梔身上的傷，大力地拍打她的臉頰想讓她清醒。

中年傭人見狀，死死地咬著牙，拳頭大力地往牆砸去，因激動起伏的胸口在冷靜以後，雙眼揚起一股覺悟，「或許，我有辦法。」

「什麼辦法！你快說啊！」年輕傭人著急不已，像隻熱鍋上的螞蟻。

中年傭人嘆了口氣，視死如歸地開口：「但，我們有可能會走不出這裡……」

＊

顧熙梔像是做了一個長夢後醒來，猛地睜眼，就被來自外界的光線刺得直冒淚水。

一直到稍微習慣之後，她努力地眨眨眼，但所見之處卻糊成了一團，僅有鼻息能不斷聞到刺鼻的消毒水味。

而顧熙梔本想坐起身，但身體卻發出警告的訊號，令她只挪動了一隻指頭後就以失敗告終。

「妳……醒了嗎？」身旁傳來一個蒼老沙啞、語調中帶著喜悅的男聲。

「……？」顧熙梔愣愣地移動目光，只見身旁似乎站了個老人。

老人的右臉上有道長長刀疤，他注意到顧熙梔的目光毫無焦距，原本開心的神情漸漸消逝，取而代之的是難過與自責。他的眼匪聚了水氣，悲痛地望著在顧熙梔身上的每一個醫療儀器，密密麻麻的管線，全身幾乎被紗布包裹住，而左腿也被打上了厚重的石膏。

水光掉落，老人沙啞的聲音充滿不捨：「從今天開始……就不用再害怕了，爺爺會用盡一切力量保護妳的。」

＊

電腦螢幕上顯示這場直播早已結束，但顧熙梔摀著臉，似乎維持這個動作許久。

「也太失態了吧……」顧熙梔悶悶的聲音從指縫間傳出，而她接著在嘆了聲氣後，緩緩放下防備一般的手，朝滑鼠前去。

游標在螢幕裡不停顫抖，花費了一番工夫、才令一個網頁視窗跳出在她的眼前。

待網頁載入完成後，熟悉的書名、五個大字出現在頁面的最頂端，顧熙梔的神色暗淡了片刻，隨後她甩甩頭，並用力地深呼吸，稍微做好準備後，目光才接續往底下的評論區望去。

接著，種種如同銳利長矛般攻擊的言論出現在那……

『高估作者了吧？與少年根本沒料啊！』

『騙子新人獎還來喔』

『過譽過譽過譽！爛書可以拿來擦屁股』

『我是感受不到什麼說得這麼慘啊？根本87 ^^』

『說是親身經歷改編，但根本是創的吧？誰會被家人打這麼慘啊？』

『騙子！』

顧熙栀難受地蹙起眉，心跳奔騰不已、像被大力敲擊，她關掉網頁，幾乎是在同時間，無力地趴在桌上。

「我……」顧熙栀喃喃自語：「能知道『愛』是什麼嗎？」

語畢，放在桌邊的手機亮起，接著發出鈴聲提醒顧熙栀收到來電。

顧熙栀從桌上爬起，見來電顯示是劉家家，她便馬上按下通話鍵：「喂，家家？」

而劉家家從話筒傳來的聲音飽含著無奈：「到底誰會在大半夜問我跟男友怎麼認識……」

「我……我、那個……」顧熙栀回答得吞吞吐吐，後來直接被劉家家打斷。

「說吧？跟路星辰怎麼了？」劉家家一語道破。

聞言，顧熙栀的世界震盪不已，她花了一些時間才找回呼吸，目光不由自主望向那張泛黃的便條紙，在沉默半晌後緩緩開口：「……我失戀了。」

此話一出，換那頭的人安靜下來，過了一下後才聽見她的放聲尖叫。

顧熙栀來不及摀住耳朵，直接獲得一陣暈眩耳鳴，無奈地接續說話：「他其實一直都有喜歡的人。」

「怎麼可能！」劉家家再度尖叫。而顧熙梔這次學乖，及早將話筒遠離耳朵，避免再度傷害。

「他會從國外回來，是因為有很重要、想見的人在這。」顧熙梔說完後，臉上多了份自嘲地笑。

劉家家此刻選擇沉默，靜靜地待在另一頭聽著。

顧熙梔泛淚，像是想將所有苦楚爆發出一樣、全都說出口，她的聲音哽咽：「我好像從一場美夢澈底醒來……我不是他的第一人、不是他重要的那個，第一次有這種感覺啊……家家，我的心好痛，痛得快要裂開了。」

「熙梔……」劉家家擔憂，忍不住叫喚了她的名。

「被他拒之千里，才突然發現我很喜歡他！跟他在一起的每一秒都好快樂……但原來一切都是我多心。」啜泣和話語混雜在一起，令顧熙梔的聲音聽起來格外哀戚，「家家，對不起！我想妳一直都說得很對！我一直都在逃避、沒有正視問題……小說是，他也是，甚至我……」

而電話那頭，也開始傳來哭泣的聲音。

「我一直認為不去理會就可以沒事，我到這時才發現，原來我一直在逃避自己！」顧熙梔停頓了下，伸手抹掉滿臉的淚水，「……對不起。」

「……脆弱並沒有錯，能正視那份脆弱，也許就能放下那些傷痛。」劉家家輕聲對話筒說著，彷彿是種撫平痛楚的力量：「會沒事的，熙梔……」

顧熙梔放聲大哭，模樣像個孩子一樣。

「妳一定能變成妳想要的樣子，一定可以，妳一定會幸福的！」

第十六場遊戲　惴惴

Redefined戰隊基地的第一練習室內，幾個好奇的腦袋擠在季懿凡的位置上，正七嘴八舌地興奮討論電腦螢幕裡的話題。

「好想去明星賽！」季懿凡雙手枕在頭後，一雙眼抱著期待，腦中已經浮現自己站上那個舞臺的畫面。

「一定會有很多妹子看我！」金榮禧雙手在胸前緊握，也跟上季懿凡幻想的腳步。

「哇！如果能去的話，就能跟全世界最有人氣的選手當隊友欸！」李承翔的雙眼不斷冒出星星，「我好想跟韓國的魔王哥哥一隊喔！」

「你也看看人家想不想跟你一隊。」廖飛祈看著身旁的幻想三人組，不禁搖頭失笑，接著注意到依舊坐在自己位置上、彷彿一切與他無關的路星辰。

感受到視線的路星辰緩緩地轉過頭，並以一種「莫名其妙」的眼神回望著廖飛祈。

大概是感受到他們之間交互的視線都快要擦出火花了，不知道是誰輕輕咳了一聲後，廖飛祈才回過神，全身起了雞皮疙瘩，他皺了皺眉，開口問路星辰：「明星賽，你沒興趣嗎？」

另一方面，顧熙梔抱著一箱報廢的滑鼠、鍵盤，恰好在行經第一練習室時，聽聞裡頭的對話，內心默默想知道他的回答，腳步不自覺停頓，她還腫著的眼閃爍，也因為首次聽見的詞彙而勾起心中疑惑：「明星賽？」

直到她走進隔壁的倉庫時都還拉長耳朵，等待著他的回應。

顧熙梔好奇地掏出手機，在搜尋引擎上敲了關鍵字後，頁面轉換，跳出的結果完整顯示在她的眼前。

「ＬＦＦ全明星賽……各賽區直至今年度前有出賽紀錄的選手都能被票選，有機會代表該賽區出賽。」顧熙梔瀏覽網站的資訊，注意到右下角的投票時間已開始倒數計時，緊接著一位一位選手的照片被網頁列出在投票區裡，她將見到的規則唸出：「一賽區、一個位置只選出一人，最後是五個選手組成一隊代表該賽區出賽。」

「玩家每人一天五票，可自由選擇一區投一票或全投給某位選手，若期間儲值滿一千，則再增加五票，跨日後重新計算。」顧熙梔看著網頁裡每一位選手的照片，在這些天裡她牢牢記住的各戰隊選手都出現在官方網站上。

直到這時，顧熙梔才有了他們真的是「電競選手」的真實感。

顧熙梔的視線甫觸及某張照片，倏地她呼吸一滯，呆愣地望著照片，那人的眉宇間被陰鬱包圍，深邃且銳利的目光像是能穿透平面，深深攫住她的所有。

而到所有人都快要放棄路星辰的答案時，才聽到當事人低聲說了二字：「……無聊。」

雖然隔著一面牆，但顧熙梔的內心依舊「咯噔」一聲，感受到心猶如被浸泡在水裡不斷向下沉，她靜悄悄地將網頁關上，彷彿一切從沒發生過一樣。

路星辰說完後，便冷著一張臉，他的注意力重新回到眼前的螢幕上。

廖飛祈看了身旁還沒走出幻想的白日夢三人組，再看了看路星辰，在心裡吐槽著他們能不能中和點啊？因為他們的反應簡直天差地別。

＊

「今天，是決定Redefined戰隊能不能進季後賽的關鍵一戰……」葉澈雙手背在腰後，笑容滿面地站在擺放獎盃的原木櫃前，面對著一字排開的選手們說著：「我們大家已經一起走到這，離我們共同的目標不遠了！

所以，今天也請繼續努力……Redefined！加油！」

「是！」五名少年齊聲喊出。

而顧熙梔在一旁拿著相機攝影，雖然這已經不是她第一次見到，但不免還是被他們的氣勢所震懾。

隨後，戰隊所有人往門口移動，準備登上Redefined戰隊巴士，顧熙梔也停下了拍攝，跟上眾人的腳步上車。

也許是接下來要面對關鍵比賽，難得地巴士裡見不到平時的熱鬧，安靜地就連一根針掉下去都能聽得一清二楚。

顧熙梔對此感到非常不適應，第三次在自己的位置上無聲嘆氣，心裡那種不踏實的不安感令她怎麼樣都無法平靜，也如坐針氈。

自從事件發生後，顧熙梔便不再否認「過去」給自己造成的傷害有多大，可能只是一個談話之間的沉默，她就會認為是不是自己說錯了話，也或許只是一個細小的空氣變動，她亦能敏感地嗅到變化，令她渾身不對勁。

看著窗外風景不斷往後跑的同時，她也仔細想了想，雖然平時Redefined戰隊可以用「吵鬧」來形容，自己非但不討厭，反而還很喜歡這樣的氣氛，就連宿舍生活也是……

只因為過去在她身旁的人，對於自己，從來都只有憤恨。

班親會沒有家長到場、運動會也是，就連畢業前的志願發展座談會，顧熙梔都是一個人參加。使得她受盡班上同學嘲笑，說她是沒人要的孩子，也因為身體的嚴重傷害，讓她與同儕在不同的起跑點上，令她的處境更為艱難。

顧熙梔對於現狀，是宿舍的室友們，還有Redefined戰隊裡的領隊、教練、選手們帶給她完全不一樣的感受，也豐富了她的生活，就像是擁有了真正的「家」。

「我們先下車囉！」一道男聲插入，令顧熙梔回過神，而她到了這時才發現，不知不覺間已經抵達電競館門口了。

顧熙栀還在思考剛剛那句話是出自誰口，葉澈、王成瀚與一眾選手早已一個接一個地下車。一下子就只剩她跟路星辰兩人還在車上，而她似乎慢了幾拍才想到，自從那天以後就沒有再跟他說過話，現在獨處的氛圍好像也頗為奇妙……

於是顧熙栀沒有講話，一部分是她不知道要跟路星辰說什麼，一部分也擔心會影響到他的狀態。接著巴士開到後門，他們之間的氣氛也維持著一路的安靜。顧熙栀只覺得，原來跟路星辰不說話的時候會是這麼尷尬。

顧熙栀就如同往常拿起放在一旁的相機，拉起背帶掛在自己脖子上後往車門方向走，而她的雙腳甫踏在平實的地面上，才沒走幾步，手臂就被身後一個強而有力的力道拉住。

那瞬間她反應很大，嚇得差點尖叫出聲。因為這些天裡，她甚至還在心裡演練過，遇到路星辰以後要說些什麼，但卻從來沒想過會是這樣的發展！

「我……」路星辰顯然也害怕顧熙栀會甩開他的手，便有些緊張地張口，好不容易才從乾澀的喉間擠出一個字，卻又無從下手。

「星星，我不想打擾你比賽……」顧熙栀吐了口氣，緋著的肩也隨著她的話語出口而緩緩鬆懈，但她始終不敢回過頭與路星辰面對面，「有什麼話，等這場比賽結束後再說好不好？」

也不知道路星辰是不是又聽見她的心聲。他沒有再說話，拉著顧熙栀的手就像是突然失去力氣般慢慢鬆開。恢復自由的顧熙栀並沒有感到鬆了口氣，原先被他抓著的地方漸漸被涼意取代，心底一陣孤獨感油然而生；於是等到她發現時，她的手已經搗上那個地方，只不過怎麼樣都無法將涼意驅離。

然而就在下一秒。

路星辰伸出手，按在顧熙梔的雙肩上，她都還沒來得及呼吸，整個人就被轉了一百八十度。因為肩上被壓著的那股力道，迫使她的大腦跟上現在的劇情發展時，她才意會自己的身後貼著一堵實牆，自己的雙手也緊貼著眼前的結實胸膛。

如果說顧熙梔剛剛是來不及開口，那現在就是不敢開口……她被迫與他來個直接的面對面，再也無處可逃。

此刻兩人之間的距離不到十公分，是能察覺對方溫熱吐息的超近距離，而顧熙梔也後知後覺地注意到，現在是被路星辰壁咚了啊……

早已無暇顧及從他身上傳來的什麼「清爽凜冽」，還是什麼「能讓人平靜下來」的味道，她的心被路星辰那雙眼盯得慌亂無比、小鹿亂撞，也從來都不知道他也能露出這種像夜空一樣神祕深邃的眼神，宛若有股魔力會把人給吸進去一樣。

同時，她也不斷地在心裡告訴自己已經失戀了啊啊啊！

「妳聽我說……」路星辰似乎有察覺他這個動作的不妥之處，本想拉開與她之間的距離，但看著她因不知所措而露出慌亂的那雙晶瑩剔透的褐色眼睛，卻又不知怎麼的有股奇異的想法產生。

「什、什麼？」顧熙梔眨眨眼，開始連話都講不好了。

「等我們拿下冠軍後，我有話想跟妳說。」路星辰說完後，終於「好心」拉遠跟她的距離。

「你……」顧熙梔聽到他的話後，突然之間嚇了一跳，抬起頭目光恰好撞進他那雙眼，肌膚頓時起了點點疙瘩、寒毛豎起，「就這麼篤定嗎？」

不只是篤定，顧熙梔從他的眼裡還看到了決心。

這一刻顧熙梔也突然覺得，世界冠軍或許離他們不遠了，眼前站著的是一個已經發出耀眼光芒的少年……

「當然。」路星辰笑了，眼底的笑意浮現，他的眼笑得彎起。

而同時他也伸出手，朝顧熙梔的髮絲溫柔地揉了揉。

⁂

再過五分鐘比賽就要開始了。

這幾場比賽對任何一隊都很重要，因為是攸關能否進入季後賽、能否前進世界大賽的舞臺，是輸不得的關鍵一役，各家戰隊都摩拳擦掌，準備要將他們所準備的壓箱寶展現在這個比賽上。

Redefined戰隊也是。直到最後上場前的一些時間，教練都還在與選手們確認選角的環節，還有針對某幾個選手的策略。

雖然顧熙梔還不太懂他們所說，但她其實都知道整個隊伍為了研究對手、討論戰術，已經很久都沒有好好睡覺了。

他們今天的對手是ＶＢ戰隊，在過去賽季內與Redefined戰隊皆打成五五開的戰績，因此Redefined戰隊的所有人臉上神情沉重，也沒有人敢多說一句話，彷彿繃緊的神經情緒一觸就會斷裂。

眾人在休息室內圍成一個圈圈，而顧熙梔在一旁拿著相機拍攝，想將她所看到的Redefined戰隊，不論是溫馨的、難過的、高興的，還是這幾個少年為了夢想而努力的過程呈現給世人看。

一直到會場工作人員前來、領著他們移動腳步，選手們在完成圓陣登上舞臺後，顧熙梔都沒有放下手裡的相機。

隨後，比賽就在場館播放出提前揭露的世界大賽主題曲，以及選手的介紹影片後拉開序幕——

「久久你看，位在藍色陣營的Redefined戰隊，在選角似乎下了不少功夫！」

「這些角色冷門得很……」

「看來這會是一場有趣的比賽啊！」主播山羊笑容滿面地說。

顧熙梔回到休息室內收拾環境，一邊聽著轉播電視內主播與賽評的對話，她的眼不由自主飄向轉播畫面裡依舊面無表情的路星辰，但卻能在他的臉上尋到心無旁鶩的專注情緒，也看起來散發出耀眼的光芒。

「加油！一定可以的……」顧熙梔內心忐忑、惴惴不安，雙手於面前不斷祈禱。

第十七場遊戲　猩紅

時間一分一秒過去，Redefined戰隊帶著一路領先的優勢來到了遊戲時間第二十五分鐘。

在Redefined戰隊具有優勢的情況下，顧熙梔真的想過，他們有辦法在這次就打進世界大賽。

但這時，雙方人馬突然有了激烈的碰撞！

「這時ＶＢ戰隊的輸出選手被Sean選手抓個正著！」主播山羊看著螢幕上的戰況，馬上向觀眾播報出賽況，「Redefined戰隊衝呀！」

「啊！但……有選手出現走位失誤了！」賽評久久激動大喊，「那是Fly選手嗎？」

「什麼！從來沒有失誤過的Fly選手……竟然在這時候出現關鍵失誤！」主播山羊的聲音快要把麥克風喊壞了，「天啊！他可是最穩定的支柱啊……」

顧熙梔驚訝地從椅子上跳了起來，不敢置信地瞪大雙眼，而後就看到Redefined戰隊選手操作的角色一個個倒下，留在場上還屹立不搖的是ＶＢ戰隊的角色。

她的雙手摀住嘴，眼睜睜地看著ＶＢ戰隊一同湧入Redefined戰隊位在藍色陣營的堡壘！

「Redefined戰隊全滅了……這個時間點要等角色復活還要很久啊！」賽評久久感到惋惜地說。

「Fly選手的失誤太傷了，方寸大亂、變成一盤散沙就被ＶＢ戰隊拿下全滅了……」主播山羊搖搖頭說，隨後大螢幕開始播放剛剛的團戰，「是因為過於急躁嗎？沒想到會讓他們全滅啊！」

顧熙梔隔著螢幕，看著藍色陣營的堡壘化作塵埃，Redefined戰隊再也無力回天，於是她抓起相機後，毅然打開休息室的門，快步趕往舞臺的方向。

當她抵達時，ＶＢ戰隊的粉絲已齊聲熱情地喊著他們所支持的隊伍名稱，歡呼聲和掌聲如雷般響徹整個會場。但這些聲音傳進顧熙梔的耳裡都只剩下一片嗡嗡作響，彷彿與她無關。

她踩著虛浮的腳步，抬首望著臺上的Redefined戰隊選手們，一步一步地朝他們的方向走去。

顧熙梔一直走，視野所能見著的四周景色逐漸泛白，直到一股強大的力道猛地拉住她的手臂，她才停下腳步。顧熙梔心底浮起一陣躁意，此時才意識到她幾乎要撞上那道像高牆一般聳立的舞臺。

顧熙梔呆呆地抬起頭，一雙顫抖的眼眸無比慌亂，注視著臺上Redefined戰隊的每一位選手，她搓搓手心，愣了好半晌。

廖飛祈、季懿凡、路星辰、金榮禧、李承翔……顧熙梔的視線從他們身上一個個掃過，如同想在汪洋大海中找尋能抓住的浮木，想從他們身上找到一絲能說服自己這一切並非真實的理由。

顧熙梔想用雙眼證明，但幾個男孩的表情卻告訴了她最真切的答案。

他們全部毫髮無損，一個個都好好地坐在那，但顧熙梔的心中卻像破了一個大洞。

顧熙梔感受到那隻拉住她的手鬆開，就在她內心如同發生了一個「轟隆——」倒塌的時刻，也一起告訴了她：「熙梔……是我們輸了。」

顧熙梔不想去理會從四肢百骸傳來的麻木感，顫抖的雙手端起掛在胸前的相機，彷彿要令自己以這窒息般的方式，記錄此刻臺上和臺下的一切。

「熙梔，妳如果真的難受，不要勉強自己。」葉澈站在顧熙梔身後，注視著眼前的女孩，他強迫自己壓抑眼底即將潰堤的情緒，緩緩開口：「比賽裡，有輸有贏，都是正常的……」

＊

顧熙梔比其他人早一步回到戰隊的休息室，她強迫自己勾起嘴角，反覆練習隨後面對戰隊成員時所要展現的表情。

內心的悵感依然浮現，她知道自己都難過成這樣，那麼在臺上的選手們一定比自己更加失落。

然而顧熙梔卻沒想到，在休息室門被打開的那一瞬間、在對上路星辰略帶倦意的神情後，好不容易調適好的情緒又掀起波瀾。一時間眼眶發熱，淚水差點奪眶而出，她緊緊揪住自己手心，深深地吸了一大口氣，咬著牙掛上笑容，同時也閃躲了來自路星辰的視線。

路星辰有短暫的愕然，在走進休息室後，也不知是因為他的視線被顧熙梔躲開，還是因為沒能達成賽前的約定，他一張臉冷的像個萬年冰庫，獨自站在角落不發一語。

但現在沒有人去注意他的表情，因為Redefined戰隊休息室內死氣沉沉，沒有人開口說一句話。顧熙梔不知道自己站在那裡多久，她只記得自己掛著笑很久很久，久到她的臉都僵掉了。

一眾選手連同教練的臉色都很難看，直到葉澈走進休息室後，這樣的氛圍才終於有了轉圜。

「……好的，我明白了……是，非常感謝。」葉澈掛上電話以後，長吁出了一口氣，接著露出無比慈祥的淡淡笑容，環視在休息室內的所有人，緩緩開口：「我們，回去吧！也要吃飽後才有力氣解決眼前的事情啊！」

顧熙梔站在一旁，完完整整地將一切收入眼中，心底突然湧上一陣想哭的情緒，不是因為賽果、也不是因為周遭氣氛使然，而是她想著，若自己也有一個這樣的父親該有多好？

⁕

Redefined戰隊巴士緩緩駛入基地車庫，所有人依序下車。

顧熙梔抬頭就望見高掛在門口、寫有「Redefined戰隊」字樣的門牌，一瞬間緊繃的情緒都放鬆下來。

與此同時，走在前頭的選手們無一不露出疲倦的神情，但在打開基地大門的瞬間，驚地瞠目結舌，紛紛從口中發出驚呼與讚嘆。

顧熙梔被聲音驚著，連忙走進基地內。

而她一踏入大廳，一陣令人食指大動的香氣撲鼻，也注意到選手們正圍成一個圈在討論著什麼。

「我沒有試過這個欸！」金榮禧望著紅色大圓桌裡的每一道料理，興奮不已。

「我也沒有吃過……肚子好餓。」李承翔擦擦流下來的口水。

「不過，為什麼會有『花好月圓』啊？」廖飛祈疑惑地指著其中一個盤子，裡頭盛裝著軟乎乎、被花生粉包裹的粉白色湯圓們。

「誰要結婚啊？Star嗎？」季懿凡也不太能理解。

而路星辰全程面無表情地站在一旁，就只有聽到某個關鍵詞時，目光些微地飄了飄。

顧熙梔湊近，雖已經踮起腳，但面對眾選手高高的人牆，仍舊徒勞無功。

路星辰瞥了顧熙梔的腳一眼後，悄悄地讓出個縫隙，想讓她能清楚看到。

「哇！」顧熙梔終於見到圓桌上一道一道的佳餚，色彩鮮豔、香氣四溢，不禁發出感嘆，臉上也多了這些天遺失的笑容。

看見她的笑顏，路星辰也淡淡地笑了。

直到這時，葉澈才和王成瀚從外面走進來，室內的空氣突然「唰——」地安靜下來。正當氣氛要往凝重的方向走時，葉澈嘆了口氣後，隨即換上笑咪咪的表情：「我叫了外燴料理，大家一起享用吧！」

接著就聽見大廳裡爆出一陣愉悅的歡呼聲。

葉澈見此無奈地笑了笑，隨後將視線轉至顧熙梔身上，「熙梔，留下來吃飯吧？」

顧熙梔看著已經在跳舞的選手幾人，再環視基地內一眼後，用力地點點頭，笑得開懷。

「今天很豐盛，你們都還在發育，要好好吃啊！」葉澈此時站在主位的位置，手裡拿著湯勺，對著所有人大聲地說，像是要將今天的陰霾掃去。

而季懿凡似乎是有抓到葉澈想表達的，為了飯桌上的氣氛著想，於是還含著前一秒掃進嘴裡的食物，下一秒含糊不清地嚷嚷：「可是Fly……嗯嗯嗯好好吃！他已經二十五歲了還會再發育嗎？」

「是二十三歲又十個月，不要幫我亂進位……」被點名的廖飛祈眼裡閃過一記眼刀，咬牙切齒道，即使聲音都變了，但臉上的表情依舊維持著皮笑肉不笑：「你的數學老師在哭了。」

「那Star要多吃！」金榮禧也加入氣氛調整的隊伍，用公筷夾了一個雞腿，直接放進路星辰的碗裡，接著似乎是想起了什麼，誇張地抱頭驚叫大喊：「不對啊！他已經是我們隊裡最高的了……」

「妹子跟你說掰掰囉～」李承翔在一旁「好心」地提醒他。

對顧熙梔來說，她是第一次坐這種大圓桌，也是第一次和這麼多人一起肩並著肩吃飯，除了感到新鮮以外，同時也被這群男孩的發言逗笑。

而笑容彷彿會感染一般，看到顧熙梔笑得肩膀不停顫抖，其他人也跟著笑了起來，此時整個Redefined戰隊中充滿了笑聲。

⁂

將整個大廳收拾完畢後，Redefined戰隊全體在大廳集合開了場檢討會，而顧熙梔在經過葉澈同意後，便於一旁拍攝。

王成瀚站在獎盃櫃前，輕輕嗓子後開口：「這一次我們……」

這是顧熙梔第一次參與檢討會，雖然她不是主要與會者，但此刻每個人神情嚴肅，沒有一絲一毫的輕鬆氛圍。即使她只是在一旁，也能深刻感受到會議的肅然與凝重。一直到檢討會結束後，顧熙梔才注意到時間已經臨近午夜。

「熙梔要怎麼回去？這個時間還有捷運或公車嗎？」季懿凡也注意到時間。

「我叫計程……」而顧熙梔的話都還沒說完，就被一個低低的嗓音打斷。

「不行，太危險了。」這應該是路星辰除了比賽之外，在戰隊所有人面前說出這麼多話的一次。

顧熙梔嚇了一跳，而除了她以外的人，全都露出既八卦又曖昧的表情。

然後葉澈假咳了兩聲，接著說：「要不就在這住一晚吧？盥洗用品這邊都有備用的。」

顧熙梔思考片刻，隨後笑著接受葉澈的提議，決定就在Redefined戰隊基地借宿一晚。

顧熙梔走進她借住的房間，馬上就注意到那是間書房。因為她一進去，就被空間中充滿書本和紙張的氣味所吸引。

她的視線掃過一排排層架後，發現幾乎都是管理、溝通協調或是財經相關的書籍。同時，她也注意到整個房間打掃得很乾淨，沒有一絲灰塵。

不久後葉澈拿來床墊等寢具以及盥洗用品，見她似乎盯著書架瞧，不禁感到有些歉意：「抱歉，要委屈妳在書房打地鋪了。」

顧熙梔搖搖頭，連忙回話：「不會，真的沒有關係！」

然而，在接過葉澈手裡遞來的物品時，顧熙梔恰好撞見他的雙眼像是剛哭過，又紅又腫。

顧熙梔一時愣住，但葉澈對她一笑後，就轉身離開書房。

顧熙梔望著緊閉上的門，感到疲憊地跌坐在地。

洗漱完畢，顧熙梔回到書房後，像是抽掉全身力氣，整個身體趴倒在白淨的床墊上，也不由自主地伸出手點開在手機內的論壇。

＊

顧熙梔知道Redefined戰隊怕影響選手，便明文規定選手不能瀏覽論壇，以免影響他們的心理狀態。她大概知道這場比賽後，選手們會收到不少負評，但她的手還是停不下來，就像飛蛾撲火般，依舊往論壇的電競分類板點擊。

如同預期一樣，熟悉的隊名出現在熱門頁的貼文標題上，但此時抓住顧熙梔眼球的，反倒是另一條因人氣瀏覽量飆升，而在一旁被大大寫了個紅色的「爆」的貼文……

寫在那標題上頭的名字，卻是她怎麼也沒料想到的人！

顧熙梔驚得呼吸一滯，不去理會其他人針對Redefined戰隊不堪入目的話語，顫抖的手指點開那則貼文，並將內容快速瀏覽過後，還拿在手裡的手機「啪——」的一聲滑落在床墊上，她瞪大著雙眼，腦海中全都是那幾個斗大的字眼：

【TJL戰隊Thor選手宣布退役！】

顧熙梔多麼希望這個消息只是一個玩笑。

因為她永遠也不會忘記，那一天路星辰用低低的嗓音訴說著自己的夢想時，她看見了他眼裡的星星。

那這樣是不是代表……

路星辰的夢想再也無法完成了？

顧熙梔陷入一陣沉默。

在意識到自己沒有思考過未來要做什麼時，她才知道自己一直都是迷惘的，其實從來都沒什麼夢想，當初會成為輕小說作者也是機緣巧合。

直到路星辰走入她的生命裡，顧熙梔才知道人生的道路不是只有平常思維的那種，是可以擁有很多選擇，那個瞬間就像衝破了她一直以來的迷惑。

顧熙梔的眉心緊鎖，倏地站了起來，將失戀、難過全都拋諸腦後，她奪門而出。

✵

顧熙梔是在下樓時，才突然想起這時候大多還是選手們的練習時間，便躡手躡腳地走到二樓練習室，但卻只見到廖飛祈獨自一人挑著夜燈悶頭練習。

廖飛祈似乎是注意到身後的動靜，回過頭的同時也摘下耳機，見到走廊站著的顧熙梔時便對她點頭打招呼，他全程不發一語，隨即將注意力轉回自己的螢幕上。

顧熙梔並沒有漏掉他那雙狐狸眼此時的狀態，跟不久前見到葉澈的猩紅雙眼如出一轍。她的腦海中突然浮現最後堡壘化作塵埃消失的畫面，以及男孩呆愣、茫然又不可置信的表情。她的鼻尖發酸，卻也沒再多說什麼，就轉身準備尋找那有著小鹿般澄澈雙眼的男孩。

「大家的情況都不太好，要再麻煩妳幫我看著他了……」雖然聲音不大，但廖飛祈的這句話確實傳進顧熙梔的耳裡。

在確定顧熙梔的身影離開後，廖飛祈無聲地嘆了口氣，眼前再也無法保持清晰，節骨分明的手指此時緊緊捏著掌心不放，力道大得他全身都在顫抖著，從嘴裡傳來齒間緊緊咬著的聲響，一道道溫熱的液體不斷地從臉上無聲滑落，「可惡……可惡！Star對不起，我可能沒辦法完成當初的約定了……」

顧熙梔怎麼沒有察覺廖飛祈剛剛聲音裡的異狀？她也知道所有人的情況都不太好，雖然像是季懿凡幾人平時總是嘻嘻鬧鬧，但有時候外表看起來越是沒事的人，背後可能充滿悲傷，甚至隱藏著無可救藥的絕望。

已經快將整個基地都找遍了，途中還見到在陽臺打越洋電話回家的金榮禧，也見到在廚房煮泡麵的季懿凡，還有剛洗好澡從浴室出來的李承翔……

但就是都沒有看到路星辰的身影。

而直到回過神後，顧熙梔才驚覺自己已經來到路星辰的房門前，眼見只剩下最後一個選項，她深深吸了口氣，伸出手，記憶卻在一瞬間如雪花般落下，想起那一日開門的他，壓迫感、陰鬱以及拒她於千里之外的神情……

她用力地甩甩頭，試圖將這些事全部忘卻。

然後，顧熙梔緊盯著路星辰房門上，那貼著寫得歪歪扭扭的中文字名牌，無法克制的緊張情緒，發軟的手輕輕在門上敲了兩下。

等待的這段時間無比漫長，顧熙梔都能聽見自己的心跳聲越跳越快，彷彿快要從身體蹦出一樣。她感受到時間一分一秒流逝，也不知道是因為房間主人不在，還是壓根沒聽見她敲門的聲音。顧熙梔下意識伸手壓下房門的金屬把手，卻沒想到房門根本沒有上鎖，「啪嚓」一聲就打開了。

第十八場遊戲　說說

顧熙梔是悄悄推開房門的。

她的心裡忐忑不安，一方面覺得這種行為似乎不太好，但一方面又擔心路星辰一個人在房間裡出什麼意外。

「星星?你在嗎？」顧熙梔推開門後沒有馬上進去房間，只探出一個小腦袋在夾縫中張望著路星辰的身影。

「我可以開燈嗎？」說完後，顧熙梔就開始沿著牆面找尋電燈開關，「星星……不在嗎？」

「別開燈。」黑暗中傳來路星辰低低的嗓音，把顧熙梔嚇得整個人差點跳起來。

「喔，好……」顧熙梔拍拍胸口，想安撫自己被嚇到的小心臟，「那我可以進來嗎？」

「好。」路星辰的聲音聽不出情緒。

還沒習慣黑暗的顧熙梔看不見房間內部擺設，才甫踏出步伐，腰側就撞到一旁的桌子。她嚇了一跳，後退又碰撞到疑似是ＰＶＣ板的物體，連帶後面的鐵架也因為移動而發出聲響，這聲音令她一瞬間裡產生了些許熟悉感。

在顧熙梔碰了滿屋子聲響後，深怕路星辰房內有昂貴的電競器材，她連動都不敢動，也下意識地因為黑暗使得身體緊繃了起來，根本沒有餘力再去思考其他。

隨後顧熙梔的耳畔就聽到衣服纖維與床單摩擦，還有赤腳貼地行走的聲音，正朝著她的方向過來，還沒來得及做出反應，不斷沁出手汗的手掌就被一股溫暖緊緊包裹。

「……到這裡坐。」少年的嗓音在耳朵旁響起，溫熱的氣息掃過耳骨，顧熙梔的雙頰溫度逐漸攀升，內心也掀起一陣萬丈波瀾，「小心腳。」

「喔，好。」顧熙梔的肩膀被一個力道按下，示意她在這個位置坐下。此時的她後知後覺，才意識到剛剛是又跟他牽手了嗎？

「我剛起床。」路星辰直接在顧熙梔身旁坐下，「……抱歉，我已經兩天沒睡覺了。」

聽到這，顧熙梔心頭一驚，這不就表示他什麼都還不知道嗎？

「妳來，是想跟我說這個嗎？」路星辰又如同施展讀心術一樣，從一旁拿出手機，亮起螢幕裡的內容在顧熙梔面前晃了晃。

「你已經知道了？」顧熙梔瞪大雙眼，但還有一件事令她更驚訝，「等等，你居然會看論壇？」

「我們……其實都會看。」路星辰的聲音裡帶著濃濃的鼻音，「這要請妳幫我們保密。」

顧熙梔聽見他聲音裡的不對勁，她倏地轉頭，注意到一旁落地窗的兩片布幔間，有一道微小的縫隙，透過這縫隙透出一絲月光映照在路星辰的臉龐上，以及在光輝折射下，看起來像是不斷墜落的銀色珍珠。

「我沒想到這麼快……快到我根本跟不上他的腳步。」路星辰不顧落下的淚水染溼了房間的地毯，不停地說著：「我還以為快要可以碰到他了。」

空氣裡一陣沉默，只剩下路星辰低低的啜泣聲。

顧熙梔此時也不敢貿然說些什麼，一雙手緊緊捏著自己的掌心不放，對自己的無能為力難過不已。

「沒有他，就沒有意義了……」路星辰說這句話的聲音很小，但在一片寧靜的夜晚裡卻顯得特別響亮。

聽到他這麼說，顧熙梔心裡沒來由地一股氣竄上，像是找回遺失的情緒般，久違地爆發出一陣怒意，她咬牙，整個人半跪起身、一手抓著身旁此時萎靡不振少年的肩膀。

「怎麼會沒意義？」顧熙梔再也壓抑不住地大力搖晃著路星辰，像是想將他搖醒，「你還沒拿到世界冠軍啊！」

「可是已經不會再有他了……」路星辰被她晃得難受，連話都說得吃力。

「他拿幾座冠軍你就跟著拿幾座啊！就算比賽場上沒有他，你也要站上他曾經站過的地方看看那是怎麼樣的景色！」顧熙梔拿出手機，用力地指了指論壇上的內容，說：「而且你看！他之後會轉任教練，所以之後打贏TJL戰隊也是打贏他啊！」

她怒不可遏，於是一鼓作氣地將所有話說完後，回過神才看見路星辰露出像是被自己嚇到的僵硬表情。

「抱歉……」顧熙梔也被自己的行為嚇到，正想縮回手，但卻被一股力道攫住不放，她訝異地望著那名少年，「星星？」

「抱歉，就讓我這樣一下。」路星辰雖然撐著笑，但眼底的悲傷卻傳達給了顧熙梔。

「星星，我……」顧熙梔沾染了幾分情緒，她垂下眼，彎身坐到了地上，用空出來的那隻手環抱自己彎曲起的雙腿，將整張臉埋進雙臂製造出的空間裡，發出悶悶的聲音，「一直都想要謝謝你。」

「謝我？」路星辰的臉上露出疑惑，他握著顧熙梔的手，在不知不覺間將他們交疊的手指相扣住。

「對，謝謝你。」似乎猶豫了片刻，顧熙梔才做下決定，想向路星辰揭露出她的過去：「其實，『我』的前半生，就像狗血八點檔演的那樣……」

「『我』是私生女，原生的家、對我來說就像地獄，要稱作『父親』的人每天對我施以嚴重的家庭暴力……」顧熙梔自顧自地說著，但此時趴著的她並沒有看見路星辰臉上的表情變化，「我的腿還有身上都留下不能抹滅的傷害，大概一輩子都沒辦法像普通人那樣跑步，每到陰雨天身體就會疼痛不已。」

「當時，是好心人和爺爺把一度瀕死的我救出來……」顧熙梔緩緩嘆了口氣，接續說下去：「但因為『父親』的關係，警方並不能拿他怎麼樣，我們也因此必須過上躲躲藏藏的生活。」

驚愕全寫在臉上，而路星辰的心頭也竄上一股心疼，握著顧熙梔的手也略微施力。

「但我很慶幸我出來了！從那時候開始，我才終於接受完整的教育、才開口說了第一句話，但爺爺卻把我一個人丟在這，學校重要的活動、畢業典禮都是我一人參加……」顧熙梔的話說得很平靜，「所以我很常被笑是沒有人愛的小孩。」

「妳……才不是沒有人愛。」但路星辰在一旁卻聽得難受不已。

「是啊，直到最近……我才開始懂得什麼是『愛』！」顧熙梔原本還靠在自己手臂上的整張臉，緩緩地轉向路星辰那側，露出了淺淺的笑容，「對我很重要的人讓我明白，其實我的心裡很恨，也很害怕心中千瘡百孔的模樣被揭開，所以我一直逃避，因為我……」

顧熙梔說到這，意識到自己再說下去有可能會將喜歡他的事說漏嘴，連忙故作咳嗽般的想轉移話題。

路星辰似乎以為顧熙梔會冷，一陣緊張地連忙伸出手，拉過放在床旁的戰隊外套披在她的身上，還再三確認有將她完整罩住才放心坐下。而同時也在聽見她那句「一個對我很重要的人讓我明白」，他的心裡多了一些疑惑與震驚，但礙於目前狀況，只能暗暗壓下心裡對「顧熙梔」的那份占有與醋意。

身上突然多了件外套的顧熙梔有些莫名，好一陣子才發現原因是自己剛剛演技很差的假咳……但她意識到身上多了路星辰的味道後，反到突然多了一股安心與暖心感，手輕輕地拉過明顯過大的外套雙襟，將自己的半張臉埋入，感受來自與衣物織品糾纏的少年氣息：「很抱歉突然跟你說這些……不過呀！」

「我其實剛剛是想說，當時我沒什麼夢想，對未來也煩惱不已，在我最迷惘的時候……」顧熙梔充滿感謝地望向路星辰，「是你出現在我身邊！在賽場上閃閃發亮的身影吸引了我，才讓我知道有不同的道路可以走……我才會有了現在想做的事！」

一番話說完，顧熙梔張了張口，但卻又輕輕咬著下唇不語，像是在把沒能說出口的話都吞回肚裡。

顧熙梔望著路星辰，她露出燦爛的微笑，也在心中暗自默唸了一次那句並沒有說出口的話：「我想要，一直待在你身邊。」

「有妳的月色……真的好美。」路星辰心想，他也呆愣看著她被月光映照著的雙眼，似玻璃珠一樣閃耀，一張臉此時綻放著只有他能看見的絕美笑顏。而那一瞬間，路星辰在她的眼裡見到自己的倒影，宛若是被全天星辰般的光輝簇擁著，就像自己身處在黑暗裡，但她卻絲毫不畏懼任何阻礙也要將那道光送到自己手中。

路星辰是被顧熙梔伸出的溫熱指尖觸碰到臉頰時，才發覺自己不知何時落下了滿臉的淚，在她一臉擔憂中，路星辰抹掉了那些占據在臉上的水珠，長久以來置身於黑暗中的自己終於看到曙光。

「之前跟妳提到過……」

「在我很小的時候，我的爸媽就沒有了……我是被住在美國的舅舅帶走。」路星辰低頭看了與顧熙梔相握的手，臉上逐漸多了釋然、輕鬆的笑，「但因為才經歷過爸媽的事，馬上又要適應全新的地方、不同的種族，讓我在異地裡的每一天都在被霸凌。」

「舅舅工作非常忙，我生病了、受傷了都不會有人照顧。」路星辰的唇畔輕輕勾起一抹苦澀的笑，眼裡多了份五味雜陳的情緒，「對我來說……身體就像記住了這份傷痛記憶，不管多虛弱都會讓我全身豎起傷人的……刺。」

「對不起，那天我不是故意的……」路星辰想起顧熙梔被他的防衛傷害的神情，懷抱著歉意，向她致歉。

顧熙梔緊緊閉著雙眼，大力地搖搖頭，眼淚也從眼角滑落。

「我很害怕人的視線，會讓我想起當時的景象！每個人都是加害者、每個人都想踩我一腳……」路星辰眼底染上一股抹不掉的憂傷，「日子一久，我也失去活著的想法，當時我坐在頂樓的圍牆邊，想著跳下去，想著只要死了就輕鬆了。」

她第一次聽到路星辰提到這些，想起那日端著粥的自己，與眼神裡充滿疏離冷漠的路星辰，難過地心頭一緊，心疼著眼前的他。

「那天，舅舅特別早回家……他從我的身後冒出來，拿了兩瓶啤酒，一瓶他自己喝、一瓶給了我，還塞給我一本輕小說！他說這本書現在很紅，要我把它看完，到時候想跳也不遲……」路星辰的唇輕輕勾起，像是在極地中找尋到綻放的花朵，「但等到我回過神，我早就對『就算身體殘缺，也沒有放棄希望的主角故事』產生共鳴了。」

「我也一直都很想道謝……」路星辰深深地望著顧熙梔一眼，眼底有快滿溢出的溫柔，「因為我活下了來，才能『擁有現在』。」

「原來是這樣……」顧熙梔聽完他的故事後，鼻子很痠，憋不住的情緒就在路星辰面前潰堤。

「哭什麼呢？」路星辰溫柔地抬起手指，抹去顧熙梔一顆一顆落下的淚珠。

顧熙梔搖搖頭，依舊沒有把藏在自己心底的話說出口。

「我一直都……很謝謝妳。」路星辰輕輕點了下還與顧熙梔扣在一起的手指，也直到此時，顧熙梔才發現到……

「你……你、你？」顧熙梔的臉「轟——」的一聲紅得像顆小番茄一樣，害羞地連話都說不好，連忙掙脫路星辰的手後落荒而逃。

路星辰見她有趣的反應，不禁笑了出聲，看著她離去的背影，在心裡暗自向她道謝：「謝謝妳，給了我光。」

✷

顧熙梔隔天一早回到3A宿舍，便立馬被室友們團團包圍。

「說！昨天夜不歸宿！是混哪去了！」室友們三人一字排開、雙手叉腰，氣勢宛如市場裡的殺價大媽一樣驚人。

「就……」顧熙梔眼神飄走，不敢直視她們。

但就在她們幾人一步步逼近之下，顧熙梔還是從實交代了她昨天的行蹤，只不過她選擇性漏掉了某些部分。

「啊，我等下還有課！先走囉！」顧熙梔說完，丟下面面相覷的一眾室友後逃跑了。

「肯定是有少說什麼吧？」劉家家看向其他兩位室友，向她們徵求意見。

「我也覺得。」王育池推推鼻上的眼鏡。

「絕對是。」林宣如很肯定地點點頭說。

＊

下午，顧熙梔下課後回到寢室內，想著許久未見的讀者粉絲們，便決定開了場直播。

原先是只打算與他們聊天，但也不知道是誰先起的頭，要顧熙梔玩ＬＦＦ，於是聊天室就不斷刷著「玩ＬＦＦ」的留言。

拗不過讀者粉絲們，顧熙梔於是開啟了遊戲。

經歷了昨晚的事，顧熙梔現在最想躲開的就是路星辰……

只可惜天不從人願，才剛上線的顧熙梔就收到遊戲內，前綴是戰隊名稱、來自那名少年的帳號私訊。

顧熙梔才瞥了一眼聊天室的動向，就在心裡暗叫不妙，因為她想起自己的讀者粉絲中，也有不少關注電競圈的人。

『那是Redefined的Star嗎？』

『是真人嗎？』

『不會吧？是假帳吧！』

顧熙梔有些汗顏，她故意不去理會路星辰的私訊，但隨後馬上就收到他的組隊邀請……

這下她連聊天室都不敢看，只想找個洞把自己給埋了。

正當顧熙梔都快流淚時，她的手機鈴聲響了，低頭一看螢幕顯示的來電者就是那名被她「刻意冷落」的少年。

「喂？」顧熙梔不止手在抖、連聲音都在發抖，兢兢業業地捧著手機。

當然，她已經把這邊直播的音量關掉了，因為她可不想成為全民公敵。

『怎麼不回訊息？』

「我這邊在開直播，會被大家看到……」顧熙梔直冒冷汗，但她也聽出路星辰的聲音似乎有所不滿。

『我只是想跟妳說，謝謝妳那時候煮的粥，也謝謝妳照顧我……我還對妳很兇，對不起。』

「不，我沒事……你不用道歉。」顧熙梔笑了下，笑聲從話筒傳遞到對面少年的耳裡，「但，你不用練習嗎？」

『因為我也在開直播。』路星辰的心情似乎不錯，聲音裡也帶著笑意。

「那、那……你應該有把聲音關掉吧？」顧熙梔的大腦已經快要一片空白了。

『我是開著的耶！』路星辰以他低低的少年嗓音說著，而這句話在顧熙梔的腦內不停重複播放。

「這樣啊……」顧熙梔說完後，就直接將電話切斷，隨後她攤在椅子上，依稀能看見的是從她嘴裡飄出的「熙梔靈魂」。

第十九場遊戲　守護

午時跟路星辰的這一齣，想當然爾又再次鬧上了論壇首頁熱門。

這一次的目擊證人也包含她的讀者粉絲們，在一干人證物證等指認下，很快地確認了與Redefined戰隊的Star選手通聯的人就是「梔子」。

「敬佩啊敬佩……」顧熙梔坐在宿舍的椅子上，無奈地往後倒，再一次感嘆網路的力量無遠弗屆，就連前陣子路星辰邀她組隊的事也一同被挖出來。

她大概才在輪壇裡爬了十分鐘，就發現版上已有超過十篇在討論他們的貼文。顧熙梔百般不情願地一篇篇滑過，她隨手一點，就見路人轉貼了「梔子」的相關經歷。

「梔子，本名不詳。是輕小說《與少年與劍》的作者，為20XX年度輕小說新人獎得主，該書至今於全球累積超過五十萬本銷量，目前還在持續攀升中……」她扶額嘆氣，不是困擾自己的其中一個身分曝光，而是想著自己會不會被路星辰的瘋狂粉絲殺掉。

……但她的目光還是往留言移動，鬼使神差。

另一方面，顧熙梔又想起某部分人對於「匿名」就可以不用負責的認知，因此選擇留下不友善的發言所以卻步。儘管顧熙梔強迫自己冷靜下來，她吞了吞口水，但滿肚子的好奇心仍舊快要撐破，也突然理解選手們就算被下了禁令也還是會想看的心情，於是滾動滑鼠的滾輪，將網頁拉到留言區的位置。

1樓　Star要被搶走了　嗚嗚

2樓　笑死　50萬本很多嗎　超越XX神域再來說
3樓　野女人　一定是臭X子
4樓　但妳們有看到Star跟她講了很多話嗎　Star平常都不是這樣的
5樓　一定很醜　我不信我不信　一定配不上我們Star
6樓　別亂說!!!我們梔子很美的!!!
7樓　樓上你有證據嗎？

．．．

1001樓　一定女方倒貼啦　Star那麼高冷
1002樓　Star真的是好多人的偶像ㄛ　廠廠

顧熙梔硬著頭皮把所有留言看完時，眼睛都痠了，同時也有一個疑問產生……那就是這些人到底有多閒。

而事發至今，顧熙梔就沒有片刻的安寧，她欲哭無淚地看向已經快要被社群通知淹沒的手機。

然後那個罪魁禍首的肇事者，他看似心情不錯，但就只丟下一句「他要去練習」後就瀟灑下播，一溜煙跑不見了……？

不斷跳出提示訊息的手機開始Lag，在顧熙梔大叫一聲後，她索性把手機關了，連帶也把連接電腦的網路線給拔起。

手裡還握著線路的一端，望著漆黑的螢幕一眼，顧熙梔甩甩額上浮出的汗水後，說：「總算是可以清靜了……」

接著顧熙梔「蹦——」一聲拉開椅子並正襟危坐，開始構思起《與少年與劍》接下來的劇情。

直到傍晚時分，顧熙梔面對著一眾朝她攻堅的室友，她選擇自己招供所有的事發經過。

「嗯？」劉家家翹著腳、雙手環胸，挑著眉看著眼前的顧熙梔。

「蛤？就這樣？」王育池一臉覺得不夠勁爆。

「還是等妳跟他回本壘再跟我們說？」林宣如說出與她娃娃般外表非常不符的話。

「???」顧熙梔雙手一攤，傻眼貓咪。

「啊～不跟妳們哈拉了！我要去找我家那位了……」劉家家拾起擱在桌上的包包，對還在寢室內的幾人眨眨眼：「今天就不回來囉！」

顧熙梔回頭瞥了眼日曆，算了下時間後在心裡笑了下，因為今天是言敘比完賽回國的日子。

「欸？都這個時間了嗎？」王育池望了眼時鐘後，拿起手機就走出寢室外。

「那我去約會囉，熙梔掰掰！」林宣如還「好心」地對顧熙梔揮揮手。

整個寢室瞬間只剩下顧熙梔一人無語問蒼天，而她都能感受到從外面吹來的冷風。

「現在是……全世界都談戀愛了？」

＊

隔天下午，Redefined戰隊的幾名選手正在練習室內進行團練。

「最後一波喔！一起！」廖飛祈擔任主指揮，炯炯有神的眼緊盯螢幕裡的動向。

「好！」其餘人收到指令，向敵人群起攻之。

就唯獨路星辰沉默地不發一語，獨自對著鍵盤進攻，但依稀能見到他淡然的神情裡多了幾分飛揚的笑意。

鍵盤與滑鼠的敲擊聲在空間裡頭交錯，在歷經一番激戰、螢幕上終於出現「勝利」的字樣以後，幾人緊繃的狀態才逐漸鬆懈下來。

「累鼠，話說下次休假是什麼時候……」李承翔的臉色慘白，一顆頭輕靠在他的桌面上。

「話說冷氣是不是壞了，好熱！」金榮禧拉起衣領，擦去臉上不斷冒出的汗水。

季懿凡則是悠閒地滑起了手機，而一旁廖飛祈見狀，蹙著眉、語帶不悅開口：「One，不要逮到機會就玩手機。」

但季懿凡隨之露出了個驚天動地的表情，張大嘴嚷嚷：「欸靠!美洲區比賽結束，TJL戰隊也收工!沒進世界大……唔唔唔！」

季懿凡會出現奇怪的聲詞，是來自隔壁李承翔的傑作。此刻李承翔正一面戒備地望著路星辰的表情、一面以手摀住還在發出不成調聲響的季懿凡。

廖飛祈也瞪著季懿凡，手指在嘴前比出安靜手勢。

金榮禧望著兩人有些貼近的身影，些許沒落的神態顯示在臉上，欲哭無淚地說：「禧翔CP要拆夥了嗎……覺得孤單，嗚嗚。」

然而一旁的人慌張不已，但路星辰卻像是沒接上線，呆然地面對著眼前的螢幕，如同沒有將他們的話聽進去一樣。

廖飛祈無語看著正在上演的鬧劇，嘆了聲氣後摘下耳機，面色凝重地交疊起雙手，「如果我說……也許還有機會能跟Thor比賽呢？」

此時，顧熙梔剛抵達Redefined戰隊基地。正行經走廊時，聽見選手們在練習室裡頭的對話，注意力被關鍵詞吸引，不由地停下腳步駐足原地。

王成瀚恰好自三樓階梯下樓，瞧見顧熙梔在走廊上發呆，便帶著疑惑移動至她身旁。

顧熙梔的餘光瞥見人影，在回神後略微尷尬地向他點點頭。

而王成瀚在聽見裡頭的動靜以後，突然理解地對她笑了下。

「你說明星賽嗎？」季懿凡意會過來，立馬打開網頁幫自己投票，「啊……今天也忘了投給我自己！」

下一秒，練習室突然傳來「碰——」一聲，幾人紛紛回頭望去，才發現路星辰此時正瞪大雙眼，整個人激動地站起，也絲毫不去理會已經躺在地上的昂貴電競坐椅，椅腳下的滑輪還因為慣性而左右擺動。

「你冷靜點。」廖飛祈出聲制止他。

「對啊！都還不確定Thor能不能出賽耶！」見到如此激動的路星辰，季懿凡還以為他們手上有拿著紅色的布條……只差沒有飛撲過去壓制住他。

「他當然會出賽！」王成瀚打卡上班，走進練習室的同時還打了個呵欠，「啊好累……賽會規章提到，今年有過出賽紀錄的選手依然能被票選，選上了除非受傷，不然不能拒絕出賽，否則所屬戰隊會被罰款，該員禁賽二十場。」

「那太好了Star！」金榮禧是真心為路星辰感到開心。

「只是要想辦法衝一下Star的票數了，投票時間還有五天……」廖飛祈點開明星賽的網頁，朝路星辰的頁面看了一眼，「目前跟第一名差了兩千多票。」

「那我每天都轉發網址，叫我粉絲幫Star衝票～」季懿凡是行動派，已經坐到電腦桌前動作了。

「我也來！」李承翔也加入行動。

「我先幫Star投票～」金燊禧笑呵呵地把自己今天所有的票數都投給路星辰。

而廖飛祈狐狸般的一雙眼睛掃過練習室外，嘴角輕輕地勾了勾，不著痕跡地看了路星辰的方向後也沒再說什麼，便將注意力轉回自己的電腦螢幕中。

✴

三步併作兩步，顧熙梔踩著碎步走回只有她的二號練習室。她的心臟撲通撲通地狂跳，腦子飛快地不斷思考，要如何幫助路星辰在剩餘的投票時間內取得最高的票數。

突然之間，靈光一閃，但顧熙梔自我湧起了一陣寒惡，數度天人交戰下，最終她心一橫，抓起手機，將某組電話撥了出去。

而對方只用了不到三秒的時間就將電話接通，從話筒那頭傳來一道凜然的男聲。

『喂？光年出版社，我是佐藤。』

「……佐藤編輯，我是顧熙梔。」然而顧熙梔說完這句話後，就陷入一陣沉默中。

「怎麼啦？難得妳會主動打給我？」電話那頭的男人並沒有因為顧熙梔的沉默而有不滿，反倒是自然地接話下去，「妳的瘸腿少年終於找到路了嗎？」

「那、那個我……我今天……是想跟您打聲招呼……請問我可以辦一個抽獎活動嗎？」顧熙梔做了個深呼吸後，終於將想說的話說出口，「但不會動用到《與少年與劍》相關的資源以及IP，是以我的個人名義下去舉辦的。」

「所以……又是為了LFF的臭小子嗎？」對面的男人聲音聽起來帶著笑意，但顧熙梔總覺得他並不是發自內心地真的在笑。

「我……」正中紅心、一語中地，顧熙梔一時語塞說不出話，但心中少年的身影浮現，她還是忍不住喃喃自語：「他才不是臭小子。」

「熙梔，妳個人要辦什麼活動這我們不會干涉，因為這有助於提升妳的知名度。」聽到這，顧熙梔隔著話筒鬆了一口氣，但卻沒想到電話那頭的男人似乎還有話要說，「但是……」

顧熙梔手心冒汗，險些把手機摔了出去。

「妳到底什麼時候才要復刊？妳當初打給我，千拜託萬拜託說好不會影響出書進度，我這邊才同意讓妳去電競戰隊的啊啊啊！我都快壓不住老闆的辦公室大門了啊啊啊啊啊!!!」原本凜然的男聲突然畫風一轉，變成在重金屬樂團表演時才聽得見的黑腔咆哮。

顧熙梔早已習以為常，早在三秒鐘前就將話筒拿遠一些，好讓自己的耳朵趕緊避難。

「兩個月！再給我兩個月！」顧熙梔對著空氣比出兩根手指頭。

「一言既出？」聽到她這麼說，對面的男聲立馬恢復。

「八馬也難追！」交涉成立，顧熙梔笑得非常燦爛。

＊

等顧熙梔下班離開Redefined戰隊基地後，一眾選手才終於結束練習。

季懿凡累得眼睛都快睜不開，但還是下意識拿起手機隨手滑了兩下，卻突然像是發現新大陸的反應一樣叫了出聲：「喔靠……！」

而且用字還很不文雅。

「One啊，怎麼了？」金榮禧被他嚇了很大一跳。

「嫂子……不對，弟媳開大絕了欸！」季懿凡似乎是被金榮禧影響，也跟著叫錯。

「我看我看！」李承翔聽聞風聲便湊過來看，接著似乎也被這個威力震懾到了，「乾，這太強了吧？」

「賽會沒有禁止這種做法……」廖飛祈不知何時也加入他們的話題，「反而還很樂見。」

「好羨慕啊～」幾人看著似乎不受影響的路星辰，異口同聲地說。

也似乎是顧熙梔的策略奏效，不僅在Redefined戰隊的社群頁面上放出路星辰拜票的照片、影片（雖然當事人極度不甘願），以及在她的社群上放出「投Redefined戰隊的Star選手」就抽「梔子」簽名的活動。

這樣的雙管齊下，於是路星辰的票數在第二天清晨就直直越過原本的中路領先者，並且一路攀升，同時也把其他位置領先者的得票數狠狠甩了好幾條街。

顧熙梔對於這樣的結果感到很滿意，效果遠比她想像得還要好出很多很多。

雖然貼文留言區還是會有一些酸言酸語，不過顧熙梔不在意，那些人說她追星、是迷妹……

顧熙梔忍不住笑了出來，這時候就算說她倒貼也不在乎，因為有誰跟她一樣是這麼成功的追星族呢？

✷

幾天後，明星賽的投票截止——

路星辰順利取得明星賽的出賽資格。

但顧熙梔卻面臨到人生的大抉擇。

✷

機場內人潮不斷，班機資訊的廣播也不時響起。

顧熙梔看著路星辰與葉澈，在機場櫃檯完成報到手續，失落覆蓋在她的身上，顯得她此刻難過不已。

路星辰注意到她的情緒，走向顧熙梔並拍拍她的肩膀，纖長的手也順帶揉揉她披在肩上的褐色髮絲，「我可以的，熙熙妳不要擔心。」

「但……！」顧熙梔咬著唇，似乎有滿滿的話想說。

「熙梔，好好準備去畢業考吧！」葉澈笑望著顧熙梔，「然後準時畢業！」

「好。」顧熙梔垂眸，她在搓搓手心後揚起臉開口：「那！我有個請託……」

「說吧！」葉澈還比了個「請」的手勢。

「想麻煩澈哥幫我記錄星星初次的明星賽！」顧熙梔緊捏著手裡的相機，似乎對要將這個工作交出去感到非常遺憾，「紀錄片可不能缺少這值得紀念的時刻！」

「當然囉，儘管交給我吧！」葉澈爽快答應，但也勾起了他之前的回憶，「畢竟以前這類賽事也都是我在記錄的，那時候啊……」

而此時，路星辰將顧熙梔拉到一旁，小小聲地說：「但澈哥拍的成品會跟他說的笑話一樣難笑喔！」

顧熙梔瞳孔地震，震驚地吞了吞口水，突然擔憂起自己的紀錄片作品。

＊

明星賽的比賽時間，是在美國時間星期六、日的下午四點。

路星辰將與其他四位選手一同組隊，共同對抗來自其他賽區的選手們。

也不知道是哪來的消息走漏，路星辰搭乘的航班資訊被他的粉絲知道了，大廳內手裡拿著他手幅的粉絲站得滿滿的，一見到路星辰的身影出現，現場馬上變成另類的粉絲見面會。

當然在這麼多人群包圍注視下，路星辰的臉色可以說是糟透了。

「啊啊啊！之後還有這種行程我一定會請保鑣！」葉澈也被粉絲的大陣仗嚇到了，「就怕會有瘋狂的粉絲啊……」

顧熙梔環顧了下現場，大批的瘋狂人潮雖被機場警衛擋下，也慶幸這次的粉絲還算是守秩序，都乖乖地站在走道外設的紅龍柱外，但她還是十分認同葉澈所說的。

「還好他們被擋下……」葉澈以下頷點點路星辰的方向，「不然我怕他撐不住。」

顧熙梔回過頭，被路星辰蒼白如紙的臉色給驚到，一個箭步上去拉住他的手，才發現他此時的手像是浸在冰河水之中一樣，凍得顧熙梔也抖了一下。

顧熙梔從背包內袋取出一個物體，直接塞入路星辰手中：「星星，這個給你。」

感受到由布面傳遞而來的溫度，路星辰愣愣地攤開手，在看見手裡的一抹深藍色物體後，小鹿般的澄澈雙眼睜得大大，似乎有一陣暖意漸漸湧上，逐漸模糊的視線以及溫熱的眼眶，無時在提醒他的淚水快要滿溢。

路星辰緊緊捏著手裡來自她的溫暖，他深深地吸了口氣、緩緩闔上雙眼，微微顫抖的拳頭輕輕碰在自己前額上，少年在這偌大的空間裡像是如釋重負般低低地笑出聲。

「這就當是，守護你的。」顧熙梔起初還努力撐起笑對著路星辰說，而她的笑容也隨著時間一分一秒過去顯得僵硬，最終迸裂破碎……她只能低下頭看著自己的鞋尖，此刻從喉間發出的聲音顫抖不已，強忍住的話語卻又只在心裡訴說：「我只能……我只能做到這樣。」

而路星辰見她如此，胸口像是被大力掐住，令他難過到喘不過氣，話語也在腦海中紊亂地無從組織，顫抖的唇用力地抿住。接著他的大掌緊緊握成拳，頎長的腿向顧熙梔邁出步伐，伸出手將佇立在眼前的女孩攬進自己懷中。

那陣熟悉的清爽凜冽，彷彿清洗過、沒有沾染一絲塵埃的清新氣息，徑直朝她的鼻腔撲來，逕自直達大腦裡，進而勾起待在記憶裡的那份安心感。

直到一旁傳來葉澈的假咳兩聲，顧熙梔才回過神，此時的她被路星辰緊緊抱著的身體也僵硬了起來……

「Star，該登機了。」葉澈原本「識相」地轉過身，但卻因為機場廣播不得不出聲打破。

「謝謝妳，讓我有機會能對上Thor！」路星辰伸出手，以指腹蹭著顧熙梔滑順的臉頰。而少年也笑了，那瞬間有股悸動在顧熙梔的胸口翻騰起來，「熙熙，許個願吧！我也想幫妳完成妳的願望。」

顧熙梔眼眶飽含著水光，心中充斥喜悅，對他甜甜一笑：「那……我希望你能來參加我的畢業典禮。」

「等我回來。」路星辰向前走了幾步後突然回頭，在說這句話的同時也深深地看了顧熙梔一眼。

「好。」顧熙梔的視線一路跟著路星辰到登機口，直到再也看不見他的身影，才不捨地收回。

✷

於飛機內就座後，葉澈湊近坐在隔壁機位的路星辰，十分八卦地問了他：「剛剛熙梔給你什麼啊？」

路星辰沒有說話，淡淡的神情掃過葉澈的八卦臉，緩緩伸出的手掌心朝下，滑出的深藍色物體雖然隨著地心引力下降，但因為黃色繫繩勾著他的手指，才使得沒有讓它掉落到地面上。

「這、這……這是？」葉澈伸長脖子，低下頭朝著物體的方向望去，同時也面露疑惑。

「是《與少年與劍》初版抽獎送的特典，是仿製書裡男主角出發旅行時女主角做來送給他的『勝守』御守。」只給葉澈看了三秒，隨後路星辰便光速收回，將之捧在自己的手掌心中，像對待珍寶一樣小心呵護著。

接著路星辰那對英氣逼人的劍眉挑了下，下巴也似乎因為高興而輕輕揚起，他像是炫耀般獻寶的口吻，對著葉澈一臉迷惑的表情說：「當初的名額只有十個。」

「那你有的那個呢？」在葉澈的記憶中，路星辰也有一個限量特典，先前還常見他拿出來把玩，「……話說，我真的很想把你現在的臉拍下來。」

「是簽書會的特典，也只有十個。」說完，路星辰不理會葉澈準備從口袋掏出手機的動作，不發一語地別過臉、闔上眼，但仍能看見他的長指不斷摩娑置於手中的御守。

第二十場遊戲　緣

周末，只剩下顧熙梔與劉家家留宿於3A宿舍內。

桌上擺著一本厚重的教科書，顧熙梔看似埋首之中，但字裡行間的意思卻一點也沒有吸收進去。

「各位觀眾，我是主播山羊！」能不時從顧熙梔的電腦喇叭裡聽見主播山羊那激昂又令人熱血不已的嗓音，以及現場觀眾熱烈的歡呼聲，「現在轉播畫面已經可以看到，代表本賽區的選手正走著紅地毯進場中！」

「唉……」顧熙梔不知道第幾次嘆氣了。

「你各位看呀！他們五人看起來真的是閃閃發亮……」

顧熙梔瞥了眼轉播畫面，揚起的手也支撐著下巴，行行字句引不起她的興趣，因為早在那一刻的分別起，她的心也跟著飄洋過海。

身兼顧熙梔的好友與室友，距離最近的劉家家也不知道是承受第幾次她的干擾攻擊，一臉無奈地從「被期末考荼毒的世界中」抬頭，對顧熙梔的方向大喊：「別再嘆氣啦！不是後天就要回來了？」

「是這樣沒錯啦，但我到現在才知道分開還蠻難受的。」顧熙梔托著腮、斜著頭，她的目光一動也不動地停留在電腦螢幕裡，與其他四個明星賽隊友比肩向前、站在最中間的路星辰。

「啊不是說失戀了ㄇ……」劉家家雙手一攤。

「我現在身分是他的迷妹，不行嗎？」顧熙梔理直氣壯。

劉家家翻了好大一圈白眼，顯然已經放棄吐槽，接著將手裡的書往桌子旁邊一扔，雙手抱胸湊近顧熙梔的螢幕一瞧後，她還是忍不住吐槽道：「妳家Star，今天還是一樣的冷冷淡淡，還以為他開始會有一些表情

不自在。

「了。」

顧熙梔的眉心緊擰，眼中沾上一絲低落，因為就算隔著螢幕，她還是能捕捉到路星辰繃著的臉上露出的不自在。

在這幾個日子裡，人們隨口的話、在網路上隨意發表的言論都清晰出現在顧熙梔的腦海。

他們說Star話不多、長得帥，所以說他是高冷男神。

他們說Star不用太認真，反正長得帥到哪都有特權。

他們說Star很害怕人群。

可只有她知道，私底下的路星辰是……有多麼努力才活到現在。

顧熙梔一直沒有說話。

劉家家還覺得奇怪，正低頭想一探究竟時，卻被她眼角晶瑩的水光給嚇個正著，大概跳了三步遠後，才找回自己的聲音：「……欸欸欸，妳別哭啊！」

原本只是涓涓流水，卻沒想到成了關也關不上的水閘門。

「對不起啦啊啊啊！……我以後不會再吐槽了！」劉家家想安撫她，連忙拍拍顧熙梔的背，遞上了幾張衛生紙。

聞言，顧熙梔的頭搖得跟波浪鼓一樣，褐色的髮絲也在空氣中飛舞，而後她接過劉家家遞上的衛生紙，擦去還停留在自己臉上的淚痕。直到緩和幾許後便吸吸鼻子，露出了個不好意思的表情，顧熙梔的雙頰染上一絲緋紅，粉色的小嘴微張，一雙的褐色眼眸含著迷濛，宛若出水芙蓉般，望著還在驚嚇中的劉家家。

「喔靠，也太仙了吧……」眼前彷彿天仙降臨，劉家家滿臉陶醉地摀著嘴，雖然這場景已見過很多次，但她還是不敢置信地連粗話都脫口而出了。

「什麼啦！」顧熙梔好氣又好笑地給了劉家家一拳，接著就聽見電腦喇叭傳出現場觀眾的歡呼聲，小臉綻放出似花的笑容，她興奮地一手指著螢幕裡即將揭開序幕的比賽，一邊拉了拉劉家家的手，「他跟Thor一對一的PK比賽要開始了！妳看，他在紅色陣營！」

說完以後，顧熙梔就無比認真盯著螢幕瞧。

「這場比賽，應該很多人關注的是即將退役的Thor選手！」主播山羊為螢幕前的觀眾們解說。

劉家家每過幾秒，就得捏著自己的大腿肉，漲紅的臉顯示她正努力憋著笑，因為顧熙梔的視線不斷往轉播畫面下方，也就是拍著路星辰的窗格畫面移動。

而正坐在比賽場上的兩位選手，不知道是說好還是怎麼的，竟然同時選了一樣的角色！

畫面裡的少年劍神一襲白衣，依舊瀟灑飄逸的揮了下手中的破邪劍，使得顧熙梔忍不住發出驚呼，更加期待稍後的對戰。

「雙方很有默契啊！選了一樣的角色！」主播山羊看到雙方選擇一樣的角色後更加興奮，「各位，比賽快要開始了！即將成為絕響的對戰組合……將要演奏最後一曲！」

「這個賽制是選手一對一對線，取得勝利的方法是先拿到對方的人頭，或拆掉對方的第一個陣營，而最後一個方法是先打下一百隻傭兵。」賽評久久在一旁補充說明。

「各、位、觀、眾，比賽即將開始！」隨後轉播畫面就在主播山羊亢奮的話語，以及現場觀眾此起彼落的歡呼聲中切換進入了比賽畫面，緊接著就是選手之間一連串的攻防。

「欸不過，那傢伙……」劉家家看著遊戲時間即將進入三分鐘，自己的專注力也漸漸潰散，她突然想起先前大半夜顧熙梔傳來的訊息，「後來有跟妳解釋什麼嗎？」

「有是有……」顧熙梔聽見劉家家這麼問，歪著頭想了一下後才說：「他說：『如果拿到冠軍』就有話要對我說。」

「蛤？他就這麼篤定嗎？」劉家家傻眼石化，心裡有個小人此時哭天搶地，對著一旁的長得高大的樹木又打又捶，嘴裡不斷吐槽遠在天邊的路星辰連告白也要搞這麼大一齣、繞這麼大一圈嗎?!……「所以他有說是哪個冠軍？他們這次輸了耶？」

緊接著，顧熙梔的目光被觀眾的歡呼聲吸引，注意力回到螢幕上，並沒有再回應劉家家的話。

「……」皇帝不急，急死太監！談戀愛的旁觀者永遠比當事人還著急，劉家家無語問蒼天，只覺得她快要昏倒了。

而此時螢幕轉播內的戰況突然之間進入白熱化，負責轉播工作的主播山羊，立刻激昂地以他連環砲般的速度播報著：「我們可以看到Star選手衝向Thor選手！施放一波波技能！」

「兩人開始激烈交戰！」賽評久久也被他激昂的情緒感染。

顧熙梔掐著劉家家的手臂，緊張得連呼吸都忘了，因為情緒而高懸的一顆心不停撲通撲通地跳著，雙眼連眨都不敢眨，深怕漏掉任何一個關鍵。

「到底鹿死誰手！就……」主播山羊的話說到一半，就在電光石火之間，這場比賽的結果就產生了，「啊！比賽結束！」

顧熙梔只看到角色都朝著對方施放了最後的技能……之後兩個角色都向後倒了下去！

只不過，Thor的速度還是快了一些些。

「這場比賽很可惜喔！Star選手就差了幾毫秒……不，也許只差了幾微秒而已啊！」主播山羊的聲音像洩了氣的皮球般，語氣裡也帶著一絲惋惜。

顧熙梔看著螢幕裡的少年，雖然輸了比賽，但還是神采奕奕，並在第一時間走上前，對他今天的對手，也是開啟他電競生涯的要角——是直到現在都還追隨的「那個男人」伸出手。

而Thor起身後，看著站在眼前對自己露出一臉崇拜、快要抑制不住自己表情的路星辰咧嘴一笑，也伸出手回握，真切熱烈地回應他的情感。

後來顧熙梔滑著論壇時，看見有人發了一篇在討論路星辰是不是追星成功的貼文……

【問卦，RED的Star不是高冷男神嗎？】

餓死抬頭

怎麼今天Star遇到Thor變這樣？

跟他官網寫的「欣賞的選手」有關嗎？他這樣484算追星成功了？

1樓　還我高冷男神

2樓　Star表情都快hold不住了

3樓　我追星的時候也是這個表情欸

4樓　第一次覺得男神也是人類的一刻

5樓　Star掰　不送

6樓　破滅了　Star下去

然後也不知道是哪個神通廣大的網友，居然找到路星辰還在次級聯賽受訪的影片。

顧熙梔按捺不住心底的興奮，立馬按下播放按鍵，那部影片畫質有點模糊，看起來是經過備份再備份，但還是能看出影片中的路星辰先是一臉警戒，而負責訪問的賽會官方人員以英文問他：「你有欣賞或崇拜哪一位電競選手嗎？」

就只見路星辰丁點也沒有猶豫，想都沒想就直接以英文答道：「TJL的Thor選手。」

✷

機場的廣播響起登機資訊，葉澈注意到牆上時鐘的時間後，推開候機室的門走了進去。

「Star啊，要準備登機了喔！」葉澈走向路星辰，輕拍他的肩，提醒還正在通話的路星辰。

「對，時間差不多了……嗯，好、妳也是……掰掰。」路星辰聽到葉澈的話語後，對電話那頭的人道別便收了線。

「走吧，趕快回去就能見到她了。」葉澈對著路星辰挑了挑眉，隨後轉動休息室的門把、示意要路星辰先出去。

「謝謝澈哥。」路星辰心情不錯，微微地勾起唇畔。

而葉澈呆住，揉揉眼睛想確認自己是不是看錯了。

✷

「好……路上小心！」顧熙梔的左肩聳起，與耳朵正奮力地夾著手機，一邊在被稱作「異次元空間」的衣櫃裡找尋著東西，一邊對那頭的少年愉悅地說：「要吃飽喔……等等見！」

直到話筒傳來「啪嚓——」的切線聲，顧熙梔才依依不捨地放下手機，卻在見到螢幕中與路星辰通話的紀錄時，面龐上多了幾分害羞的神情。

顧熙梔將手機收起，隨即正了正色：「好！我也得準備開工了！」

她從櫃內撈出被整齊疊起的數本《與少年與劍》，正要將它們取出，想獨自完成這有些艱鉅的任務時，擺在最上頭的一冊卻滑落地面。

「天啊！」顧熙梔嚇了一跳，將書放在桌上後便彎下腰去撿，但在伸出手時才注意到書本旁還靜靜躺了兩個信封及一張黑白照片。

其中一個信封樣式陳舊，邊緣還有破損及不少摺痕，上頭寫著「予　吾妻」，另外一個信封則較新，封套上寫著「爺爺予熙梔」。

顧熙梔拾起信封及照片，一時之間神色複雜，難過地呢喃道：「這個……怎麼也一起帶來了？」

她出神地盯著那張黑白照片，裡頭的一對男女樣貌青春，合照的動作鮮明也活潑，就算是靜默的照片，卻也像是在與後人訴說他們之間的情感。

「那個日子，要到了吧？」

＊

躺在病榻上的顧熙梔，無論怎麼使力，都無法看清站在面前的人影，終究都只是一團模糊的霧。

老人擦去臉上的淚，忍下快要潰堤的情緒，努力地讓自己的語調聽起來快樂一些：「忘了跟妳自我介紹，我是妳的親爺爺。」

而顧熙梔的表情轉變為呆然，像是當機一樣不能理解，也無法做出回應。

精密的醫療儀器不斷傳來聲響，顧爺爺憤慨，藏在身後的一雙手死死捏著拳，「當初就不該把妳交給他，我怎麼這麼糊塗？明明就說過不干孩子的事、不要對孩子動手的……」

顧爺爺走出顧熙梔位在的單人病房，悄聲地關上了房門，每一步都小心翼翼，深怕會吵醒裡頭正在熟睡的人。

「老爺……」一旁的男人身著象徵專業的管家服裝，恭敬地迎上前。

「林管家，先讓我靜一靜。」顧爺爺難受地將整個人往旁邊的座位裡摔去，伸手摀住痛苦的神情，前天深夜裡的記憶一點一點的緩緩回籠。

手術室外的燈亮著，鮮紅色的影子映在每一個焦急的人心中。

顧爺爺面色凝重，不斷地在手術室外的走道來回踱步，而林管家就站在一旁，面無表情、不發一語。

「不行！我沒辦法忍下這口氣！」顧爺爺說完以後，看似就要轉身離去，「……我得去找『他』！」

「老爺，萬萬不可啊！」林管家惶恐地跪下，揪住顧爺爺的褲管不放。

「你憑什麼？」顧爺爺的憤怒已經大過理智，「好好的一個人變成那樣……」

林管家懼色，目光閃過顧爺爺手臂上，甫經處理、正包紮著的潔白繃帶：「您這回去，真的會被少爺殺掉的！」

顧爺爺嘆息了幾聲，胸口喘著大氣，在幾經糾結下還是收起怒容，有些力道扯開被緊揪著的褲管，口中念念有詞，隨後拳頭重重地砸在一旁的牆面上：「逆子！逆子啊！」

「都是我造成的……」隨後他無力地癱坐在椅子裡，繃帶上透出暗紅色的印子，隱約能嗅到一絲血腥味。

這時，手術室的燈滅了，原本緊閉的門也打開，穿著手術服的醫師從裡頭走了出來。

顧爺爺見狀，即刻飛奔至醫師身旁，一把抓住對方的手術服，在上頭留下了數道皺摺，也幾乎是哀聲道：「醫師……請一定要救我孫女啊！她還那麼小……」

「……病人的生命是搶救回來了，但要看病人自己能不能撐過危險期。」醫師的語氣裡含著深深的責怪與不諒解。

顧爺爺聽見顧熙梔目前的狀態以後，眼淚不受控制地掉下，林管家在一旁目睹，也露出難過的表情。

「病人是因脾臟破裂出血造成休克，全身幾乎都有骨折的情況，還有大大小小的新舊撕裂傷，都已經出現感染的問題，需要清創；除此之外，她的頭有被撞擊過，會出現短暫失明，以後也可能會有記憶方面的問題，還有……」醫師向顧爺爺說明顧熙梔的情況，他的話說到一半，卻也欲言又止，「病人的骨骼有不少骨痂形成，這是長期受到暴力對待的其一體現。」

「病人最嚴重的是左腿，因為延誤就醫，造成神經不可逆的傷害……」醫師不著痕跡地撥開顧爺爺的手，極力壓抑著聲音裡的怒意，為顧熙梔的未來做下宣判：「將來，一定會影響到她的日常生活。」

＊

典雅的一座莊園裡，像極了國外電影看到的那樣美麗，大門口前鋪著長長的石磚路，兩旁還有翠綠色的假山造景、一旁數個的花圃中還有盛開的梔子花，另一頭還有傳來流水聲不斷的池塘。

不知何時起，石磚路上多了一組人馬，身著管家服的中年男人端莊有禮地高舉著陽傘，為他一心服侍的主子鞠躬盡瘁，而滿臉慈祥和藹的老人正謹慎地向前推著輪椅，就怕一個不小心，如同珍寶的女孩會就這樣摔碎。

顧熙梔此時就坐在輪椅上，她的頭和眼前都被紗布和繃帶包裹著，左腿纏上的厚重石膏也依然沒有拆除。移動時造成的晃動，因為只見得黑暗，使得顧熙梔懷著不安，還算完好的一雙手緊揪著輪椅的扶手不放。

「恭迎老爺、小姐。」

顧爺爺伸手要將顧熙梔臉上的繃帶取下，同時一個溫柔的中年女聲也鑽入耳裡，奇異陌生的感覺頻頻出現，又令她感到害怕地遲疑片刻。

顧爺爺見狀，便柔聲安撫道：「她是Anita，她會照顧妳……沒事的。」

「……會沒事的。」溫熱的感知傳來，應該是顧爺爺的指尖不斷輕觸到她的臉頰，顧熙梔還能感受到開始鬆綁的繃帶，眼前漸漸開始迎向光明，直到看見顧爺爺的眼中帶著水光，顧熙梔都還能聽見他的低聲輕語。

「從今以後，這裡就是妳的家，熙梔。」

「ㄒㄧ……ㄓ……？」顧熙梔像是初生降臨這世界上、如同牙牙學語的孩童，生愣地重複顧爺爺的話。

✵

顧熙梔的新房間很明亮，有一扇大大的窗戶、能看見庭院裡開滿的梔子花，中間還有一張柔軟、溫馨的大床，一旁擺著一張原木的書桌，以及一個漂亮的落地衣櫃。

這一刻，顧熙梔呆坐在書桌前，身旁也坐著一位長相秀氣的女子。

「熙梔妳好哇！我是陳老師！」陳老師的聲音中充滿活力，以手指點點擺在桌上的書本，示意顧熙梔要開始上課，「那我們今天要講……」

顧熙梔木然瞪著桌上，對她來說像是天書的課本，裡頭的任何一個字，對她來說都沒有意義。

陳老師見顧熙梔沒有反應，就只是伸出手想取過教材，但就在光影錯動下，顧熙梔的臉上浮出害怕的神情，像是為了閃躲而不慎摔下椅子。

木製的椅子在慣性的作用下倒塌，壓在了顧熙梔的身上，陳老師被嚇了一跳，想上前將椅子和顧熙梔扶起，但女孩臉上流露出的驚恐神色讓她不敢輕舉妄動，於是陳老師便慌張地奪門而出，匆忙間還撞上了房門的一角。

被壓在椅子下的顧熙梔嚇得魂飛魄散，拖著被厚重石膏包裹的左腿，哭得聲嘶力竭，爬進了一旁高大的衣櫃裡。

過了數分鐘以後，一陣慌亂的腳步聲從遠處傳來，接著就見到滿臉擔憂的顧爺爺，急得都要把整個房間拆了，卻怎麼也遍尋不著孫女的影子。

陳老師跟在顧爺爺身後趕到，氣喘吁吁地說明方才所發生的一切。

顧爺爺沉默了幾許後，蒼老的面容上閃過一絲落寞的神情，隨後點了點頭，同時也向在站在門外的林管家示意。

「我先送您離開。」林管家走向陳老師，恭敬地欠身後將人帶離。

接著，室內恢復清靜，只剩下窗戶外頭的鳥鳴聲。

躲在櫃子裡的顧熙梔就在此時不慎發出了個聲響。

顧爺爺躡手躡腳地朝衣櫃的方向走去，他背向衣櫃緩緩地坐下，滿是皺紋的一雙手摀著臉，直到無聲地嘆了氣後才輕輕放下，開口道：「很久很久以前，某個國家有一位小公主……」

顧爺爺的嗓音為顧熙梔冰封的內心捎來一絲溫度，她就這樣縮在衣櫃裡，靜靜地聆聽那撫慰人心的聲音。

＊

窗戶外的景色轉換四季，就像是一幕幕切換一樣快速。

夜幕降臨，顧熙梔一如往常躲進衣櫃，而顧爺爺也會在隨後抵達，他坐在衣櫃外、後背抵著門片，溫柔地說著不同的童話故事。

一則童話故事說完，顧爺爺望見窗外的點點星子，便隨口哼起了一首〈小星星〉。

也還沒等到曲子哼完，就從衣櫃中傳出規律的呼吸聲。

顧爺爺禁不住淚意，低聲地啜泣，悄聲將衣櫃打開，外頭的光輝映照在裡頭少女纖瘦的身上。

這天，顧爺爺依舊等到進入深夜以後，才走進顧熙梔的房間。

但甫推開門，就見顧熙梔抱著鬆軟的被子坐在床上，目光盯著外頭的星空。

顧爺爺霎時有些不知所措，緩緩地退出房門口，神色慌亂、連話都得結巴：「妳……我先等妳進去衣櫃嗎？」

一張呆若木雞的臉緩慢轉過來，顧熙梔發愣般地搖搖頭。

「那，我可以過去妳那邊嗎？」顧爺爺謹慎地詢問。

顧熙梔點點頭，平淡無波的眼見到顧爺爺向自己走近，伸出的手指指著床邊的一角，似乎是要他坐下。

顧爺爺顯得戰戰兢兢，生怕一個不小心弄出的巨大動靜，會將過往的所有付之一炬。

誰都沒有說話，空間中的氣氛突然有些奇異，直到顧爺爺抽出放在身側的信封，紙張與床鋪的摩擦聲打破了這則寧靜。

指尖擦過信封上的字跡，顧爺爺的神情中飽含悔恨與憂愁，陰暗籠罩在他的側臉上，而顧熙梔見狀，還僵硬的表情如同冰融，漸漸地軟化。

「這是我寫給妳祖母的信。」顧爺爺臉上的陰鷙消失，突然間笑得燦爛，「我對她的思念都保存在這了。」

顧熙梔凝視著自己的腳尖，彷彿若有所思般出神。

「每當想念她的時候，我把『我的全部』都寄託在這。」顧爺爺抽出信封裡，厚厚一疊的信紙，對著上頭每個字句都仔細諦視，「想念她的時候也能拿出來看一下，想用文字的力量表達、傳達……雖然很可惜，她已經看不到了。」

之後，顧爺爺將手裡的信紙與信封往旁邊放，手無力地垂下，壓住了信紙，紙張上也因力道多了幾分皺摺。

顧爺爺發出一聲感嘆，目光深遠地眺望遠方：「但我想，留下來的人或許會好過一些。」

顧熙梔注意到信紙一角的字跡，將視線挪向該處仔細端詳，察覺上頭書寫的一段文字是：「熙熙晴煦遠，徒欲奉堯觴。」

這時，深夜裡的涼風像個惡作劇的孩子，將外頭花圃裡的梔子花吹得搖頭晃腦，清香探入顧熙梔的鼻息之間，她在高處俯視、觀察著那一切，看見更是有幾朵花兒被吹起，在空中自由地舞動著。

她的唇微啟，似乎想說些什麼，卻欲言又止。

顧爺爺遞給了她一疊空白的紙張，他的面容慈眉善目，一對眼飽含慈愛：「熙梔，要不要……試著寫寫看東西？」

紙張突然遞到顧熙梔的眼前，她眼中的光閃了閃，一雙手緊抓著被子，掌心用力地捏成拳，快要在皮肉上留下幾道指甲的印子。

大概過了十數秒，久到顧爺爺都想放棄的時候，顧熙梔的拳緩緩鬆開，接過了那疊潔白的紙張。

「……好。」顧熙梔露出了難以察覺的微笑。

而顧爺爺沒來得及接上話，就只剩淚水潸潸流下。

✷

「話說你最後那場五對五和美洲區的比賽，你是怎麼做到擊殺Thor兩次的啊？」葉澈走在路星辰旁邊，想起明星賽最後的那場比賽，還有臺下沸騰的劇烈歡呼，直到現在都還鮮明地烙印在他的腦海中，「你都不知道我那時可緊張的……」

「就……嗯？」路星辰原本還在腦內組織語言，卻留意到前方一名穿著全黑筆挺西裝的人掉了東西。

路星辰迅速地彎下腰，見是一個黑色的皮夾，便將它從地上拾起，絲毫不顧身後的葉澈還大聲喊著他，大步奔向全然沒有察覺，且已經走遠的那人。

「不好意思，請問這是你的嗎？」當路星辰回過神想起自己還身在美國時，已經下意識將近期習慣的語言脫口而出……直到那人轉過身，路星辰才看清楚對方紳士帽底下的東方臉孔，同時也發現遺落皮夾的是一位已白髮蒼蒼的老人。

「對！這是我的……」老人的儀態雍容，但臉上有著與他慈祥氣質相反的長長刀疤，而面對眼前的少年笑得一雙眼都快瞇起來，「年輕人謝謝你！裡面的東西太重要了！」

老人正要接過路星辰手中的皮夾，但裡頭的物體卻掉了出來。

紙片在空氣中擺盪的聲響吸引了路星辰，彷彿漫天飛舞，在上頭看見的白與黑彼此纏繞，像是在大聲訴說著他們的故事，路星辰定睛一瞧，察覺那是張黑白的老舊相片。

路星辰在老人反應過來前先是彎下了腰，將黑白的相片拾起，卻在見到相片中的人時，他的心中感到無比震撼，身體也宛若受了刺激，猛地抖了一下。

「年輕人，這是我十多年前去世的妻子……」老人接過相片，溫柔地瞥了眼裡頭、擺著活潑姿勢的貌美女子後，打趣般拍拍路星辰的肩膀，笑道：「你就算想追也沒辦法囉！」

而他在說完以後，神色卻也黯淡了幾分，喃喃地說著：「……如何，很漂亮吧？」

路星辰沒有回應，因為他此刻也說不出話。就只能愣在原地，感受到自己的背冒出一道道冷汗，因為相片中那名女人的長相與氣質，實在與顧熙梔太過相似。

心中若有所思。

「哇哈哈！」老人絲毫不顧形象，爽朗地大笑著，「年輕人，我還沒問你叫什麼名字呢？」

「我叫路星辰，馬路的『路』、天上的那個『星辰』。」路星辰有點愣愣地，雖然回應著老人的問題，但

「喔，是梁棟星辰飛、輝煌照亮未來的路啊！」老人的目光將路星辰從頭到腳都掃視一遍後，似乎很滿意地點點頭，並重複唸了一次他的名字：「路星辰……真是個好名字。」

在平常極度厭惡被這樣「盯著看」的路星辰，卻本能地不覺得對方有任何惡意，也沒有感到任何不適。

而此刻另一頭有腳步聲靠近，一個著管家服的中年男人朝老人的方向跑近，才氣喘吁吁地說：「老、老爺！您叫我好找啊……您得趕快上機！不然會趕不上祭禮的！」

老人聽完對方的話後，做出個「糟了」的表情，隨即也開始在口袋翻找東西。

「這樣吧！這是我的名片，如果你之後有任何需要都可以撥這支電話找我，就當是……我們有緣吧！」老人取出了一張名片放到路星辰的手中後，便壓了壓自己的紳士帽帽緣，與那名男人一同轉身離開。

路星辰正低下頭，目光甫接觸到那張深墨色的紙片時，就聽到遠處葉澈還在呼喊著他的名。

「Star！」葉澈滿頭大汗、上氣不接下氣地朝路星辰的方向跑過來，看得出來也找他一陣子了，「天啊……終於找到你了！你一溜煙就跑不見了，嚇死我了！」

「抱歉。」路星辰不著痕跡地將老人給他的名片收入外套口袋中，壓下滿心的疑惑，並沒有將剛剛發生的事告訴葉澈。

第二十一場遊戲　奈何橋

顧熙梔坐在Redefined戰隊的第二練習室內，面對電腦螢幕、雙手敲著機械鍵盤，全神貫注地上完影片中最後的字幕，看著眼前的成果，她露出十分滿意的神情，長吁了口氣，一雙纖長藕臂向上伸展，想把累積的疲憊一掃而去。

似乎是放鬆下來的緣故，顧熙梔的肚子抓準時機發出了飢餓的抗議悲鳴，她下意識摸了摸肚子，一雙久盯螢幕而被疲累影響的褐眼看了電腦時鐘的所在之處，才驚覺已是傍晚時分，猛地想起自己從早餐後就沒有再進食了。

「吃飯去！」顧熙梔飛快按下存檔鍵後，一把抓起放在桌面上的錢包就要往外走。

這時，緊閉的門扉上響起了規律而溫柔的敲擊聲。

顧熙梔轉動門把，在打開門的瞬間，見到意料之外的人出現在外頭，頓時心跳加速，眼中也閃爍著燦爛的光芒。

而站在那的少年，他的視線甫與眼前的女孩接觸，陽光般和煦的笑顏也在臉上大大地展開。

「星星！」開心之餘，顧熙梔的聲音裡也滿是驚訝：「不是說會再晚一些到嗎？」

「驚喜。」路星辰看上去心情很不錯，神祕兮兮地伸出手，向顧熙梔遞出了一個黃色的盒子，「要給妳的，新口味布丁。」

「歡迎回來！」見包裝上黃澄澄與焦糖交錯的色調，以及一排印著的標誌。突然間，手裡的布丁盒給她一種特別的感覺，勾起她似有若無的記憶，彷彿是她曾經遺失的一部分，使得她迫不及待想知道藏在裡頭的驚喜。

然而在這個驚喜時刻，不僅顧熙栀，就連那位少年的肚子也發出了飢餓的叫聲。兩人的視線在空中交會、彼此尷尬地對望，隨即也忍不出笑了起來。

似乎到這時才有了真實感，顧熙栀的唇角還掛著笑，她一邊拭去眼角的淚，一邊道：「……我們一起去吃飯吧？」

＊

傍晚，仰起頭已經能看見打卡上班的星星們，正一點一點地閃爍光輝。

兩人一同走在灑滿夕陽橙色的後街巷道上，顧熙栀的餘光頻頻瞄向身旁的少年，心中產生了很久以後也想與他共同漫步的念頭，突然悸動不已。

「這次……真的要謝謝妳。」路星辰勾住了顧熙栀的手，他的眼底蘊含著溫柔，以他低低的嗓音說出他心裡的話：「如果沒有妳，我就沒辦法完成心願了。」

顧熙栀的臉可能被夕陽曬紅了，她盯著兩人相連的手，再抬頭望著身旁的路星辰，「因為，我也很想看到你跟Thor比賽。」

一雙笑容在夕陽的襯托下，顯得特別燦爛。

「我很開心，真的。」

這瞬間，顧熙栀似乎看見路星辰的臉頰染上一抹紅暈，她努力地眯起眼，想完整捕捉這個珍貴畫面。她的目光不自覺停留在他臉上，直到她意識到自己一直在盯著他瞧，頓時害羞了起來。

路星辰見此，一雙小鹿似的雙眼微微瞪大了些，視線慌張地飄向一旁，嘴唇微啟，但又像是顧慮著什麼而遲遲未能說出口。

「怎麼了？」顧熙梔注意到他的欲言又止，停下腳步向他湊近，想仔細端詳他的神情，「果然太累了嗎？」

路星辰彷彿憋住了一股氣，接著他用力呼吸，顯然是做好了萬全準備後才開口。但一張嘴，他的話語急促，一股莫名的緊迫感籠罩在他的語氣之中：「熙熙，我ㄒ……」

此時，遠處傳來了車輛高速行駛的引擎聲，路星辰在瞬間繃緊身體，內心頓時警鈴大作，觸發了他心中卸下已久的警戒神經。他敏銳地感知到，那車輛正朝著他們急速奔馳而來……

突然，一輛黑色的廂型車飛速衝入路星辰的視野內！

「什……？」顧熙梔注意到路星辰的變化，也察覺似乎有一股危險的氣息逼近。她隨即聽見身後傳來車輛急煞，輪胎與地面劇烈刺耳的摩擦聲，尖銳的聲響令顧熙梔伸手摀住了耳朵。

「熙熙小心！」路星辰一把拉過顧熙梔的手，將她護在身後。

顧熙梔的耳畔嗡嗡作響，同時也感到頭暈目眩，她還沒弄清楚情況，目光就先落在幾個走下黑色廂型車的人身上。他們叼著菸、一身黑衣，臉上戴著墨鏡，手中分別拿著球棒和木棍，散發出凶神惡煞的氛圍。

兩人勢單力薄，在一瞬間就被數人包圍，路星辰吞了吞口沫，不斷地在腦海計算著能讓顧熙梔全身而退的機率有多少。

「星星，我想……他們是衝著我來的。」男人撕裂般的咆哮在腦海迴盪，顧熙梔萬般無奈地閉上眼，並肯定地表示，在睜眼的同時也輕蔑地瞥向站在他們眼前的凶神惡煞。

「姑娘挺清楚的嘛？」站在最中間、看似是為首的男人聽見了顧熙梔的話後，伸出的手指夾住嘴裡的菸，「呸」地一聲朝地上吐了口痰，「不如妳直接跟我們走，也許可以放他一馬喔？」

「星星，『那個人』……『那個人』已經找到我了！」察覺對方會對路星辰不利，而既然她無法保證自己的人身安全，那她更不能讓他也陷入危險之中。顧熙梔輕輕扯著路星辰的衣袖，語氣慌張道：「你快跑，不要再管我了！」

只不過顧熙梔卻沒想到，路星辰非但沒有要離開的意思，還以身高優勢俯首鄙睨著那群凶神惡煞，並一步步向他們走去。

「熙熙，我怎麼可能讓妳一個人遭遇危險？」路星辰緩緩地回過頭，前額的細碎黑髮被風吹得遮住了他的半張臉，此時他露出的神情令顧熙梔感到十分陌生，就像是另一個人一樣，「妳不要再受傷了。」

顧熙梔的心中發出「咯噔」的聲響，就好像看見當年那個小小的少年獨自站在異國的街頭，不畏懼眼前挑戰地擺出迎戰姿勢，堅強地讓人感到難受。

「真的沒關係……」顧熙梔見他如此，急得像熱鍋上的螞蟻，她摀著嘴，強忍著快要溢出的淚水，大力地搖著頭，以甚是哀求的語氣喊道：「星星……！」

「既然他都這麼說了，就別怪我們沒手下留情啊？」那個男人將手裡的菸往地上一扔，尚未熄滅的火星在空氣中一閃一閃，尖銳的火光刺痛了他們的雙眼。

而幾個凶神惡煞在一瞬間行動了起來，揮舞著手中的武器朝他們襲來，局勢在瞬息之間變得極度緊張。

顧熙梔宛如石化，一動也不動地站在原地。她看起來沒有任何防禦的打算，彷彿失去了鬥志、失去了生命，毫無反應地等待那些朝她而來的攻擊。

「妳看妳，都怕成這樣……」

但疼痛並沒有如顧熙梔預想中到來，直到耳畔聽見路星辰喘著氣的說話聲，才令她回過神。

眼前，有路星辰寬闊的背影抵擋著，除此之外她還看見好幾個兇神惡煞已經被他撂倒。顧熙梔直到這時才看清他的動作，他的身姿迅捷而凌厲，每一次出手都帶著強烈的威懾力，都能毫不留情地將對方擊倒在地。

路星辰依然背對顧熙梔，而他此時向兩旁展開的雙臂宛如在與全世界宣示他會保護顧熙梔的決心，他發出低低的笑聲道：「我不是說過了嗎……？『不要逆來順受，試著掙扎一下』吧？」

猶如再聽見那日他胸口的震動共鳴，顧熙梔按住鼻子的酸意，並緊緊咬著牙關，想就此抑制身體的恐懼感。

「你們還在等什麼！」為首的男人氣得跳腳，對著身旁的其他人一陣破口大罵，「等過年嗎？快給我上！給我上啊！」

面對著不斷持棍棒衝過來的兇神惡煞們，路星辰以迅雷不及掩耳之勢出手，每一次拳腳的落地都伴隨著破風聲和準確的命中。兇神惡煞們被他僅憑赤手空拳的力量和技巧所震懾，一個個倒在地上。

但這時，顧熙梔的餘光卻被一陣亮光吸引，瞥到其中一個早已被撂倒、本該躺著的人，不知何時竟已經亮出一把短刀，嘴巴咧開，露出可怖的森森白牙，並向路星辰露出邪惡的笑容。

顧熙梔呼吸一滯、瞪大雙眼，褐色眼瞳中的墨黑彷彿掀起滔天巨浪。此刻她的心口也像是被人用手緊緊掐住，她想張口大喊，卻因為牙齒不斷打顫而無法順利發出聲音。

恐懼如毒蛇纏繞她的心，死亡的陰影逼近，顧熙梔無力掙脫束縛，感到自己跌入絕望的深淵中。

想起他輕撫自己髮絲的那雙手、對著自己溫柔笑著的那雙眼，若是這樣的情景再也見不到了……

不！她不能！也不想讓他受到傷害！

擱在腿上的手緩緩聚力，她心一凜，重重朝腿間掐去，指甲縫裡深深嵌住肌膚的感受、那令人戰慄的鐵鏽味竄上鼻腔，力道大得她眼眶都泛出淚光，進而勾起的反應終於打響了身體的每一個訊號站。

顧熙梔感受到一滴滴汗水從她的背脊滑下，但她再顧不得其他，失控地對著路星辰大喊：「星星小心！那個人有刀！」

路星辰才剛踹開面前的人，雖然即時意識到身後的危機，但已經來不及……

眼前好像有跑馬燈經過，不知怎麼的，路星辰突然想起那時候，她的笑照亮了他寂靜黑暗的子夜：「Star選手一定是世界第一！」

「嘶……」路星辰使出吃奶力氣避開，雖已經將傷害減至最低，但腰側還是被畫出了一道傷口，血流如注。輕觸過傷口的雙手浸滿鮮血，路星辰就只有片刻的閃神，而那群凶神惡煞的棍棒就隨之朝他招呼過來。

「不……不要！」顧熙梔看著路星辰在自己眼前倒下，她崩潰大叫，彷彿天崩地裂，但他們並沒有因為這樣而停手，反而還變本加厲。

「為什麼……為什麼要這樣對我？」看見地上流著一灘猩紅色，顧熙梔低著頭、口中喃喃自語，突然閃過當時閉上眼失去意識前，「那個人」癲狂不已的表情。

顧熙梔不敢想像，那種傷害在路星辰身上會有什麼後果。

但她知道，他們還有世界冠軍的夢想還沒完成……

如果路星辰、如果他們的夢想就因為她而斷送在這……那她想，她會恨自己一輩子，也永遠都不會原諒自己。

想到這，顧熙梔壓下深植在心中的恐懼，取而代之的是不斷湧上的憤怒。

她很氣，氣自己對那個人無能為力。

她很氣，氣那個人對自己做的一切……

路星辰的那句話在耳邊響起，顧熙梔雙手緊緊捏成拳，眼神憤恨地怒視著眼前發生的所有，眼裡的火焰彷彿能將一切燒成灰燼。

「我跟你們走……但我要跟你們做個條件交換！」一陣大力地喘氣後，顧熙梔一雙眼轉變為毅然，如同即將踏上通往地獄的「奈何橋」道路。

「還沒看過『人質』敢跟壞人談條件的欸？」為首的男人將手裡的棍棒隨手一甩、雙手一攤，看了看早已暈過去的路星辰後，一腳踩過先前他扔在地面且尚未熄滅的菸蒂，「說吧，妳想幹嘛？」

顧熙梔不捨地望了趴在地上、一動也不動的路星辰一眼，她咬唇，開口：「他是被牽扯進來的，讓我幫他叫救護……」

而顧熙梔的話還未說完，一塊暗褐色物體突然覆蓋在她面前，並伴隨著一陣賊兮兮的笑聲。甫觸及，顧熙梔就感到一股奇異的香氣灌入鼻腔，隨即在下一秒後沒了意識，陷入了無法逃離的黑暗之中。

✵

一滴淚水從天空中滑落，接著在轉瞬即逝的時間內變為傾盆大雨。

疼得齜牙裂嘴，是路星辰醒過來的第一個想法。

趴在地上的路星辰，看著巷尾還沒完全駛離的黑色廂型車，先是意識到自己並沒有昏過去太久，於是他的雙臂想強撐起身體去追那輛車，但又體力不支地顫抖著倒回原位。

接連幾次嘗試都失敗以後，路星辰的一雙手捏得死緊，以拳頭重重砸在地面上，發洩出所有憤怒與絕望的情緒。

一口白牙咬在自己的嘴唇上，力道大得將嘴唇都給咬破，鮮血一滴、兩滴滑過唇畔、滑過下巴，最後跟著晶瑩的水珠一起落到地面，最終被雨水沖刷殆盡。

「我保護不了她……」路星辰哭得聲嘶力竭、渾身顫抖，心中的憤怒快要將自己淹沒，也不斷在心裡咆哮怒吼著。

他焦急地取出手機，在鍵盤上按下三個數字，撥號聲在響了第四聲以後被接起。

「我要報警！」

「報什麼？」那一頭傳來不屑的恥笑聲。

「我朋友被綁架了，請你們救救她……拜託！」說到最後，路星辰幾乎是對著話筒大吼。

也直到這時，對方才慢條斯理地開始向路星辰詢問：「喔？啊你朋友的名字是？你也得說一下事情經過！為什麼你的朋友會被綁架？」

路星辰一五一十將事發經過說出，甚至也背出了車牌號碼，其中更包含了顧熙梔的家庭背景。但他沒預料到，電話那頭卻傳來一陣訕笑聲。

那笑聲令他感到十分不安，路星辰急切地向話筒大喊：「你為什麼笑？我朋友被綁架了，我需要你們幫忙！」

然而，對方聽見路星辰語氣中的急切，他的訕笑聲沒有停止，反而還多了一絲嘲諷：「小朋友，你以為我們會相信嗎？你說的那台車是登記於那個『顧氏』名下耶！怎麼可能會發生這種事！你是不是在惡作劇啊？」

「我沒有開玩笑！全都是真的，她現在很危險！」路星辰聽著對方的話，心中湧起一股憤怒和無力感。

對方仍就不給予回應，他冷聲說道：「小朋友，你如果說謊騙人是會被抓去關的喔！」

路星辰感到心中的憤怒湧現，他也清楚再爭論下去毫無意義，「我已經給了她的資料，請你們快點救她……現在！」

隨著路星辰怒吼出的最後一句話，電話那頭的聲音變得更加冷漠：「好吧，我會記錄你說的內容，但我也需要更多的證據才能調查。」

而那人也在說完的同時，將電話大力地掛斷。

望著螢幕上斷開的通話紀錄，路星辰愣住，無力地任由自己摔倒在地，聽著裡頭機械的「嘟嘟——」聲，無奈又失落的情緒翻湧，感到荒謬的笑混雜著雨的聲響，在夜空裡更顯淒涼。

「不行，太慢了！這樣太慢了！」路星辰閉上眼，感受雨點不斷打在身上，「熙熙、熙熙……」

而此時，一架客機飛過空中，劃破了逐漸寧靜的空氣。

路星辰突然想起在機場遇到的老人……便從自己外套口袋摸出他當時留給自己的名片，雖然已經被揉爛皺成一團。他抱著一試的心態，在手機鍵盤上按了一組號碼後，只聽見鈴聲響了一聲後隨即被對方接通。

「喂？」電話那頭響起的依舊是那名老人爽朗的聲音。

第二十二場遊戲 釋然

黑色的廂型車駛入一棟高級的別墅庭院內。

車輛的輪胎壓過行道磚，搖搖晃晃。而顧熙梔依舊不醒人事，癱軟躺在車內的後排座椅上。

後排座椅中還坐著一個相貌猙獰的惡煞，他瞥過顧熙梔一雙穠纖合度的長腿，目光再來到她的臉上。

頓時，惡煞猙獰的臉上浮出不軌之意，就要向顧熙梔伸出骯髒的手時，從駕駛座傳來一道粗啞的聲響。

「勸你別亂動比較好，小心連命都賠上。」

面目猙獰的惡煞驚地揚起臉，先是看了在庭院裡最深處的那棟高樓，之後再轉向駕駛座的男人身上，惶恐道：「老大……顧青雲真的有那麼恐怖嗎？」

「與其說是恐怖，倒不如說……」被喚作老大的男人以單手轉動方向盤，也稍作思考般不語片刻。

猙獰的惡煞吞了吞口水，就在他快要憋不住好奇時，才見那個男人緩緩開口：「顧青雲，應該是瘋了才對。」

⁂

車輛隨後在一個倉庫前停下。

幾人下車後，快步將倉庫門打開，將車內如同破爛布娃娃般的顧熙梔扔進了裡頭。

又承受了洶湧的疼痛，顧熙梔吃痛地轉醒，意識最先感受到來自身後的黑暗。

她隱約聽見外頭車輛的引擎聲發動，身體還橫趴在地上，卻掙扎著想起身；才剛爬起，但那陣天旋地轉都還沒適應，就見到眼前唯一能傳遞光的門扉被生生截斷，由外頭大力地甩上，發出像是警戒鐘聲般的響聲。

骨子裡似乎刻印著與這剪不斷的深厚連繫，但又令她陌生不已、百般不適。鼻息與感知被迫接受這森冷的氣息，潮濕霉氣中也帶有一股血腥味瀰漫在空中，使得她即便過了這麼多年後，也能馬上認出這個地方……

不願想起的過去，在輕觸心房上那層矇著的布後，如排山倒海般向自己襲來，無處可躲也無從閃避，只能正面接下過去所有的傷害。

顧熙梔的左腿也似乎勾起連結，開始隱隱發疼，在想起那些令人不適的過往記憶，胃猶如被大力翻攪過，揚起令她陣陣作嘔的反應。

空間中只剩下在高牆邊的小氣窗，帶給她既是微小希望也是絕望的幾縷月光。

幾乎是伸手不見五指，顧熙梔整個人害怕地縮在角落裡，由體內深處發出的顫抖控制了一切，牙間也不斷發出顫動的聲響，在耳邊「喀喀」作響。

顧熙梔呆愣在原地，一雙眼直直盯著眼前如迷霧的暗處，突地發出了淒厲的尖叫聲。

「走開！不要過來……」眼前宛若出現數隻黑色的手，正朝著她的方向襲來，顧熙梔驚慌地站了起來，搖搖晃地走了幾步，也不斷閃躲著，拍掉那些欲抓住她的手。

直到彷彿被人拿起了榔頭砸在左腿上，顧熙梔才跌倒在地，緊緊環抱住自己，她蜷縮在地，嘴裡也不停說著：「好痛……」

一滴、兩滴血滾落，此刻顧熙梔緊緊咬住下唇不放，滾燙的血珠也源源不絕自那冒出，鐵鏽味也自此傳進她的嘴裡。

接著，晶瑩的水滴也跟著掉下，與血融合在一塊。

「我不能哭……」

＊

眼前的時光匆匆倒轉，回到了那一年高中時代。

綠意盎然的校園內，某間教室裡正在教學令人困擾的三角函數。

「我們設X與Y是兩個變數，X是固定值、Y的值也會……」

數學老師的聲音猶如催眠廣播，劉家家一接收到就昏昏欲睡，到了後來就直接棄守，索性趴在桌上呼呼大睡。

顧熙梔依然留著厚重的瀏海，覆蓋了她的雙眼，且仍舊相當投入地揮動筆桿，專注地在紙張上寫著東西。紙張與筆芯的交會之間，傳來「沙沙」的聲音，劉家家因此也被吵醒，有些不滿地望著隔壁那因過長瀏海而看不清表情的鄰座同學。

「……到底在寫什麼啊？」劉家家悄聲地喃喃自語。

顧熙梔停下筆，將紙張遞給劉家家。

劉家家起初還不明就裡，但在見到紙張小幅度地晃動，緊接著望向她捏著紙張的指尖，再見著她似乎不斷冒出的怯意以後，接過了那張因寫滿字而稍些沉重的紙。

目光接觸到上頭的文字，劉家家見到了人人欲爭奪的江湖天下，以及即使瘸腿卻還是堅定的少年劍士，他揮劍的身姿猶如在眼前浮現，使得她再也挪不開視線。

「寫得很好欸！顧熙梔！」劉家家忍不住大聲嚷嚷，本性畢露。

但這一聲，令在講臺的老師與教室內其他的同學全數看了過來。

「那兩個同學，不想上課的話……都給我出去罰站！」

顧熙梔低著頭，也因為瀏海的關係依然看不清表情。

✻

劉家家站在顧熙梔身旁，雙手插在口袋裡，目光望著天空飄過的雲朵，卻還是忍不住笑了出來：「妳不覺得偶爾不用上課很棒嗎？」

顧熙梔沒有說話，她只搖了搖頭。

「欸，我覺得很棒啊！不用坐在討人厭的教室裡……」劉家家說著，她的神情也漸漸轉變為難過，「也不用，一直看到討厭的同情目光。」

聞言，顧熙梔「看」向劉家家。

「我覺得妳的東西很棒欸！那是什麼……」劉家家一連向顧熙梔說了不少話，也拋出了幾個問題：「是小說嗎？妳……想成為作家嗎？」

但顧熙梔卻還是沒有任何反應，這一次低下了頭、似乎在看著自己髒了一塊的左腳鞋尖。

「欸，妳講一下話啦！」劉家家氣憤不已，「不然很像我在自言自語，很像小丑……很好笑欸。」

頓時，顧熙梔全身顫抖，她的手緊握成拳，但又緩緩鬆開。

劉家家見此，震驚地甩甩手想轉移話題：「呃，對不起，我開玩……」

但這一次，顧熙梔卻伸出手打斷了劉家家的話，嘗試了數次後便以小小的、細碎的嗓音說道：「……我不、不知……道，我、我只是……喜歡……寫、寫東西，想把……把那些都……記下、下來而已。」

語畢，走廊突然吹起一陣風，將始終遮住她的厚重瀏海吹開，露出底下一雙堅定的褐色眼珠。

劉家家與之對上，垂下頭，默然幾許。最終在顧熙梔擔憂的目光中，揚起了沾滿淚水的臉，十分認真問：

「那，妳……要跟我一起去唸中文系嗎？」

＊

「家家，我……」顧熙梔抹去血與淚，準備要將顫抖拋棄、揮開一切苦楚，努力地從地上爬起，「一定會活下去的。」

但左腿的疼意仍舊不放過她，硬是往那條握著痛覺的神經戳下，顧熙梔倒抽了一口涼氣後，癱軟地往旁邊倒去。

「痛……」齜牙裂嘴，冷汗浸濕了顧熙梔的衣衫，她難受地趴在地上，動彈不得。

此時，飄逸的腳步聲向顧熙梔靠近，她艱澀地睜開眼皮，眼前模糊地見到一襲古裝白衣、似乎舉著劍的少年。

「你……」顧熙梔呆愣地說不出話，伸手就想碰觸那名少年。

白衣少年的臉上洋溢著笑，不費吹灰之力將顧熙梔從地上拉起後，緊緊地擁抱著她。

「你是……」被她硬是切斷的連結似乎接起了，熟悉又溫暖的感覺傳來，顧熙梔很想哭，鼻尖不斷湧出酸澀。

「不要哭，會沒事的。」白衣少年輕拍顧熙梔的背，「妳，就照妳想的去做就可以了！就像妳當初賦予我們生命的那股熱忱，不要擔心或害怕……」

那段話的嗓音未落，顧熙梔聽見小女孩的哭泣聲，頓時機械式地轉頭看著聲音的來源。

只見小女孩坐在黑暗的一角，越哭越大聲，漸漸地變為歇斯底里的哭喊，一頭枯黃似雜草的髮散亂披在身上，套著髒兮兮、下擺變成一絲絲的破爛衣服，渾身也滿是傷痕。

白衣少年對顧熙梔微笑以後，回過頭朝小女孩的方向走去。他在小女孩面前蹲下，沒有任何不耐煩，毫無嫌惡地朝她近身，在她的耳邊說了些話。

小女孩止住了哭泣，向白衣少年點點頭的同時還抽泣了幾聲。

白衣少年對小女孩笑了下，牽起了她的手，兩人手裡的光登時傾瀉而出，退開身旁的漆黑，開闢出一條光明的道路。

兩道身影在顧熙梔面前停下，她愣然地屈下身，輕輕地擦去了小女孩臉上的淚與髒汙。

顧熙梔乾澀的唇緊抿，向小女孩張開雙臂。

而小女孩見狀，飛奔至顧熙梔的懷中。

強忍住淚水，顧熙梔緊緊抱住小小、瘦弱的自己，似乎是在宣示般，大聲地呼出：「我想要……我好想要得到幸福！」

「我們都會在妳身後支持妳！」白衣少年笑著走上前，以雙手握著顧熙梔的手，像是在傳遞力量給她，「別害怕，去做妳想做的吧！」

說完以後，白衣少年的周圍忽然發出耀眼的光芒。

那道光太過耀眼，使得顧熙梔反射性地閉起了眼。

顧熙梔從地上醒來，驚覺方才的一切都是夢。

但心頭湧起的力量與彷彿釋然的情緒都令她有了陣陣希望。

顧熙梔的目光停留在那扇小小的氣窗上，在做了幾個深呼吸、迫使自己冷靜下來以後，她咬牙也堅定道：「我要……我一定要活下去！」

雨勢暫歇。

路星辰還維持著向前爬行的動作，卻已經倒臥在路邊，一動也不動。

螢幕上裂出蜘蛛網的手機響起一通又一通的來電鈴聲，上頭顯示是葉澈打來、累積了數十通的未接來電，直到手機因為電量不足而自動關機，螢幕才完全熄滅。

✷

此時，一輛行駛平穩且安靜的黑色轎車鄰近，在見到路邊躺著的少年後停下車。

霎時，四個車門同時打開，也從裡頭走出了四個人。

「星辰！」

這聲熟悉的蒼老聲音傳出，定睛一看，才發現是路星辰當日於機場幫助的老人。

老人示意保鑣在現場待命以後，隨即奔至路星辰身旁，焦急地拍拍他的臉。而也能見到路星辰被劃傷的臉上、腰側的傷口都還在冒出血。

「林管家！快！」老人指揮身旁的林管家，要他儘快處理傷口。

而林管家在檢查路星辰身上的傷勢以後，面若死灰、有氣無力地回稟：「老爺，他的傷……需要立即送醫！」

「那還在等什麼！立刻驅車前往醫院！」

老人跳腳，憤怒地就要往轎車的駕駛座衝去，但他的手臂卻被一股力道硬生扯住。

「你……」老人驚呼，同時也露出不可置信的表情。

「不行……我不能丟下她。」路星辰虛弱不已，幾乎是倚靠反射在說話。

「我不允許！你得立即就醫……」老人將路星辰的手拉開，隨後就要轉身離去。

而路星辰掙扎著從地上爬起，絲毫不顧自己滿身的傷痕累累。

「我要去救她！我不可以丟下她！」路星辰死命揪住老人的褲管，那雙小鹿般的眼堅定地攫住一切，「……她被綁架了！」

老人愣住，急匆匆的腳步完全停下，思緒彷彿回到從前。

✵

華貴堂皇的大廳裡，壁爐的火歷經激昂後熄滅，一室的氛圍又回到森冷刺骨。

窗外所見，也開始聚集雷雨雲，雷聲隱隱作響。

此刻坐在廳內位置上的男人，右臉上有道長長的疤痕，一雙腿交叉，儀態雍容。他的右手正搖曳著紅酒杯裡的紅色液體，一口接一口優雅地啜飲著。

他蹙起眉，似乎察覺廳外走廊傳來一陣亂糟糟的腳步聲以及爭吵聲。

「少爺！您不能闖進去！」幾個堅守職務的保鑣，義正嚴辭地說道。

「讓開！都給我滾！」

後頭的這句話一出，緊接著傳來打鬥的聲響，連同石英磚的地板都發出震動。

隨後，大廳的門被大力地打開，從外頭遞進的光線令裡頭的男人瞇起了眼。

站在門口，見到是相貌端正的青年以居高臨下的態度，滿是怒意地一路朝男人的方向走近。

男人注視著杯中的紅色液體，絲毫沒有將青年放在眼裡。

「父親！」青年的腳步停在了男人面前，面容上的神情從高傲，轉變為悲憤，再變為痛心煎熬。

「住嘴！顧青雲……這聲父親不是給你叫的。」男人扔出手裡的紅酒杯，杯身撞擊地面，液體與碎片飛濺一地，也劃傷了顧青雲的側臉。

顧青雲咬牙，放下所有骨子裡的傲氣，「碰——」的一聲就跪下磕頭，額際硬生生敲在堅硬的地磚上，也留下鮮紅色的血印子：「……請您大發慈悲救救她吧！」

「你若心中有我，就不會跟野女人走了！」男人發怒，臉上長長的疤痕也跟著扭曲，「……現在還有臉回來求我？」

「我是真的很愛她！」顧青雲低聲下氣地請求，「……就請您就成全我跟『虹』吧！」

「愛她？」男人呵了聲，也發出一陣恥笑，「就算為了她，我叫你做什麼你都願意做？」

顧青雲抬起臉，血珠自前額滾滾流下，一雙眼中只有堅決：「是！」

＊

「眼神……」老人心想，愣忡了片刻。他的目光閃爍，似乎能見到些許薄霧，同時他彎下腰，輕輕拉住路星辰的手。

見此，林管家疑惑地喊了聲：「老爺？」

「你，先告訴我她的名字。」老人的嗓音低沉，淡淡地向在場其他保鑣示意，「趕緊準備，刻不容緩。」路星辰忍著痛，支撐起身體，而林管家趕緊上前攙扶。

「熙梔……她叫顧熙梔。」

熟悉的名諱甫觸及耳裡，老人彷彿尚在消化這如同晴天霹靂的消息，隨之情緒轉瞬，變為憤怒。

＊

顧熙梔艱難地踩著腳下堆疊的紙箱，好不容易才搆上小氣窗所在的位置。

她透過狹小的窗子窺視外頭，卻因為由高處向下，見到了不管從哪裡都對自己來說過高的著陸點。

「好高……」顧熙梔緊抿下唇，觸碰到了那塊尚未癒合的傷口，雷電般的疼痛瞬間起了警醒她的作用：「不行……我不能停在這！」

度過短暫的眩暈感以後，顧熙梔甩甩頭，握緊了自己的雙拳，向那晶亮的玻璃砸去。

皮肉擦碰在玻璃上，顧熙梔不知道自己究竟用了多少力，逐漸碎裂開的網狀光線折射在她的眼，直到不成樣的玻璃摔落庭院的土地，溼熱黏滑的液體也沾染她的衣袖，鐵鏽味四溢，開始分不清楚手裡的究竟是什麼。

顧熙梔一口牙緊咬，牙間互相摩擦的聲音響遍整個腦中，她閉上眼，奮力地縱身一跳……

「啪嚓——」一聲如雷的巨響貫穿了顧熙梔的耳。

土壤濕潤的氣味無聲無息地鑽進了顧熙梔的吐息，她原本還想爬起，身體卻由深處翻湧出一絲涼意，幾乎感受到分離的左腳踝，先是冒出了麻木感，但才沒過幾秒鐘的時間，如同當年絞心的疼痛已席捲了她的全身。

「……好痛！」顧熙梔的手揪緊了自己的雙臂，深深地快要掐出血痕。

她痛苦不已，卻仍害怕身後的未知會在何時到來，顧不得像是被數把利刃戳著的腳踝，泥土難堪地沾上她的身，就算淚流滿面、就算冷汗直冒，也還是死命地在地上爬行。

沉重的腳步聲在身後出現，顧熙梔沒來由打了個寒顫，是那種從肌膚底層傳來的冷意，可怕地再怎麼使勁也無法暖和。

「……看看是誰啊？」緊接著，是男人暴戾、狂躁的笑聲。

聞聲，顧熙梔連呼吸都忘了，耳畔嗡嗡作響。

「不……」驚慌不已，心臟已失控地咆哮，顧熙梔只覺得她應該要趕緊離開。

在下一秒，顧熙梔的傷處卻被一股力道踩住、頭髮也被死死抓著，迎面而來的是顧青雲扭曲的那張臉孔。

感受到骨頭快要從皮膚穿出的同時，顧熙梔猛地想起路星辰說過：「……不要逆來順受，試著掙扎一下吧？」

那時，她心中點燃戰鬥的煙硝，大聲叫喊、奮力掙扎，使勁全力也想與他對抗。

粗啞的笑從顧青雲的嘴裡跑出，他指間的力道也鬆緩了些，而顧熙梔就在此時才看清了他現在的模樣。

滿臉鬍渣、一雙眼睛布滿血絲，因暴瘦而凹陷的眼窩下有著青紫的黑眼圈，一頭先前一絲不苟、打理完善的頭髮，此時像路邊的雜草一樣任憑生長，衣衫泛黃的情況看得出有一陣子沒有換洗身上的衣物。

對此，顧熙梔不禁發出冷笑。

「妳笑什麼！」顧青雲粗鄙地扯過顧熙梔的肩膀，反手就甩過兩個耳光在她的臉上，也加重了拉扯她髮間的力量。

「放……開……」顧熙梔咬牙切齒。

「怎麼可能放妳走？我找了妳那麼久……」顧青雲進入癲狂，已然失控，「『虹』又該怎麼辦？她是我的仙女、我的女神！」

「媽的，真是瘋子！」顧熙梔靜靜地看著眼前的人，眼神毫無波瀾，就好像再看一齣可笑的獨角戲。

「妳怎麼能說這種話？……也對！顧氏的股價會一蹶不振……」顧青雲抓起顧熙梔的頭，反覆地撞擊地面，「顧氏會落寞都是妳害的！全都是妳！」

「不……！不是我……」顧熙梔感受到鼻腔和嘴裡都是滿滿的血味，差點被嗆著正著。

「都是妳！都是妳害的！」顧青雲似乎冷靜下來，但眼裡的血絲彷彿快要炸開，「妳離開以後……股價跌了！生意沒了！傭人也全跑了，就連顧盼語……在聯姻前也死了！」

「死了？」顧熙梔只覺得氣氛如同暴風雨前的寧靜，她愣愣地重複這兩個字。

「是自殺死的喔！因為我讓她去跟強O過她的老男人聯姻！」顧青雲張著嘴、瞪大眼，哈哈大笑，「哈哈哈哈哈！她竟然就這樣死了！……所以，這一切不是都是妳害的嗎？」

這一回，顧青雲不止加重手勁，連帶像是在玩膩手裡的獵物，宛若遁入瘋魔，一雙手牢牢地掐著顧熙梔的頸脖。

「呃……」呼吸被應聲截斷，顧熙梔張口，痛苦地流下淚水，纖指在顧青雲的手臂上留下反抗的痕跡。

逐漸失去呼吸的能力，顧熙梔眼前的視線越來越模糊，顧青雲失控的神情彷彿越來越遠。

即使顧熙梔的求生意志再強烈，但一雙手漸漸失去力氣，緩緩地自他的手臂上鬆脫，往一旁倒去。

第二十三場遊戲　心願

渾身癱軟。

顧熙梔的生命之火儼然被硬生生撲滅，而失去光輝的一雙眼也逐漸黯淡了下來。

那串無形的鐵腳鐐緊緊地束縛著顧熙梔的雙腳，長長的鐵鍊也由此蔓延至庭院深處的那棟高樓。

像是踏入一團難以掙脫開的白霧，裊裊升起的煙圈紊亂地在告訴她，已經不可能有任何轉圜。

再也使不出任何力氣。

顧熙梔真的已經要放棄了。

她真的不認為自己能走出這個地方。

「我……要死了嗎？」顧熙梔木然地瞅著一旁，白衣少年彷彿就站在那，搖搖頭後向她露出微笑，但她的心中卻吶吶且痛苦地喊道：「原來我，就算到死還是走不出這個牢籠、這個地獄……」

意識飄渺，顧熙梔泛出苦澀，即使努力奮戰過，但最終還是只能闔上眼，彷彿在與心中的少年身影道出永別。

「對不起，這次真的沒辦法了……」

再也無法見到那位，眼裡有星星的少年。

感官被一個個強制截斷，就連痛意也正在離開，顧熙梔至此失去了身體每一處的控制權。

她偷偷地在心中默唸出始終沒來得及說出的話，溫熱的淚水艱澀地滑過眼尾、渡過臉頰，落在需要滋潤的土壤裡，這是也來自她最後的無聲掙扎。

「我真的好想……」

「一直待在你身邊。」

「對不起，真的對不起……」

「都是因為我，如果還有下輩子、如果還有來生……」

「如果、如果我……」

但此時，幾滴不屬於顧熙梔的水珠卻落在她的臉上。

顧熙梔迷茫地睜開眼，但卻像是踏入濃霧的森林裡，找不到能出去的道路，也朦朧地看不清眼前的畫面，只見到不斷有晶瑩的圓珠從空中落下。

「是什麼？好溫暖……」顧熙梔痛苦地掀起唇，乾枯的喉嚨裡卻什麼聲音也發不出來。

「『虹』妳怎麼捨得丟下我？……不要丟下我啊！」顧青雲絕望地哭喊，他哭得像個孩子，淚流滿面，但哀痛欲絕而使得變調的語氣中帶著一絲深情，「『虹』，我……」

顧熙梔早已聽不見聲音，但一絲月光卻憐憫般地進入她的眼，使得她看見了顧青雲描繪出情意的唇型……可能是有生以來與「顧青雲」的內心世界最靠近的一次，顧熙梔的眼先是蓄滿了淚水，再慢慢地睜大，像是不敢相信般，一顆心顫動著，如同被大力搖晃過的水面而無法靜止。

她的唇角緩緩地往兩旁勾起，一抹釋懷的笑浮現在那……

「各位，對不起……我們下輩子再見吧？」

一雙眼大力地擁抱住笑意，緊閉上那雙褐色的眼，感受到靈魂即將消散，顧熙梔就這樣靜靜地迎接生命最後的倒數……

「媽媽，我來找妳了。」

＊

而顧熙梔只記得，當時原本要置她於死、快要嵌進她脖子的兇猛力道突然鬆開，新鮮的空氣也開始爭相擠進她的肺中。

接下來，轟然倒地的聲響出現在耳畔，但眼前依然糊成一片，令她看不清而抱持著未知的恐懼，渾身上下也充滿警戒。

但劇烈的嗆咳向她襲來，那結實的疼痛終於傳遞到四肢百骸，使得她痛苦地掙扎爬起，直到觸碰到胸口的陣陣跳動後，才意識到自己還活著的事實。

「……我兒啊，是為父對不起你。」

蒼老的聲音一出，顧熙梔驚得瞪大雙眼，隨後也聽見猶如鐵棍與地面撞擊的聲響。

她回過頭，努力眯起眼，注視著在那的模糊人影，幾經多番嘗試後，似乎與記憶中的身影重疊後才回過神：「爺、咳咳咳……是、爺爺？」

「熙梔，對不起……」顧爺爺先是看著倒在一旁的顧青雲後，視線才緩緩地轉到顧熙梔身上，「是爺爺來得太晚了。」

但顧熙梔此時的視力還有點模糊，她揉揉眼卻無濟於事，似乎還餘悸猶存地伸出手，撫著那留下深深指印的頸脖，說：「這是……怎麼回事？」

遠方有救護車的鳴笛、車輛的引擎聲傳來，隨之趕到的藍紅交錯燈光也逐步靠近，直到抵達至他們眼前時才停下。幾位醫護人員與多名警察紛紛奔下車，分成兩批人開始處理現場。

而另有一輛黑色的轎車駛近，車身靜止的同時車門也被打開，從裡頭走下了幾個人。

顧爺爺見著下車的其中一人，指著他並苦笑道：「都要感謝他聯絡我……」

顧熙梔還有些呆愣，緩慢地隨著顧爺爺手指的方向望去。

目光先是瞧見沾滿汙泥與血漬的一雙球鞋，之後顧熙梔揚起臉，看見神色有些痛苦的路星辰正倚靠在門邊對自己微笑。

也一直到那一刻，她的雙眼才真切地清晰看見。

「熙熙……」路星辰摀著已被紗布包紮嚴實的腰側傷口，一跛一跛朝向顧熙梔走去。

路星辰走近以後，顧熙梔看見他的衣物沾滿了血，兩隻手臂上也青一塊、紫一塊。她的眼眶瞬間盛滿淚水，悲傷的情緒占滿整個心房，先是小聲啜泣抽噎，接著不斷滑落的淚水再也止不住地放聲大哭，也把一旁的所有人都給驚著。

路星辰只覺得是他把顧熙梔弄哭了，一瞬間將疼痛都拋諸腦後，他三步併作兩步，不管身上的傷也要儘速趕至她的身旁。但短短幾公尺不到的路，卻因為他大量失血而走得跌跌撞撞。

「熙熙……」路星辰見顧熙梔的淚水不斷滑落，心頭慌亂不已，在一陣暈眩中跌撲至顧熙梔身旁。他吃痛地爬起，小口小口喘著氣，摀著腰蹲坐在她身旁，小心翼翼地端詳著此刻就在眼前的女孩。

醫護人員正在為顧熙梔檢傷，在觸碰到她明顯變形的左腳踝時，顧熙梔忍不住大叫出聲：「……好痛！」

顧熙梔下意識閃躲，卻因為大力牽扯傷口而導致雪上加霜。

「她怎麼樣？」路星辰面露擔憂，心緒卻在聽見對方的回應後更是跌落谷底。

「患者的左腳踝變型，有可能已經骨折了，現在不可以再隨意移動！」

路星辰愣然，本已伸出的手在觸碰到顧熙梔前停下了動作，凝滯在空中經過數秒才失落地垂下，自責也爬上他的眉梢，似乎對沒有保護好她的這件事感到懊悔不已。

顧爺爺目睹了這一幕，淡淡地瞥了被一大群醫護人員圍繞，還倒在一旁的顧青雲，他無聲地嘆了口氣，無可奈何地朝一旁的暗處招了招手。

從那走出的是一位中年警官，顧爺爺十分客氣地向他說道：「不好意思，嚴警官……還麻煩您走這趟。」

「也恰好局裡接到通報電話，我才能這麼快應變。」說話的同時，嚴警官也以不屑的目光瞥了眼顧青雲。

顧爺爺神色哀戚，揉揉發疼的太陽穴後，接續開口：「有些人……終於可以處理了。」

嚴警官只露出了個意味深長的笑，便向顧爺爺點了點頭。

也正當嚴警官要轉身離去時，顧爺爺像是想起了什麼，漸漸低垂的目光裡透露出一絲無奈。他抿了抿嘴以後，才悵然出聲：「……嚴警官。」

嚴警官被喊住，他停下腳步、回過頭，有些不明所以地望著顧爺爺。也因為遲遲等不到對方的下文，讓嚴警官忍不住問道：「請問……怎麼了？」

「我……該向您說聲遲來的抱歉。」顧爺爺說完，便抓住嚴警官的雙手，向他深深地一鞠躬。

「不，您不用這……」嚴警官的眼閃過一陣慌張，他注意到四周開始有同仁留意到他們的動靜，連忙想掙脫，並趕緊扶起顧爺爺，同時也向他搖搖頭。

「真的很對不起你們嚴家！」顧爺爺激動不已，整張臉漲紅地快要滴出血，「都是我！才害得嚴虹……」

嚴警官愣住，彷彿塵封已久的往事再被提及，目光有一瞬間走神，在過了數秒後才緩緩恢復，就見那一道淺淺的、幾乎是釋懷的笑勾在他的唇畔。

「不，那都已經是過去的事了。」嚴警官壓低警帽的帽緣，在行經顧爺爺身旁時，輕輕地拍了他的肩，望向還坐在原處的顧熙梔，他目光深沉，彷彿喃喃自語一般地開口：「說起來……終於能完成當年的案子了。」

✷

清晨翻起的魚肚白緊貼著地平線，彷彿宣告大地將要被陽光籠罩，一輛計程車平穩地開在道路上，此刻顧熙梔和路星辰兩人就坐在車內的後座。

從醫院回來的路上，顧熙梔沉著臉，全程都沒有開口說過任何一個字，整個人如同易碎的玻璃娃娃般憔悴，但她始終緊緊抓著路星辰的手不放。

路星辰的左臉被紗布和透氣膠帶包覆著，一雙手臂上也布滿了明顯的傷痕。但他的目光不時瞅向顧熙梔曾經充滿笑容的臉龐，視線也不停移動到她被石膏裹住的左腳踝上。

顧熙梔的左腳踝不僅遭受嚴重扭傷，就連骨頭也明顯移位。唯獨萬幸她的傷處不需要進行手術，但得即刻進行復位處理，這令顧熙梔吃足了苦頭。方才才歷經一場劫難，歸來卻又在急診室折騰了一整夜。顧熙梔所承受的痛楚彷彿在訴說她勇敢奮鬥的軌跡，但看在路星辰眼裡卻是心如刀割，水珠在他的眼裡聚集，在街燈拂過顯得一閃一閃的，直到灼熱的淚痕出現在他的臉上，並因沒來由的焦躁而撇開臉時，他的手也下意識地按在那被劃傷的腰側。

在考量到顧熙梔的情況後，路星辰選擇向計程車司機報了一串地址。

就在抵達目的地以後，路星辰正打算背起顧熙梔，與此同時，中年的司機從後視鏡裡瞥了他們一眼，饒有興致地說：「年輕人，女朋友受傷了要好好照顧喔！骨折後肌肉很容易萎縮餒！」

聞言，路星辰的目光如同星夜般深邃，溫柔地就像一陣春風包裹著顧熙梔的全部，大約過了半晌，他才堅定開口：「我……再也不會讓她受傷了。」

＊

在電源開關被「啪嚓——」一聲打開後，宛若被蓋著一層紗的朦朧空間裡，燈火通明貫穿了整個室內。

路星辰先將顧熙梔安置在一張深墨色的沙發上，在多次確認她的臉色以後，他便手忙腳亂地往廚房的方向前去。

熟悉的身影一離開，瀰漫在顧熙梔懷中的氣味也隨之淡去，她抬眼看了略顯空曠的周遭環境，就只有她身下坐著的沙發、面前的一張白色茶几，以及牆上鑲著的超大電視。

顧熙梔面容上的茫然逐漸加深，不由自主地緊揪著自己的手臂。

等到路星辰再次出現在客廳時，視線一接觸到顧熙梔的這副模樣，心疼與酸澀纏繞在胸口，令他難受地蹙緊了眉。

「抱歉，這是我……的房子。」路星辰的手拿著兩杯裝著開水的白色馬克杯，緩緩地放置在顧熙梔面前的茶几上，就深怕會嚇到她，「因為我覺得妳這時不適合回宿舍，就擅自帶妳過來了。」

「熙熙……」路星辰緩慢蹲在顧熙梔腳邊，見她空洞的雙眼裡依舊沒有任何反應，似乎是想為空間裡增添一點聲音，於是便按下了電視遙控器的開關。

而後路星辰的記憶閃過一抹深藍，取出了還躺在他口袋裡的那枚物體，在指尖輕撫過棉布表面後，微笑著將之放入她的手裡，「這個，謝謝妳。」

顧熙梔感受到手裡的觸感後，失去光彩的眼眸在一瞬間有了反應，浮出了一層水霧。

「我以為你弄丟了。」顧熙梔望著手裡的御守，小小聲地說，在流下眼淚的同時，臉上也露出淡淡的笑意。

「怎麼可能？」路星辰見狀，微笑起身、坐到了她的身旁，輕柔地伸出手抹掉她的淚光。

「那你怎麼沒還我？」顧熙梔說完後，目光隨即撞進路星辰的一雙眼裡，在那瞬間突然感到一陣害羞，「我還以為……」

「妳……」路星辰以手指刮了下顧熙梔的鼻尖，眼底滿滿都是寵溺的溫柔，「也從我這拿了東西沒還啊。」

「是什……」

正當顧熙梔疑惑詢問的同時，電視裡新聞臺播報的晨間新聞卻吸引了她的注意。

『顧氏集團執行長於今日清晨遭逮，經警方描述疑似涉嫌掏空公司資金等違法……』

顧熙梔拉長了耳朵，想偷聽這些並不會透漏給她知曉的內容，但就在下一秒，電視突然「啪——」的一聲又回歸寧靜，只剩下電視機的黑屏映出兩人緊緊相依的倒影。

「先別看這些吧？」路星辰將手裡的遙控器往茶几上扔，卻牽扯到腰際的傷口，疼得他再也無法忍受地倒抽一口涼氣。

一道怵目驚心的傷痕浮現在顧熙梔的眼前，她凝重地望著面前的他，將他每一寸傷處都仔細地瞧了一遍，接著她一張小臉皺起，再抑制不住情緒地聲淚俱下：「對不起，都是我……才會讓你遇到這種事。」

「我才應該道歉，我沒有保護好妳……」路星辰喪氣地低下頭，「這些傷都不算什麼。」

顧熙梔見他如此，心裡更不好受，當時所有害怕的心情、恐懼，還有憤怒全都交錯在一起，無處宣洩地累積至臨界值，而後像是掙破一堵厚厚的牆，從裂縫裡傾巢而出。

「熙熙妳……別哭啊。」路星辰先是聽見顧熙梔的啜泣聲，抬起頭後就看到那些不斷滑落的淚水，心頭又是一驚，更是手足無措。

「如果你再也不能比賽怎麼辦？」淚水模糊了一切事物，顧熙梔看不見眼前的所有，此刻悲痛欲絕，「都是我害的……都是我！如果我沒有出生就好了！如果我沒有來到這個世界上……」

聽見她的話，路星辰彷彿世界崩塌般，耳畔只剩下隆隆的巨響，有些混亂地望著眼前陷入極度悲傷的女孩……接著，路星辰緩慢地垂下眼，無聲靜默地伸出雙手，輕輕地將顧熙梔攬進自己懷中。

這一次，不是意外、也沒有帶著任何衝動情緒，只有路星辰真真切切地想將顧熙梔緊緊擁住。

那一刻，他也只想告訴她，在這個世界上是有人歡迎她的。

「熙熙，我很感謝世界上有獨一無二的妳……」路星辰感受到顧熙梔此時抓著他的衣襟，於是伸手輕輕拍著她的背，「今天的我還能在這裡，都是有妳存在的緣故。」

「雖然我沒有很強，也不厲害，就跟這間房子一樣，雖然還沒什麼東西，但是能給妳一個容身之所……」

「我會一直保護妳，也會一直一直在妳身邊，所以……不要再說這種話了，好嗎？」

路星辰的眼裡流露出溫暖，她的唇畔微啟，似乎聽見了心中那道枷鎖摔落地面的聲響。

這是第一次有人對她說這樣的話……

顧熙梔始終認為自己是沒有人要的孩子，是在不被祝福的情況下誕生到這個世界的，直到聽見路星辰對她說了這樣的話以後，心牆緩緩打開，在他的懷中哭得聲嘶力竭。

＊

然而不知道過了多久，顧熙梔的哭聲才緩緩漸微，只剩下幾聲啜泣，但她依然抓著路星辰的衣襟不放。

就好像一場大雨過後，清洗掉了世俗的塵埃，世界安靜地彷彿只剩下他們兩人。

「熙熙……」路星辰的手指輕輕蹭著顧熙梔因哭過而紅撲撲的一張臉蛋，「我們也是因為有妳，才能沒有煩惱地好好比賽。」

「很癢……」顧熙梔還靠在他的懷中，感受著從他身上傳來的那種似高山中清爽凜冽、同時也令她感到安心的清新氣息。

「對了，澈哥把妳做的紀錄片加了點後製。」路星辰想起葉澈在得知他們的情況後整夜趕工，成品才比預定的提早完成，為的就是想給顧熙梔一個驚喜，「妳想一起看嗎？」

「好……」顧熙梔點點頭後，也從路星辰的懷中爬起坐正。

路星辰開始播放葉澈傳來的紀錄片，男孩們熟悉的談話聲和笑聲彷彿從螢幕躍出，但他的注意力卻完全不在那裡。自從顧熙梔起身後，他不斷感受胸口的涼意，也下意識伸手摸了摸。他的目光不由地飄向顧熙梔，見到她此刻有些呆然的側顏，勾起他內心的衝動，不斷產生再次將她拉回自己的胸膛的念頭。

然而，理智告訴路星辰現在並不是時候。他明白在這個瞬間，顧熙梔很需要時間面對自己的內心。他也暗自在心中做下決定，無論將來是開心還是痛苦，他都想一直陪在她身邊。

但顧熙梔全然不知身旁少年心中的想法，全神貫注地將注意力擺在那部紀錄片上。片中男孩們的談話聲和笑聲在她耳邊回響，引起她對回憶和情感的共鳴。

拍攝、旁白、字幕、片段剪輯都是出自她手，所以紀錄片播放至目前的每一個片段對顧熙梔來說都是再熟稔不過。

直到片尾時，顧熙梔才留意到後頭還藏有一段她所不知道的……

只見畫面中，披著一頭褐髮的女孩正趴在桌上補眠，顧熙梔見此情不自禁摀住嘴，忍不住驚呼出聲：「這不是我嗎？你們居然偷拍我！」

接著片中背景轉換成黑幕，上頭的字幕一條接著一條出現，顧熙梔認真地閱讀完每一個字後，她的心裡有了滿滿暖意與感動。

「大家看到戰隊風光無限的表面，其實背後都有很努力的後勤在支持，感謝這些後勤的支援與付出，我們會拿出相應的表現回報。」路星辰將內容一字不漏地唸出來，顧熙梔驚訝地望向坐在身邊的少年，而他也淡淡地笑了下，開口：「這是我們討論過後決定要送給妳的禮物。」

「下個賽季，我們一定會拿下冠軍。」路星辰拉起顧熙梔的手至自己的唇畔，而一雙望著她的眼裡滿是堅決：「我們也一定會拿到世界冠軍！」

「一定，我等你們。」顧熙梔輕輕地回握被他牽起的手，雖感到有些害羞，但依舊對著他綻放笑容，同時也熱淚盈眶。

＊

而數週後，鳳凰花開，終於迎來C大的畢業典禮——

「熙梔快點快點啦！宣如、阿池已經先過去了……」劉家家站在宿舍門口，依舊拉扯著她一頭雜亂的金髮，不斷地踱步並大聲嚷嚷：「畢業典禮快要開始了啦！」

「啊～就快好了啦！」顧熙梔坐在自己的位置上，用著新買的唇膏進行她化妝程序的最後收尾。

「哎唷，已經很美了啦！」

劉家家見顧熙梔終於肯放下手裡的化妝品後，本還沒好氣地搖頭，但在看著眼前彷彿落入凡間的女神後動作一頓，無比憤慨地喋喋不休：「靠，收回前言！是超美……媽媽～有仙女啊！」

「哎唷！妳真的很誇張！」顧熙梔抓過椅背上的學士服並套上，但卻怎麼也摸不到身後的拉鍊：「欸……幫我拉拉鍊。」

「齁，知道了知道了！」劉家家迅速地將她學士服後頭的拉鍊拉上，隨後看著還不明所以的顧熙梔露出淡淡地微笑，「唉，怎麼有種嫁女兒的感覺……？」

「什麼啦！」聽見她這麼說，顧熙梔忍不住笑了出來，但又想到時間似乎所剩無幾，取過一旁的拐杖，一步步艱難地走到門口的輪椅上坐下後，她回過頭望著劉家家道：「我們快出發吧！」

劉家家雖是心疼地瞥了眼顧熙梔還裹著石膏的左腳踝，但在見到她露出燦爛笑容、不斷與自己揮手時，記憶彷彿重現了她們昔日的模樣。那時的她們都還穿著高中制服，只不過當時的顧熙梔並不像個人，沒有表情、不會開口講話，也總是獨來獨往。

然而，她的存在卻深深觸動了劉家家封閉已久的內心深處，而令陷入徬徨的自己找到嶄新的未來目標。那段時光似乎就在眼前，笑容堆砌在劉家家的眉眼間，心中更是對顧熙梔抱持著滿滿感激。

「家家快來！」顧熙梔不知道劉家家此時心裡的想法，還是催促著她快點。

劉家家向著她笑了下後邁開腳步，一如往常扯著嗓門大喊：「這就來啦！」

✷

偌大的學校禮堂內，四處擺放著對畢業生祝賀的造型汽球，一旁的布告欄也貼滿了祝福的賀卡。站在講臺上的校長口沫橫飛地進行著無趣的致詞，有的學生們已經開始逛起網拍、有的正在聊天打鬧，甚至還有學生快要進入夢鄉找周公下棋。

「就那個電機系的咩……」劉家家滔滔不絕地講著校園內的八卦。

「蛤？真的喔？我還覺得他蠻帥的說！」王育池做出被噁心到的表情。

「影帝欸！」林宣如誇張地鼓掌。

而顧熙梔正因感到無聊打起呵欠時，目光卻留意到前幾排的幾個畢業生回頭指向觀禮席，正交頭接耳地討論著什麼。

「欸你看……」

四周的氣氛突然興奮了起來……

顧熙梔心想能造成這種場面的只有一種可能，於是回過頭一瞧，果然驗證了自己的想法，見到她期盼的幾個身影出現在觀禮席中！

「Redefined戰隊？」

「那是不是Star？」

「One在對這邊揮手耶！話說他本人比較好看！」

「Star是不是對這邊笑啊？好帥！」

顧熙梔見到葉澈與王成瀚對這邊的方向點點頭，季懿凡還大幅度地揮手中，金榮禧和李承翔兩人正努力地在找尋命定的漂亮妹子，而路星辰依舊頂著一張冷臉，只有在與顧熙梔對上視線時露出淡淡的微笑。

廖飛祈在一旁目睹，十分傻眼道：「你這差別待遇吧？過分了耶……」

路星辰瞥了瞥那對狐狸眼後，滿不在乎地聳聳肩。

臺下學生們彼此壓抑著興奮情緒，觀禮席旁越也聚集越多人，幾乎是所有人都紛紛跑來看Redefined戰隊全體。

「請問，我可以跟你們合照嗎？」穿著學士服的女學生拿著相機，上前詢問是否能合照留念，正當葉澈黑著臉想拒絕時，從他身後突然冒出的手接過了女學生手裡的相機。

季懿凡苦練許久的自拍技術終於派上用場，他露出燦笑，並將鏡頭朝向自己：「來！cheese！」

而其他學生們見狀，也一一上前想與他們合照，葉澈臉上抽搐，怒視著季懿凡，但罪魁禍首非但沒有要反省的意思，還對著葉澈吐吐舌、敲敲自己的腦袋裝傻。

於是Redefined戰隊生涯的第一場合照會就在C大盛大舉辦，葉澈見大排長龍的人潮，無奈地扶額嘆了口氣。

另一頭，一群學生紛紛朝路星辰的方向虎視眈眈地奔去，他立刻端起一慣的冷淡疏離，拿起手機在耳畔旁晃了晃後，便頭也不回地走出典禮會場。

但在場卻也沒人對他「中離」的行為指指點點，反倒還又增加了不少粉絲……

「你們有看到他笑了嗎……？」

✷

逃難般的路星辰步出會場，想起女孩似花朵般的笑容，他的唇也揚起了一抹笑意。

隨後路星辰取出手機，在回撥給第一欄內的通話紀錄時，抬首就見天空中飛過一架潔白的班機。

✷

顧熙梔此刻就站在後臺，自布幕中的夾縫窺視著臺下的一切。

「天啊，好多人！」顧熙梔的心中驚呼，但在輕拍自己胸口後逐漸放鬆，「……但我，已經不怕了。」

而在舞臺上，儀態優雅的司儀端起麥克風宣布：「現在頒發第X屆C大傑出獎……」

「歡迎得獎者——中文系四甲，顧熙梔同學上臺領獎！」

顧熙梔拄著拐杖，但她的神態輕鬆，就在所有人的鼓掌、歡呼下，一步一步地走向領獎的位置。

觀禮席上的季懿凡還在消化大排長龍的合照人流，而金榮禧、李承翔討論著畢業生席內漂亮的妹子，也正想偷溜離席時，卻被葉澈及王成瀚一同抓了回來罰站。

路星辰站在一旁，他的臉上浮出淡淡的笑，目光聚匯在舞臺上發光耀眼的顧熙梔身上。

廖飛祈的眼神在兩人之間來回望後，才疑惑開口：「這樣好嗎？這麼重要的日子……你卻站在這裡。」

但路星辰沒有回答，他的目光轉而盯著會場的入口處。緊接著，一陣腳步聲逐漸靠近，下一秒，一束包裝精美、金黃色的向日葵映入眼簾，之後才見到慌忙走進場內的顧爺爺。

路星辰先看了顧爺爺一眼，再看著臺上的顧熙梔，閉上眼露出微笑：「……對她來說，這樣比較好。」

「好吧。」廖飛祈聳聳肩。

待顧熙梔從校長手中接過獎項、透過司儀唱名以後，才注意到此刻站在臺下的人是誰。

她不敢置信地用手摀住嘴，而後眼眶一熱、情緒翻湧，心中喧嘩聲掩蓋了禮堂內的所有聲響，將一切隔絕於外……

看著手中捧著一束向日葵花的爺爺，正一步一步朝自己走過來，顧熙梔再也憋不住眼淚，在全場的掌聲中落下淚來。

＊

又一次，顧熙梔在顧爺爺說的童話故事裡簇擁入睡。

隔天清晨，顧熙梔在床上悠悠轉醒，見到窗外成了銀色的世界，雪花漫天飛舞。

然而，她卻注意到原本熱鬧的家突然安靜得可怕。彷彿被一雙無形的手緊緊擁抱住，讓她置身於靜默的空間中，再也聽不見任何聲音。顧熙梔試圖找尋一絲聲音的蛛絲馬跡，但卻毫無所獲，心中也湧現出一股無法言喻的恐懼。

顧熙梔的目光留意到一旁矮櫃上的童話書，她知道那是顧爺爺昨日深夜為她講述的故事。於是她輕輕地拿起書，透過指尖的觸感，摸索著書頁間的每一部分，也能感受到這本書被翻閱過的深深痕跡。頓時間，疑惑湧上她的心頭，顧熙梔抱著書本走出了房間。

「Ani……ta……欸爺……爺呢？」

顧熙梔走到大廳，卻只見到Anita一個人在打掃。

Anita看見顧熙梔，放下了手裡的掃帚，強忍下欲哭出的表情，從圍裙的口袋中抽出一封信，恭敬地遞給了她。

顫抖的手接過信封，顧熙梔見著了上頭的一筆一畫確實是顧爺爺的筆跡……

『熙梔，爺爺感到很抱歉！不能陪妳長大，但一個人要好好生活！有不懂的就問家教老師，Anita也會幫助妳。爺爺』

直到顧熙梔努力地讀完裡面的每個文字以後，她的神情從疑惑轉變為不敢置信，最後只剩淚水在眼眶打轉。

Anita不捨地抱住顧熙梔，但她的反應激烈得可怕，「怎……怎摸毀……欸爺、不要……不要熙梔了！」

「小姐，老爺他、他不是故意的……」Anita摀住嘴，奮力壓下自己的哭聲。

「所油人……為什摸離開我……不咬離……不要！」

✷

「得獎怎麼還哭了呢？」顧爺爺站在顧熙梔的面前，將手裡的花束交到她的手中，「這時候，應該要笑才對啊！」

顧熙梔緊抓著那束花，將拄著的拐杖甩開、向一旁扔去，上前緊擁住顧爺爺。

顧爺爺伸手拍拍她的頭，笑著開口：「辛苦了，我們最棒的孫女。」

此刻在觀禮席中的路星辰別開臉，偷偷舉起手拭淚。

在一旁的廖飛祈見狀，似乎是故意為之般，重重地拍了拍他的肩，而路星辰感到一陣惱羞，氣憤地想將他的手揮開。

「哎唷沒事啦！」廖飛祈感到有趣地大笑。

＊

顧熙梔一手捧著那束向日葵、一手拄著拐杖，吃力地與顧爺爺並肩走在校園內。

「妳不要太勉強了。」顧爺爺擔憂地望著顧熙梔的左腳踝，「要不要我去推輪椅？」

「不用啦，我可以的。」顧熙梔搖搖頭，但臉上的笑有些勉強。

語畢，兩人都沉默了下來，非常有默契地都沒有再接話。

顧爺爺看了顧熙梔，又看了一旁的花花草草，似乎有些欲言又止。而同樣的，顧熙梔的目光也瞥向一旁，到了喉間的話語卻通通堵住。

顧爺爺見此，笑著問道：「妳想問我怎麼會來，對吧？」

被看透一般的顧熙梔先是撇開臉，之後才有些不好意思地笑了下。

「……我也是聽了星辰提起，才知道妳真正的想法。」顧爺爺蒼老的面容沉下臉色，才接著說：「這些年我待在國外，一部分是因為青雲、一部分是因為……」

顧熙梔聽見顧青雲的名字，身體還是隱約留下記憶，渾身大力地顫抖了下。

顧爺爺目睹這個過程，面露苦笑：「……害怕妳看見我，會想起那些不好的事。」

然而顧熙梔卻激動地搖搖頭。

「我很抱歉當年做了很多錯誤的決定。」顧爺爺稍稍地垂下眼睛，「我失去了顧氏、也失去了妳的祖母……覺得愧對他而放任他，甚至又差點失去了妳。」

「妳的生母即使生了重病也拚命生下妳，但之後就像人間蒸發一樣……等我們找到她時已經在安寧病房，沒多久就撒手人寰。」顧爺爺站在校園間的走道上，平時即便年邁也依舊挺拔的身軀，此時看起來像是了無生氣一般，「而我也因為他的勢力，不得不遠離這、去到了國外。」

顧熙梔聽著自己的故事，但反應靜默，像是與她毫不相干一樣。

顧爺爺抿了抿嘴，才接續說：「但這一次我不會再放任他，就算毀了顧氏，我也要將他繩之以法！」

顧爺爺說到了激動處，猛地就在顧熙梔的腳邊跪下。

「爺爺別……」顧熙梔嚇了一跳，想將他拉起。

但顧爺爺搖搖頭，卻堅決繼續說下去：「熙梔，爺爺真的對不起妳！明明就是我們大人的錯誤，卻讓妳成了最大受害者……爺爺真的對不起妳！」

顧熙梔愣了好一會兒，接著才像是理解般輕輕地點點頭，也不知道哪來的力量，彎下腰就將顧爺爺從地上扶起：「其實……我很謝謝爺爺當初冒著生命危險來救我，甚至這次又救了我一次！」

聽到她這麼說，顧爺爺的臉上多了份不敢置信。

顧熙梔說話的同時，眼角餘光注意到自遠處走近的身影，幸福的笑洋溢在臉上，「爺爺，謝謝你，我才能……擁有現在的一切。」

「顧爺爺好。」路星辰在離兩人幾步遠的距離停下步伐。而夏日午後的風吹拂過他前額稍稍過長的髮，遮蔽了他的視線，便伸手將髮絲往一旁撥開。

「是星辰啊，這次真的很謝謝你。」顧爺爺笑著致謝。

「我只是，做我該做的事。」路星辰闔眼，緩緩搖頭。

顧爺爺望著眼前的少年，有著成熟穩重的氣息，眼前浮現出欣慰的神情，忍著鼻尖傳來的酸澀淚意，在心中笑了下後，腳步有了離開的打算，「我該去處理事情了……」

而顧爺爺像是想起了什麼，轉頭對著兩人說道：「如果有需要，隨時都可以找我。」

但這一次，顧熙梔在他還尚未走遠之前，捏了捏自己的掌心，對著他的身影大喊：「爺爺！你還沒給我你的電話啊！」

在這一瞬間，顧爺爺的腳步停下，他深深地、用力地吸了口氣，想令自己看起來並沒有想哭的感覺後才轉過頭回應。

但他紅了的眼眶卻偷偷地出賣了他。

第二十四場遊戲　光

顧熙梔「啪嚓——」一聲打開電源開關後，見到客廳內蓋著一層如同朦朧網紗的灰暗逐漸褪去。

在視線甫觸及堆滿紙箱的空間後，顧熙梔似乎是無從下手般從嘴裡吐出長氣，並對已恢復自由的左腳踝伸展了幾下，「好……得在今天之前弄完！」

顧熙梔在客廳與房間裡來來回回穿梭，正要下手拆開下一個紙箱時，一滴汗珠卻滑進她的眼裡，「好酸……」

身處的空間中，因為沒有冷氣的關係而顯得悶熱，她小憩般拉拉領口充當扇子，靈活舞動的指尖也揮去布滿在額際的汗珠。

「好熱……」

顧熙梔身為應屆畢業生，在畢業典禮結束後就沒有了宿舍的使用權。於是她在今天向Redefined戰隊請了一天假，來處理她後續的落腳處。

「得跟星星說要裝臺冷氣了。」

一想到他，顧熙梔的目光下意識飄盪到那張深墨色的沙發上，胸口在心臟給予的撞擊提示下，使得臉頰的溫度也逐漸失控。

「……對了，這個月的租金還沒給星星！」顧熙梔突然想起，也抓起一旁的手機，就在網銀帳戶裡轉帳。

而路星辰始終表示願意讓她免費住下，但顧熙梔總覺得哪裡怪怪的，還是再三向他提出支付租金的提議。

匯款完成的通知出現在手機的畫面裡，然而也就在這時，握在手中的手機響起鈴聲。

「熙梔，最近還好嗎？」

顧熙梔的眼含笑，才剛接起電話就聽見那頭傳來顧爺爺硬朗的聲音。而他當前的背景音就告訴顧熙梔，他現在身處人潮眾多的場所裡。

「我在忙搬家啦……行李好多。」顧熙梔話中帶著笑意，她一手持手機、一手在雜亂的行囊中翻找到衛生紙後，終於擦去了滿臉的汗水。

「要不要幫忙啊？」顧爺爺問。

「不用啦！有搬家公司很方便的。」顧熙梔走進廚房，幫自己倒了杯冰開水，隨即仰起頭一飲而盡，瞬間覺得通體舒暢，「……就只是整理東西很麻煩而已。」

但回應她的只是靜默，顧爺爺的聲音像是被關上一樣，自他身後吵雜的人聲也就此從話筒洩漏，令顧熙梔一瞬間恍了恍神。

彷彿過了一世紀之久，顧熙梔才聽見他的聲音裡似乎夾雜鼻音：「妳……真的沒事嗎？」

顧熙梔並沒有馬上開口，反倒是輕輕地放下手中的玻璃杯，木然盯著沿著杯壁流下的水珠，眼底浮現出那張遁入瘋魔的臉孔。

那一日，顧熙梔聽見他狂悖癲亂的話語，也聽見他飽含深情繾綣的語氣。她垂下眼眸，神色裡略帶複雜的情緒開口：「爺爺，『虹』是個怎麼樣的人啊？」

而顧熙梔的話一出，全世界彷彿在等待誰回應，也跟著安靜下來。

「她是個……很溫暖的人。」

「是嗎？」顧熙梔的指輕碰在自己胸口，在聽到這個答案以後，也很難解釋那陣突然竄上的悶悶感受，「那麼……『父親』一定很愛她吧？」

句尾落下，那頭的人並沒有接上話，就只剩話筒還依稀傳來啜泣的聲音。

而顧熙梔的目光飄出窗外遠方，看著鳥兒拍動翅膀在藍天中自在翱翔，她緩緩地閉上眼，笑容在臉上展露無遺。

✵

時光飛逝，距離新賽季的開幕戰，只剩下不到兩週的時間。

顧熙梔站在戰隊基地的第二練習室內，按下手中的冷氣開關，倏地張開雙手，像是想環抱著涼意，十分愉悅地開口：「天啊～也太幸福了吧！」

在說完以後，顧熙梔將遙控器往一旁矮櫃放，也在走回座位的時間裡，餘光瞥了眼擱在桌上角落的《與少年與劍》。

看見依舊站在封面的白衣少年，她的腦海閃過似有若無的夢境，一抹笑意就掛在她的嘴角，心中似乎有種被救贖的感覺奔馳而出。

而這時，顧熙梔的注意力被一旁傳來的震動聲吸引，目光移至源頭的手機上，才發覺是數天不見的劉家家來電。

「熙梔～那個紀錄片我看過了！」電話那頭的劉家家聲音聽起來非常興奮，「天啊好感動！超多好評欸……妳也太棒了吧！」

「謝謝妳。」顧熙梔開心地笑出聲，也想起葉澈是為了接續上個賽季的熱度，因此才選在這時候將紀錄片發布在社群帳號以及官方的影音頻道上。

但當時的顧熙梔根本就沒有想得太多，一直到葉澈急匆匆地跑來告訴她，才知道這支紀錄片在網路上掀起廣大回響了。

顧熙桅一開始還半信半疑，也是等到她親自看見那些肯定的留言後，心中才有了滿滿的成就感。

「欸，對了！偷偷跟妳說喔……」劉家家的語氣最初還神祕兮兮，但誰知她根本就壓不住聲音裡的亢奮，「我等等要跟前輩去採訪了！」

顧熙桅知道劉家家在畢業之際，就已經被A新聞內定是未來專任體育線的記者，便帶著笑意說：「家家，恭喜妳找到理想的工作。」

「唉唷，幹嘛這樣啦！怪肉麻的欸！」劉家家雖然大笑著，但眼眶卻在不知不覺中早已紅了一圈。

當年的劉家家還是柔道國家隊成員，但一場比賽卻永遠改變了她的人生。

腰部永久性的傷害，使她不得不離開國家隊，回歸一般人的生活。

原本是柔道神童，殞落後受到周遭人的嘲諷，雖是關懷但卻無心地傷害到自己，這都讓劉家家早已經身心俱疲……

直到顧熙桅出現，劉家家才發現人生其實還充滿著希望。在不斷受到顧熙桅的「關懷」下，直到她接受了言敘的感情；縱使一無所有，但顧熙桅說她依然可以選擇離賽場上最近的地方繼續努力著。

劉家家吸吸鼻子，直到緩和了情緒以後才接著說：「熙桅，我才該向妳道謝……」

顧熙桅微笑著，她知道劉家家不擅長說這種話，所以並沒有打斷她。

「所以妳要嫁給路星辰要第一個告訴我妳之後一定要幸福喔還有妳小說要加油喔！」劉家家沒有換氣，一鼓作氣也飛快地說完這一串話後，「啪——」一聲就將電話切斷了。

「哇，真的跟一陣風一樣欸。」顧熙桅看著手機螢幕裡的通話紀錄，不禁啞然失笑，而後目光卻被電腦螢幕的一角吸引了注意……

她正以Redefined戰隊小編的權限在使用社群帳號，突然之間，有個帳號在一瞬裡大量地標註他們。顧熙梔禁不住好奇地點了不斷跳出的通知後，十分驚喜地差點大叫出聲，並趕緊摀住了嘴。

對方的帳號上傳了一組路星辰的照片。

顧熙梔從背景以及他的服裝造型來看，是當時明星賽進場時拍攝的。照片裡的路星辰揹著裝備背包，還特別將頭髮打理成旁分的造型。

「好像明星的『上班路』！」顧熙梔一面笑著，瞬間迷妹上身，紅著臉興奮地一張一張去點擊照片，「天啊……真的好好看！」

她看著路星辰每張照片的接續動作，猜測當時拍攝者是一路拍到路星辰走進會場，拍到不能再拍為止。

顧熙梔嘆了口氣，還是對於自己不能親眼目睹而感到可惜！

而出現在螢幕中，那名少年的臉彷彿離鏡頭只有一步之遙，臉上的神情令自己既熟悉又陌生。

剎那間，路星辰背包上的一抹藍也勾住顧熙梔的視線，望著親手交給他、並被他掛在拉鍊上的「勝守」御守，心裡突然湧出一陣暖意，這樣就像是自己陪伴他去比賽一樣。

……還將它掛在這麼明顯的地方。

此時顧熙梔欣喜，同時也見到貼文底下的留言，有不少的人問起這款飾品要去哪買。

【嗚嗚，Star的御守好好看，請問這要去哪買？】

→回應　真的！好好看啊！

→回應　求連結

→回應　別傻了，妳們知道那個全世界只有十個嗎

→回應　屁啦！別亂講ㄛ

→回應　樓樓上沒亂講　那是《與少年與劍》初版抽獎送的特典，後來簽書會也有，但只有排前十的人才能拿到，那時候一堆人搶破頭　聽說還有人一個月前就去排隊了

→回應　根本不可能找到有人願意割愛　就算有應該也是天價了吧

→回應　與少年與劍怎麼那麼耳熟

→回應　就是梔子寫的啊

→回應　這算是實錘了嗎

→回應　錘妳個大頭

顧熙梔臉部抽搐，想起當時被私訊支配的恐懼就感到害怕。

想到這，她沒來由地打了個冷顫，甩甩頭，決定還是要先欣賞完眼前的少年。

但下一張相片裡，拍攝者幾乎是貼近至能嚐到路星辰的鼻息，當時似乎有風吹過，旁分的瀏海頓時飛舞起來，一旁的朵朵黃色花瓣也拂過他的側顏。

在那永恆的瞬間裡，他正露出淺淺笑意，一雙眼溫柔地瞥向鏡頭，而顧熙梔也終於見著他的額角……

有一瞬間，顧熙梔忘了自己還坐在Redefined戰隊的基地內，以為自己回到了那時候，有個小小的少年暗暗在角落裡窺視著自己。

✵

大概是在《與少年與劍》還沒長期休刊、那名瘸腿少年依然揮舞著手裡的劍不斷冒險時所發生的事。

顧熙梔在某一天夜裡，因為肚子餓的關係而走到校門外的便利商店覓食。她走進便利商店，便打著慵懶的呵欠，也扒了扒略帶凌亂的一頭褐髮，還一邊在嘴裡碎念：「校內便利商店怎麼不是開整天的……」

「歡迎光臨！」站在櫃臺前的夜班店員似乎不受時間影響，依然很有朝氣、笑容滿面地向每一位客人打招呼。

「肚子好餓……」

顧熙梔才剛走到擺滿微波食品的貨架前，靜置在口袋中的手機卻不合時宜地響起電話鈴聲。她在見到螢幕上的來電顯示後，十分不耐煩地接起電話，劈頭就問：「誰會在半夜打來催稿？」

「小姐，就差妳一個……我就能下班了，還會需要打給妳嗎？」佐藤編輯欲哭無淚的聲音通過話筒傳了過來。

聞言，顧熙梔冷笑了幾聲，不屑地開口：「你不去看看底下的評論嗎？現在被說成怎麼樣了？」

「拜託！那只是酸民而已！妳為什麼要那麼在意？」

佐藤編輯的聲音一副無所謂，但這壓在顧熙梔心中的重量卻是非同小可。於是她咬牙，忍不住對那頭吼道：「我很在意！因為那些留言就等於是在否定我、等於在否定《與少年與劍》這部小說！」

「妳……」

顧熙梔沉下臉，似乎在口腔中感受到鐵鏽味，大力地吸了口氣後，冷聲說：「……我不寫了。」

倏地掛斷電話，緩慢垂下的手鬆開，手機也隨之脫離手心、就這樣摔落地面，顧熙梔的眼前浮出一層薄霧，直到一旁門邊響起一陣歡快的入店曲後，她才突然回神。

意識到自己說了什麼，也察覺到自己可能闖了大禍，顧熙梔拾起躺在地面的手機，目光被貨架上三個一組的包裝、黃澄澄的身影吸引，便隨手抓取，想趕緊結帳然後離開現場。

但就在顧熙梔將要走出店門時，後腦勺被一道直射過來的視線盯得發疼，因此她忍不住回過頭確認。甫轉過頭，顧熙梔就看見離自己幾步遠的用餐區內，有一名年齡不過十六、七歲，頂著平頭的少年獨自一人坐在那，身旁還放著一個與他等高的黑色大背包。

她突地感到一陣怪異，心想：「奇怪，剛剛那邊……有坐人嗎？」

顧熙梔原本想裝作沒事發生。但她的目光卻不禁被少年右邊額角上一道醒目的疤痕所吸引。彷彿與那道疤痕連結，顧熙梔差點走進記憶的迴廊，也頓時感到左腿隱隱抽痛，她下意識以手指朝那觸碰了幾下，心中湧起了不太好的想法與疑問。

除此之外，她也留意到少年盯著自己的那雙眼神，撇除某些她難以解讀的複雜情緒外……她似乎還看到過去的「自己」，那個充斥恐懼與警惕的受傷困獸。

顧熙梔扒了扒那頭變得更雜亂的褐色髮絲，蹙眉思考片刻，最終拆開了手裡一組三入的布丁包裝，將其中一個遞到少年面前。

「吃吧！這我剛剛買的。」顧熙梔對著他說。而見他依舊不發一語，她以為少年是在警惕著自己，便又開口：「如果不放心的話，我現在可以吃給你看。」

顧熙梔說到這，那名少年依舊沒有開口，但目光開始移動到擺放在他面前的布丁。

見狀，顧熙梔也沒再多說什麼，就淺淺地笑了下後，便離開那間便利商店。

少年注意到顧熙梔離去，視線從眼前的布丁移開，目光深沉地看著她因走遠而越來越小的身影。

那名少年張口，看上去是想說些什麼，但隨即又閉上嘴，戴起放在一旁、對他來說稍微過大的黑色耳機，伸出手指，指尖摩娑著擺在那的布丁。

＊

書展會場的一個角落舞臺裡，顧熙梔戴著特製的、能遮擋住她全臉的面具，懷抱著忐忑不安的心緒坐在桌前，而在桌子下的一雙手，焦躁地緊緊絞成一團不放。

顧熙梔的目光飄忽，先是落在擺在一旁「白衣少年」的等身PVC立牌，接著落在戶外排隊的人龍，依稀能聽見從外頭傳來工作人員正不斷以大聲公宣導的事項：「因為『梔子』老師的身體因素關係，本次簽書會採用一次一人進場、一對一簽書的方式……」

「緊張嗎？」佐藤編輯就站在顧熙梔身旁，他環抱著胸，似乎對這種場合見怪不怪。

顧熙梔輕聲嘆了口氣，才開口：「我只希望這是第一次，也是最後一次……」

「看情況囉。」佐藤編輯聳聳肩，隨即走向一旁的A工作人員，說：「可以開始了。」

A工作人員點點頭，對著掛在耳邊的無線電低聲說了幾句話以後，就見外頭的B工作人員領著第一位讀者粉絲進場。

顧熙梔見兩人走近，於是出於好奇，隔著面具偷偷覷著依然被擋住的身影。

剎那間，視線見到被頂頭的燈光映照而出現在地上交錯的影子，就只見對方依稀是名少年，背著對他來說過大的背包，脖子上掛著有些陳舊的黑色罩式耳機。

直到少年站在顧熙梔的眼前，她卻在第一時間裡注意到他的額角上，如同有一條鮮豔的巨型蜈蚣攀附在那……

少年留意到顧熙梔投來的視線，面無表情的臉上有一瞬間露出不自在，也伸手摀住那道還捆著手術縫線的醜陋傷口。

在一旁的佐藤編輯見狀，輕輕地清了下嗓子。而顧熙梔聞聲，回過神後也趕緊挪開了視線，幾乎是在尷尬不已的情況下拿起擺在一旁的新書，開口：「要幫您簽什麼名字呢？」

少年回復成一開始的面無表情，但冷冰冰的語氣中帶著一絲艱難說道：「……星星。」

「好的，旭旭……」顧熙梔接受到對方的訊息後，就開始在書的扉頁上動起筆。

聽見陌生的名字，少年愣了數秒，在想到要開口的時候，顧熙梔已經闔上了封面，並將書本交至他的面前。

而之後的事，或許現場的人都沒想到……少年不但沒有接過書本，反而在一眨眼的時間裡，在他揹著的黑色背包中撈尋著某樣東西。

距離最近的除了顧熙梔以外，另一個就只有佐藤編輯，他在察覺到少年的動作後，心中的警鈴大作，趕忙衝上前張開雙臂，想要抵擋在顧熙梔身前，卻不慎勾到一旁的ＰＶＣ立牌，連帶後頭的鐵架也發出了「哐啷——」的聲響。

然而，在動作的光影交錯下，顧熙梔卻沒有被突如其來的聲響嚇到。她的眼反倒是眨了幾下，目光被眼前的少年吸引，見著他朝自己遞出一張白色的紙片，同時也深深地彎下腰鞠躬。

從紙片那端傳來隱隱的顫抖，顧熙梔瞥見少年流露出的緊張，她輕輕地撥開了佐藤編輯的手，並向他點了點頭示意。

佐藤編輯緩緩收回手，但眼底拉起的警戒依舊存在，可以說是瞪著那名少年的頭頂不放。

「有字？」顧熙梔接過那張紙片，察覺那是一張邊角都已皺起的便條紙，同時也見著了上頭的一筆一畫，心中揚起一陣詫異，正抬起臉想與那名少年道謝，卻見到他早已剩下渺小的背影。

而少年在走出會場時回過頭，目光與顧熙梔在空中一瞬交會……

但當時的顧熙梔還沒想到，那時的匆匆驚鴻，卻成了之後的永遠。

呼吸一滯，顧熙梔不敢置信，也摀住了張大的嘴：「這……天啊……」

過了數秒後，好不容易才找回呼吸，顧熙梔的一雙眼眸閃爍，目光似乎停留在照片裡少年的額角上。

耳畔此時只聽得見自己的劇烈心跳，像是在鼓動她去揭開那片神祕面紗。

✷

顧熙梔用盡全身的力量，才使顫抖的雙手推開第二練習室緊閉的門，同時卻聽見「磅——」的一聲，手裡的力道也隨之被硬生阻斷。她也被這巨響嚇了一跳，在還沒來得及看清是誰，就先聽見那人從地上傳來的哀號聲。

「我的鼻子……」那人摀著臉、低著頭，似乎是因為疼痛跌坐在地而無法起身。

「對不起……我等等再回來！」顧熙梔對此有些擔憂，但又想起孤獨在那的少年，急匆匆地向那人道歉後，踩著腳下的鞋，一步一步地往上樓的方向快步前進。

只留下季懿凡滿臉疑惑地站在原地，忍著眼眶泛出的淚水，摀著此刻像是小丑般的紅鼻子：「什麼啊，她不是腳還在痛嗎……嗚嗚。」

✷

那一天，是什麼原因讓她回過頭，關心對她來說素不相識的少年？

是因為那雙眼嗎？還是因為他額上的疤痕？

奔過一個一個的階梯，顧熙梔有數次差點摔倒，但她已經顧不得自己腳的狀況，大步邁出雙腿，為的就只是想趕緊奔至路星辰的身邊……

胸口因為喘著氣而劇烈起伏，顧熙梔望著路星辰房門外寫得歪歪扭扭的門牌，她此刻的心裡和腦海中就如同發生爆炸般，震盪得令她無從思考。

顧熙梔緊咬住雙唇，也就像下定決心般，終於伸出手在門上敲了幾下。原本她還從門縫窺探房內的點點星光，但還等不到裡頭的人應答時，門的鎖舌卻突然脫離似乎全然沒有對上的卡榫……

於是，顧熙梔的眼前突然一亮，使得她因刺激而瞇起了雙眼。

等到她適應了光線，也終於見到一室內對於自己來說再熟悉不過的事物……

而這時，房門外傳來一陣物品掉落、撞擊地板的聲響。

「妳怎麼……」路星辰剛從浴室出來，手裡的盥洗用品散落一地卻無暇顧及。

但顧熙梔卻沒有回頭，因為現在的她耳畔轟隆作響，聽不見所有任何外界的聲音。

直到顧熙梔的餘光瞥見房裡落地窗中的反射，才察覺到路星辰就站在身後。而她似乎還想開口說些什麼，但乾澀的喉嚨卻又擠不出半個字，就讓一雙褐色的眼睜得大大，顯得六神無主。

路星辰見她像是嚇到了，帶著怯意、顫抖地看了掛在牆上，那幅有「梔子」簽名及署名的《與少年與劍》限量大掛軸，地面上擺著白衣少年的等身ＰＶＣ立牌，還有數套各種不同語言版本的小說擺滿了整個書櫃，而一旁更還有滿滿的周邊商品……

他還待在原地的身體感到一陣暈眩，隨即帶著挫敗的神情，扒了扒先前因沐浴過後還濕潤的頭髮，垂眸就往房內走去，不敢再去看顧熙梔的臉。

倏地，顧熙梔嗅到了那股令人安心的氣味，但卻在彿過她的身側後離她越來越遠。

顧熙梔整個人都在發抖，認為路星辰是因為自己擅自進入他房間而生氣。她低頭緊緊抓著自己的手臂，指尖的力道大得像是要將皮膚給抓破，顫抖的聲音中帶著歉疚：「對不起，我不是……」

與此同時，路星辰喪氣地坐在床邊。他嘆了口氣，一雙手緊緊摀著自己的臉，無法控制身體漸漸冒出的涼意，「……妳是不是覺得這樣的我很噁心？」

「怎麼會！」顧熙梔驚呼出聲，趕忙快步走到他的面前，伸出雙手覆蓋在他的手上。

而顧熙梔在一接觸到路星辰的雙手後，呆愣了片刻，因為他肌膚的表面溫度涷得嚇人。

顧熙梔起初還露出擔憂的神情，但在視線被牆面上的那幅大掛軸勾住後，見到了之中手舉著劍、眼神堅毅的白衣少年。她的一雙眼含著感謝，也緩緩闔上了雙眼，一滴溫熱的淚滑過臉龐，同時抿了下嘴，決定做件自己很早以前就想做的事。

路星辰的鼻息裡，首先是嚐到了撲鼻而來的香氣，隨後他感受到胸口被什麼撞了一下，驚得他雙肩一顫，接著才意識到顧熙梔這時的舉動，之後就僵硬地找不回自己的身體控制權，但也因為她給予的擁抱而有了一絲暖意。

「你之前提到的輕小說跟作者是我，對嗎？」顧熙梔輕輕地拉下路星辰覆在臉上的雙手，將它們包覆在掌心內，想要將自己的溫暖傳遞給他。

重見光明的那一刻，路星辰第一個看到的就是顧熙梔大大的笑臉。

「所以……你是因為我才回來的嗎？」

⁂

路星辰永遠都不會忘記，他翻開《與少年與劍》這本書後是什麼感覺……

小小的路星辰，坐在晦暗不明的角落，頸脖上掛著對他來說過大的黑色罩式耳機，看起來迷你不已的手掌中也似乎緊捏著一張潔白的紙片。

他絲毫不去理會身旁那些穿著黑色衣服的大人們怎麼說，就只注視著一旁擺放他父親最後笑得燦爛的照片，沉默地獨自一人承受那些莫名其妙的話語。

「這小孩很可憐，路太太離開後……路先生也跟著離開了。」

「先生受不了太太離開的打擊啊，好好一個人就突然生病走了！」

「那怎麼能留下這麼小的孩子，還把他鎖在門外那麼久？等警察來的時候都……唉！」

「這可怎麼辦啊？」

「人生真是無常唷……」

小小的他縮在那個角落，握著紙片的指尖因出力而顫抖，指腹也逐漸泛白……

那一日父親說要跟他玩躲貓貓，在沒有說「好」之前不能開門進到家裡。

直到鄰居察覺不對，打電話報警，也已經是一天後的事。

路星辰攤開掌心，向被揉皺的紙片望去，在見到上面的文字以後，一滴、兩滴水珠掉落在頸脖掛著的黑色耳機上，水光映照出他泣不成聲的臉……

他永遠也不會忘記。

✷

路星辰的額角不知道被什麼利器劃破，鮮血不斷從那道怵目驚心的傷口裡冒出。他穿著的制服也破了一個大洞，上頭還有一道道的髒汙跟轉變為暗褐色的血痕。

他此刻就坐在樓頂上的圍牆邊，底下還有逐漸聚集的圍觀群眾，他的視線瞥向那之中的每一個人，卻對他們露出失望透頂的眼神。

路星辰擺盪著雙腿，彷彿邁出腳就能擁有自在飛翔的能力，也能構著他們的所在……

雙眼緊閉，路星辰輕輕地笑出聲，他的後背宛若生長出一對翅膀，身體正被輕鬆擁抱的同時，一股強硬的力道卻從身後攫住了他。

在圍觀群眾發出驚呼的一瞬間裡，路星辰也被拉回露臺上。他在被壓制住時，不斷奮力掙扎、發出兇猛的吼叫聲。

直到力氣遠離身體，路星辰的四肢慢慢地虛軟下來，無力地躺在地上、四腳朝天，精疲力竭地張口：「我就快要自由了……」

「為什麼要阻止我？」

那名男人在確定路星辰已失去掙扎的力量以後，緩慢地從他的身上離開，並抄起一記手刀，精準地往他的頭上砸去。

「痛……」

「還知道痛，你若摔下去沒死也有你受的了。」男人說完，也朝路星辰的方向扔了一瓶啤酒，「而且這裡醫藥費很貴。」

眼底閃過一絲詫異，路星辰反手接過瓶身，愣聲道：「杜陽昕，我還未成年。」

「嘿！反應很快嘛？」杜陽昕說完，緊接著又是一記手刀劈在路星辰的腦袋上，「但你還是得叫我舅舅。」

聞聲，路星辰的眼底抹上一道悲傷，正打算開口時，杜陽昕搶先打斷了他的話：「欸，這給你！」

路星辰不明所以，但還是接過杜陽昕交給自己的東西。

「這部輕小說現在很紅！……你看完如果還想跳樓的話再跳吧？」杜陽昕聳聳肩，又從身後拿出一瓶啤酒，他輕拉開拉環，仰頭灌了自己一大口酒後，就轉身離開了頂樓露臺。

被留下的路星辰一臉莫名其妙，盯著封面上頭的文字後緩緩開口：「什麼……《與少年與劍》？」

一直到路星辰察覺自己的臉上溼溼的，才發現他早已代入劇情，跟著那名瘸腿少年的所有情緒起伏、所有經歷過的事都產生了深刻共鳴。

在作者的鋪陳以及生動的劇情編寫下，路星辰彷彿看到那名少年就算身體殘缺、就算怨過讓自己變成這樣的一切，也絲毫沒有放棄活下去的希望，在自己眼前高高舉起劍、眼神堅毅不屈的模樣。

路星辰抹去滿臉的淚水，似乎有些氣憤地嚷嚷：「這只是虛構故事而已……」

而就在路星辰翻到故事的最後一頁時，那行橫在紙張中央的黑色字體吸引了他的目光……

「本書由作者……親身經歷改編？」

這句話令他對這本書的作者產生了一些好奇，究竟會是個怎麼樣的人寫的作品？

也會是一個不被現實打倒、勇敢活下去的人嗎？

想到這，路星辰有點激動。

已經很久沒有感受到自己的心臟跳動，停不下來的血液沸騰，漸漸在他體內激烈地澎湃著。

他突然有個念頭。

他不想自殺了，他想活下去，因為他想要看到這名少年的結局。

他也想看到孕育這部作品的作者，能夠寫出這樣內容的作者……

拿出過去存的所有零用錢，路星辰瞞著杜陽昕「遠渡重洋」參加「梔子」的簽書會。

而且還是長達數星期的夜排。

路星辰一個十六、七歲的少年，揹著行囊、手裡拿著父親留給他的黑色耳罩式耳機，獨自來到這個對他而言陌生不已的土地上，即使過去這裡過去對他來說有著密不可分的關係，但距離他再度踏上這塊土地，已經隔了多年的光陰。

這段時間長到他連母語怎麼說都忘光了，怎麼還會記得這些連結？

對現在的他來說，這就只剩有他想見的「梔子」，而他也一次次地拿出那張皺起的紙條，彷彿在一一確認上頭的文字有沒有遺漏……

隨著時間一分一秒過去，天邊迎接第一道日出。也因為人越來越多，過去被霸凌的恐懼令他很害怕，就戴上那副黑色耳罩式耳機，打算就這樣去見「梔子」。

而也在工作人員宣布下，「梔子」的簽書會正式開始。

路星辰拿到了一號的號碼牌。

身上所有的糧食已被他消滅殆盡，他這幾天只靠著飲水果腹，飢餓不已，顫抖的纖長手指緊緊抓著手裡寫著「1」的紙牌，另一手裡拿著的是從工作人員手裡拿到「只有排前十」的讀者粉絲才有的吊飾特典，熱切期盼著能見到「梔子」的那一刻。

卻沒想到一踏入會場，才發現「梔子」戴著特製的面具、沒有露面，但還是以親切的語氣向自己打招呼並詢問該簽給他的署名。

路星辰感到緊張，也因為過久未講母語而生疏不已。正當他意識到將自己的名字說錯時，他卻注意到「梔子」白皙的手上有著明顯的心形疤……

他心頭一顫，在寬大的黑色背包內不斷翻找著東西，就在工作人員制止的情況下，他遞給了「梔子」一張陳舊的便條紙，便慌張地抓起已完成簽名的書本及大掛軸離開現場。

只不過就是在離開前，還依依不捨地回頭瞥了她一眼。

一回到美國的他，就被驚慌不已的杜陽昕下了禁足令……縱使他很想再參加她之後的簽書會、即使他很想再見到「梔子」。

然而路星辰沒想到，過了一年，當他結束受邀參加電競戰隊的測試後，在前往機場的路上因坐錯方向而迷路，深夜裡一個人坐在超商內徘徊發呆，卻意外地見到「梔子」的真面目。

熟悉的聲音說到同個書名，也確認了她的手上也有一模一樣的疤痕後，路星辰的眼裡就再也只有她了。

但見到她本人的喜悅，卻在聽見她不想寫了以後被全數沖刷消散，也彷彿在他心中投下了一枚震撼彈。

＊

「……是。」路星辰似乎也感到不好意思，遲疑了片刻才說出真實的解答。

顧熙梔聽到一直以來心中疑惑的解答後，雙手扶著一瞬間因情緒而羞紅的臉頰。

「鼽！」突然，顧熙梔的口中發出了個單音，她似乎是放鬆下來，雙腳一軟，直接跪坐在地面上，有些氣惱地以手拍了拍她的大腿，「所以我跟自己吃醋了那麼久嗎?!」

而聽見她這麼說，路星辰睜大了那似小鹿般的雙眼，一時之間忘記了呼吸，結結巴巴地說：「我、我……可以把……妳、妳妳妳……這、這句話的意思當作是……」

「我……」顧熙梔這時才意識到自己剛剛說了什麼，但又因為路星辰此刻的反應太過有趣，忍不住地笑了出來。

路星辰也坐到地面上，一雙眼露出認真的神情並與顧熙梔平視，同時拉起她的手至唇邊輕輕碰了下：

「……熙熙，我現在要說的話很認真。」

顧熙梔見他露出似比賽場上那般的眼神，霎時裡正襟危坐，但也被他的舉動給驚到，一張臉熱得都快冒出煙。

「起初我只是想看看……能寫出這麼感動人心作品的人。」路星辰眼裡閃爍燦爛的光，深深地望著眼前的女孩，「原本只是想要和妳待在相同的空間裡，但第一次見到妳本人後，那雙眼、那對眼神真的讓我沒辦法忘記，是受過什麼樣創傷後站起來的人，才能擁有這種表情。」

聽到這，顧熙梔面紅耳赤，早已害羞地抬不起頭。

「我就像飄渺在宇宙的衛星，沒辦法自己發光，是被妳的光芒與引力所吸引……」路星辰邊說話的同時，他的額際輕輕抵在顧熙梔的額上，前額碎髮細碎，像是柳樹花絮低語般撓著彼此，「等我意識到的時候，身體已經不由自主地往妳那邊靠近、已經無法不繞著妳轉了。」

路星辰起身轉換了動作，但手裡握著的溫暖他仍舊沒有放開：「熙熙，妳願意……繼續讓我一輩子都繞著妳轉嗎？」

而此時在顧熙梔的眼裡，眼前的他就像是單膝下跪一樣，令她熱淚盈眶。

「好……」起初是一滴、兩滴淚水緩緩滑落，但在顧熙梔開口回應的那瞬間，她抬頭望著路星辰眼底，映照著自己滿是星星的一雙眼後，哽咽地泣不成聲。

「別哭……」路星辰再度慌了手腳，只得把眼前不斷落下珍珠的女孩擁入懷中。

一輩子。

就算世界終結也不放手。

✷

電競館的會場內，所有電競迷此時摒氣凝神、全神貫注地將視線投放在場館的大螢幕上。

Redefined戰隊位處紅色陣營，一路殺進對手位於藍色陣營的堡壘。

三個、四個、五個……

由對手操作的角色一個個接連倒地不起。

接著，臺下漸漸有人開始高舉雙手，為得就是等待那一刻的到來。

鋪天蓋地的尖叫聲、如雷般的掌聲響遍整個場館內，大螢幕上此時宣布著Redefined戰隊獲得了季後賽的勝利。

他們以三比零擊敗了所有人看好的ATP戰隊，斬獲了該年度季賽的冠軍獎盃，同時也獲得了出席世界大賽的資格。

而這一次，顧熙梔再也沒有任何阻礙，終於能以Redefined戰隊後勤人員身分，隨隊一同出國比賽。

第二十五場遊戲　約定

美國，洛杉磯——

此刻人聲鼎沸、喧鬧不已的電競比賽場館外，一面巨大的電視牆上播放著新聞臺的節目。女主播穿著整齊的服裝，專業地報導著一則插播新聞：

ＬＦＦ世界大賽的冠軍賽，將由全新的挑戰者・**Redefined**戰隊！挑戰去年的冠軍隊伍——來自北美的ＴＪＬ戰隊！

這一支戰隊只用了不到兩年的時間就打進世界大賽！也雖然他們在第一場小組賽事中就落敗，但之後的比賽裡他們一路勢如破竹、殺進最終的冠軍戰！

而本季的世界冠軍究竟會由誰奪下……

女主播的聲音充滿著奮與緊張，她繼續報導著比賽的重要資訊和參賽選手的精彩表現。電視牆上的畫面不斷切換，重現選手們在比賽裡的高超操作和驚人的技巧。

這時，有一名約莫二十六、七歲年紀的男子斜著身軀、姿態慵懶地倚靠在滿是亂塗鴉的水泥牆邊，雙手插著口袋，但他一雙紫羅蘭色的雙眼卻炯炯有神地緊盯著新聞裡的畫面。

一直到那則新聞播畢，男子的雙手才緩緩從口袋伸出，他小幅度地搖搖頭，露出的淡淡笑意漸漸延伸至那雙眼裡，隨後轉身，舉步想往另一個方向前進。

入秋的涼風吹起一陣枯黃落葉，天上的雲也遮蓋住陽光。此時昏天暗地，也更顯得那人背影滿是孤寂。

而可以見到的是那名男子外套背後印著的圖案是一個大大的藍色圓，裡頭有對白色翅膀的圖案，而下頭的英文字正寫著LuoLuo。

卻在此時，後頭傳來一個少年焦躁的叫喊聲：「哥！你要去哪？」

那名男子停下腳步，但也沒有回過頭。

少年似乎是被他的行為激到，急忙奔上前，一把抓住他的手，因為氣惱的情緒而將之大力甩動。

「哥！」

下一秒，陽光重新擁抱大地，才看充滿清焦急情緒的少年正是李承翔。

＊

顧熙梔對於他們打進最後的冠軍賽都還沒有真實感。

她的心中忐忑不安，呼吸也跟著急促了起來，在臺下昂首望著此時坐在臺上的五名少年，分別在閉目養神，或是正以暖暖包的熱度保持自己的手感。

然後路星辰……正回望著她。

他的眼神彷彿是劑定心丸，顧熙梔的眼睛亮了亮，對著臺上的少年淺淺一笑。

彷彿這群少年個個挺拔的身影站在基地內、站在鑲於牆內的櫃子前，喊著隊呼與宣言都還是昨天的事。

但也就在那一刻，她親眼見到……路星辰笑了。

而且還笑得無比燦爛清爽。

顧熙梔眨眨眼，激起的淚意與鼻間的酸澀感，正提醒著她陪伴這支戰隊站上世界的舞臺。

想起當時確定打進最後的冠軍賽時，幾名少年就站在世界的舞臺上，享受著底下觀眾情緒熱烈、激昂的歡呼聲，她激動地奔至臺上，想盡快趕至他們的身邊。

路星辰驚呼，他嚇了一大跳，有些慌張地想去伸手去扶住她：「妳的腳……」

「最近……」顧熙梔握住路星辰朝自己方向伸出的手，也對著他笑了下，「已經不太會痛了。」

「那就好。」路星辰長吁一口氣，揚起手，溫柔地攬過顧熙梔的肩，將兩人的距離拉近，並感受著對方的溫度。

而接著，不知道是在一旁的廖飛祈有意無意地大喊著「集合」，聞聲的兩人都驚地縮起肩膀，在迅速地分開以後，顧熙梔還轉向另一側，害羞地摀住臉。

路星辰見狀，忍住了笑意，就要往戰隊其他人聚集的方向前去時，彷彿想起了什麼，輕輕揉了顧熙梔披散在肩上的髮。而他同時也笑得燦爛，開口：「熙熙……」

顧熙梔下意識以手撫著剛剛被他碰觸到的地方，似乎也敲響了心中的鈴聲，由少年遞出的紙片內容，是那深深刻印在心底、如同星河般璀璨的記憶。

「不論發生什麼都不要低下頭，就算面前只有陰影，但只要回過頭就會發現身後有陽光！」路星辰的笑容奪目，他在說完以後，唇畔輕輕拂過顧熙梔的額，隨後朝舞臺的方向前去。

顧熙梔的唇畔彎起、笑顏逐開，她的一顆心撲通撲通地跳動著，目送五名少年的身影前往最後的戰役。

終於是最後一場比賽了。

而在負責轉播賽事的主播出場後，比賽將要揭開序幕——

「各位午安！我是今天的主播David！很榮幸能為各位帶來這……」

顧熙梔緊張到心跳聲已經大過所有的聲音，視野周遭漸漸泛白……她愣愣的目光望向大螢幕，只見到

Redefined戰隊那方已完成最後的選角環節，大螢幕上一出現「高舉神聖之破邪劍的少年劍神」的角色圖時，她突然笑了出聲，一瞬間裡回憶如雪花般全都湧上心頭。

當時接觸這款遊戲，好不容易摸索到能跟玩家對戰，卻在剛出新手村就遇上超級高手，舉著劍的少年劍神在遊戲內衝來衝去。顧熙梔只記得那天晚上，她們寢室內所有人的螢幕一直都是灰白色的。

一直到路星辰以「小星星」的身分來私訊她，才有了作者與書迷之間以外、屬於他們一切的故事後續。

顧熙梔還想起之前第一次去現場看Redefined戰隊的比賽，那時自己因為要獻花而一步一步走到他身邊，被他的眼神盯著不放。當時的她真的不明所以，直到不久前才知道真實的原因……

她也才知曉，原來他們就像擁有宇宙的引力一樣，是會互相吸引的。

大螢幕上轉播著交手的雙方都開始組織第一次的戰鬥，也在所有觀眾的驚呼聲下，就見Redefined戰隊的選手們從對手的身後冒出攻擊！

「原來Redefined戰隊要來玩鬼抓人了！」主播David激動地直接從播報臺上站起來，「一個、兩個！ＴＪＬ戰隊要被剃光頭了！」

現場觀眾的情緒隨著熱血的轉播和快到不行的語速而澎湃，越發激昂的氣氛竄升至最高點！

顧熙梔回想第一次看Redefined戰隊的比賽，就親眼目睹他們打出令對方滅團的完美團戰。於是她抓緊機會，手指朝相機快門不斷按著，想捕捉這些值得紀念的每一刻。

也或許是從那一刻開始，顧熙梔就喜歡上了這支隊伍，總是能令人出乎意料，就像能重新定義一切，也帶給所有人不同程度的衝擊。

這一波團戰給了Redefined戰隊極大的優勢，也趁著ＴＪＬ戰隊元氣大傷時，攻進了第一道防線。

冰涼的氣息蔓延在顧熙梔的指尖上，她將它們放到自己的嘴前呵氣，並大力地搓揉著十指，想讓它們都恢復些溫度。

隨著ＴＪＬ戰隊在輸掉前面的團戰後，似乎也已經氣力放盡……而Redefined戰隊就抓緊機會，直接攻進了ＴＪＬ戰隊紅色陣營的深處。

「現在我們看到Redefined戰隊大舉進攻！已經殺進去ＴＪＬ戰隊的家裡啦！ＴＪＬ戰隊已經無力回天！」主播David大聲吶喊，更是興奮地直接在主播臺躍起。

然後就在觀眾的歡呼聲伴隨下，Redefined戰隊的五名成員攻下了紅色陣營的堡壘！

剎那間，場館大螢幕投射出代表Redefined戰隊的隊徽——不死鳥鳳凰如同浴火重生般，好似將要奔馳而出。而顧熙梔看見了這一幕，激動地摀住自己的嘴，淚水在這一刻更是不敢置信地奪眶而出。

一直到肩膀上傳來一陣力道，顧熙梔回過頭看見葉澈哭得唏哩嘩啦的一張臉，兩人紛紛伸出手與對方交握，隨後一同往臺上的方向奔去，迎接屬於他們的榮光。

✷

賽後，Redefined戰隊的成員們正一個個接受訪問。

顧熙梔卻發現路星辰回過頭，正以眼神向她求救，尚不明就理的她還是立馬趕至他的身邊。

路星辰一把拉過顧熙梔，大手包裹著她還稍嫌冰冷的手後，對著她眨了下眼。

「請問Star選手，現在的心情是？」外國記者的一雙眼有趣地在兩人之間看來看去後，露出一臉「她懂了」的曖昧表情，迅速地拋了個問題後，將手裡的麥克風遞到路星辰的面前，面露期待地望著眼前面對鏡頭還很生澀的少年。

顧熙梔一頭霧水，不太理解路星辰這麼做的用意。

路星辰笑望著顧熙梔，沒思考就直接回答出：「現在心情很好，因為我完成跟一個人的約定了。」

對於略懂英文的顧熙梔，在他語音落下後的第三秒鐘才消化完那些意思，深深地倒抽了一口氣，也開始感覺到自己耳尖開始發燙。

「請問Star選手，我們知道有很多隊伍聯絡過你，那之後有什麼打算嗎？」外國記者又問。

路星辰在聽完對方的提問後，想都沒想地就將脖子上那面金燦燦的獎牌摘下，在所有人還沒回過神時，就直接往顧熙梔的身上套，還以手指將那面獎牌調整到他滿意的位置後，才笑著回應：「有她在的地方，才會是我在的地方……」

而他似乎對自己的回答還有不滿意的地方，輕輕咳了一聲，又再緊接著補充：「啊，當然！……這不會是我最後一次拿世界冠軍，以後還會有很多，全部……都會給她的！」

路星辰握了握掌中逐漸回暖的手，與顧熙梔相視一笑，低下頭吻住了她的雙唇。他隨後便不顧在場還有其他媒體想採訪，在鎂光燈不斷閃爍中緊緊牽著顧熙梔的手奔離現場！

外國記者伸手推了下臉上不知道從哪拿出的墨鏡，似乎是覺得只帶一副不太夠……閃光彈，真是炫目致盲！一眾隊友見狀後，更是紛紛捧腹大笑。而站在一旁的葉澈與王成瀚，臉上的無奈展露無遺，目送兩人肩並肩跑出比賽會場的身影，同時也無聲地嘆了口氣。

「我穿越了光年，很高興終於能遇見妳，是妳給了我光，我就把整個宇宙都給妳……」

路星辰與顧熙梔不知道跑了多遠，直到兩人意識到身處在充滿黃色花瓣繚繞的場景時，兩人的目光交疊、彼此間相視一笑。

「謝謝妳，也剛好喜歡我。」

番外之一　那些妳所不知道的事

路星辰獨自一人坐在Redefined戰隊第一練習室內，全神貫注地直視著眼前的電腦螢幕，深怕遺漏了絲毫可能的訊息。

操縱著滑鼠游標的手緩緩移動到遊戲頁面右上角那醒目紅色叉叉上，在彈跳視窗提示著他「這個帳號往後可能會被禁止參與遊戲」*，但路星辰還是選擇了退出遊戲。

下一秒，他的目光移到手機裡，那則限時動態照片中拍到的遊戲帳號ID，而後他擰著一雙劍眉，抓起筆，在紙張上一筆一畫地反覆書寫，最後大功告成般地吁出一口長氣。

路星辰搓揉自己的掌心，他的心此刻忐忑不安，眼神飄忽不定地再三確認身後沒有旁人後，才緩緩開口，像是個嬰兒般牙牙學語、結結巴巴地將字的讀音唸出：「ㄒㄧㄒㄧ……？ㄖ、ㄖㄤˇ ㄖㄤˇ？」

熙熙攘攘、熙熙攘攘、熙熙……攘攘。他在心裡又反覆將這幾個字唸了幾次，直到深深地烙印在他的心底，是久久不曾抹去的一道印記。

路星辰是直到感覺他的耳朵發熱，才透過一旁的窗戶反射發現自己早已滿臉通紅，而他的心臟就像一面鼓一樣，不斷地在被敲擊，發出他難以控制、彷彿在平淡無波的海面震出驚天巨浪，心跳都快要從嘴裡躍出。

手心在衣褲上抹去不斷冒出的汗，衣料織品的纖維與皮膚的接觸，更是好像隔著一層薄紗在心尖上不斷地

---

* 遊戲針對中離（跳game）的玩家會給予一定的懲罰，像是停權時間從一個小時到七天不等，會下一次在登入遊戲時看到懲罰的時間。因為會帶給其他玩家不佳的遊戲體驗，請不要模仿、學習這個做法。

騷亂著。

接著路星辰重新打開遊戲頁面，眼前只見到因為受到中離而受到的懲罰——停權時間的影響而變得灰暗，不再是色彩鮮明的頁面。

隨著時間一分一秒地流逝，路星辰再次點擊那個參與遊戲的按鈕，這是他今天已經重複近千次的動作。而他只是靜靜地坐在那，彷彿是幅美麗的藝術畫般，也沒有因等待時間過久而有任何地焦躁情緒，好像就是在等待著那一刻、好像等待著流星劃過天際，能再與她相見的那瞬間到來。

番外之二　那些所謂不打不相識

「可惡……可惡！Star對不起，我可能沒辦法完成當初的約定了……」廖飛祈嘴裡不斷重複著這一句話，他咬著牙，任憑無聲的溫熱淚水不停滑落。

他的指尖揪著自己掌心、自己的髮以及手臂的肌膚，想藉由這些快將自己撕碎的力道來令苦楚減緩。

「對不起……」

那壓抑著的隱隱啜泣聲，在深夜裡更顯得哀戚。

也不知道過了多久，只剩下星月還留守夜空，大地一片寂靜。

從Redefined戰隊基地的一號練習室裡傳來規律的淺淺呼吸聲，而這時，一個身影悄悄地走了進去。

頭頂上的那盞檯燈還開著，但主人卻早已哭累，趴在桌上沉沉睡去。

路星辰靜靜地倚靠在廖飛祈身旁的空位，凝視著他一頭扯得凌亂的頭髮，以及那雙腫得跟核桃般的雙眼，無聲地嘆了口氣。隨後他小幅度地挪動上身，抬起手，將手裡捏著的那罐能量飲料輕輕擺在廖飛祈桌上。

接著，路星辰張口想說些什麼，但卻欲言又止。他蹙著眉，目光緊揪著廖飛祈的身影不放，眼眶中也升起一層薄霧，在終將潰堤之時，少年般的嗓音嘶啞不已：「再一年，好不好？」

而路星辰說完的同時，也強忍著淚意，大步奔出了練習室。

原先還趴在桌上一動也不動的廖飛祈，在少年奔出練習室後，緩緩地抽回自己的雙臂，也活動了下自己僵硬的脖子。視線在接觸到桌上那罐能量飲料後，他伸手去拿，在冰冰涼涼的罐身甫接觸到掌心後，往事頓時倏地湧現。

✷

「二哥還我啦！」

「追得到就還給妳！」

「嗚啊啊啊～」

一個四周牆壁泛黃、爬滿壁癌的大通鋪房間，三、四個不同年齡階層的孩子在嬉戲打鬧著，而廖飛祈此時正在收拾他的行李，他抬起頭，目光正巧對上下班後剛從客廳進來的母親。

「小祈，這樣真的好嗎？」母親再一次問，臉上露出的是數不盡的擔憂。

「嗯，我決定好了。」廖飛祈不厭其煩地應答，同時也將手裡的衣服摺好，在一旁疊成一座小小的衣服塔。

「我只是擔心，這條路走不長……」廖母扶著額，彷彿快要暈過去一樣，「你也知道之前電視有在講，什麼出國打電動回來還是要去搬貨。」

「媽……」廖飛祈整理動作的手一頓。

「你爸爸出事以後，我們家的希望都在你身上了，你弟妹都還小，要是學費繳不出來的話……」

廖飛祈見母親一副快要哭出來的模樣，按捺著性子，拉著她到自己身旁坐下，好聲好氣地解釋他所選擇的未來是條什麼道路。

只因為他始終在「對他抱有期望的人」面前，保持著品學兼優的形象。

「當工程師不好嗎？就一定得要休學去打電動嗎？唉，都唸到大四了……」說到這，廖母已聲淚俱下。因為她不明白，從小乖順的大兒子怎麼會到了這時卻開始叛逆？

「媽，但這是我的夢想！」牙一咬，廖飛祈終於脫口說出壓抑多年的真相，「況且我還是會有薪水啊！我會幫忙分擔家計的！」

「那你跟媽做個約定！若是在你二十四歲以前沒有打出成績，就得乖乖復學，畢業之後好好給我去當工程師！」

＊

「你們選手主要會用這間一號練習室，座位的話……我看你們就先選自己喜歡的吧。」葉澈望著眼前正東張西望、對基地環境都還感到好奇的兩位選手眨眨眼。

「是。」廖飛祈先回過神，一如往常保持他既有的形象。

「好！」

這是個十分有朝氣的回應，也令廖飛祈的目光朝身旁站的人望去。那是一名將瀏海以髮圈固定成像蘋果頭的少年，而蘋果頭少年也注意到廖飛祈正在看自己，便咧嘴一笑，朝他揮手：「嗨，我是季懿凡～季是季節的季、懿是美好的意思、凡是平凡的凡！不會讓你『記憶』很『煩』啦！」

聽完他整串話，廖飛祈僵著臉，在頭上冒出三條黑線之前，開始向上天祈求自己未來耳朵能好過一些。

然而上天應該是有收到廖飛祈的願望。

所以第三位來報到的選手，可以說是跟季懿凡截然不同的類型。

例如在報到的第一天，葉澈要他向所有人自我介紹。但他全程面無表情、只低聲說了個「Hello」後，就走到空位上，戴起他那黑色的耳罩式耳機，沉默地排起了一場又一場的對戰。

也因為散發出的氛圍太過抑鬱，導致他們沒人敢接近。至於他叫什麼、在遊戲裡打哪個位置，也是後來問葉澈才曉得的。

雖然目前戰隊成員只有三人，但廖飛祈依舊主動約了其他兩人練習。

「欸！對！就是那裡！上上上！」廖飛祈擔任藍色陣營的主call，負責協調團戰事宜。

「OK！這波交給我！」季懿凡的遊戲風格就如同他平時說話一樣，像是一陣風暴，走過路過都寸草不生。

廖飛祈很滿意地看著此時遊戲裡，一個個位於紅色陣營敵人倒下的畫面，那種與高強度隊友合作的順暢感，是自己獨走時享受不到的。

但此時他那雙狐狸眼輕輕瞇起……若真要說有什麼他不滿意的，應該就是隊伍裡有個人都不開口溝通吧？

而這時，季懿凡驚天地、泣鬼神的聲音透過耳機傳來，彷彿要將整個空間撕裂，「Fly！小心敵襲啊啊啊！」

廖飛祈很快地反應過來，他忍住扯掉耳機過去揍人的衝動，壓低嗓子回應：「在哪裡？」

「你右邊！離你很近了！」

廖飛祈瞥了眼地圖畫面後，注意到在自己附近的不只有敵人，還有那位始終不開口說話的隊友……

但說時遲，那時快，敵人強勢發動一波進攻，使得廖飛祈來不及抵擋，遊戲畫面就逕自變為灰白色的。

起初廖飛祈並未想與他計較。

但經過了無數場戰役後，廖飛祈終於受不了了。

怒氣沖天，廖飛祈將耳機往桌上一摔，同時倏地起身，大步往路星辰的所在前去。

首先注意到情況不對勁的是季懿凡。

「喂！你到底搞什麼？」廖飛祈一掌拍在路星辰的桌上，也令他擺著的書籍在瞬間東倒西歪。

路星辰木然地望著廖飛祈，似乎不懂他生氣的理由。

廖飛祈母親的那段話語不斷縈繞在他的耳畔，也是他夜半惡夢的由來。所以在見到路星辰的反應如此，心中更是氣憤難耐。

「你……」季懿凡彷彿嗅到氣氛不對，本想起身打圓場，但卻在電光石火之際見到廖飛祈朝著路星辰揮出拳頭。

「碰──！」

季懿凡不敢看，他連忙閉上眼，直到碰撞聲接觸耳膜後才緩緩睜眼。卻見到看似弱不禁風的路星辰毫髮無傷，而大片的紅腫傷痕倒反而出現在廖飛祈的臉頰上。

「哇嗚～」

季懿凡注意到路星辰的眼神變了，便吹了聲口哨，目光也朝葉澈目前所在的樓層望去。隨後便挪動腳步，向那頭方向扯著嗓子嚷嚷：「澈哥，我肚子餓啦！帶我出去覓食！」

「不想認真打就給我滾！沒幹勁也給我滾！」確認整個基地只剩他們兩人後，廖飛祈對著路星辰大吼，同時也撲上前，扯著他的衣領不放，接著拳頭就想往他臉上招呼。

但路星辰哪裡會任由他擺布，被記憶勾出的情緒使得額角那條疤痕充血，如同他的眼白也因為被激怒而變得深紅。

兩人激烈地纏在一塊，廖飛祈發現自己始終屈居下風，但路星辰卻有意無意地避開他的手不去攻擊。也在一時之間，他倆扭打不慎，竟將路星辰桌上的書籍全都弄掉了。

而廖飛祈只記得，在瞬間裡聽到路星辰發出驚呼，並且他不顧手會有受傷的可能，飛身去救回將要落地的那幾本書，然後以奇怪的腔調低吼：「你……都、都……都不知道！就不要、不要講！」

「你……」廖飛祈察覺他的語句有些奇特，但還是悻悻然說著：「所以呢？你到底想怎樣？不想打就給我滾回去！」

似乎是聽懂了關鍵字，路星辰緊緊抱著手裡的書不放，他這時以流利的英文說道：「我有個很重要、很想再見到的人……我想爬得跟她一樣高，然後站在她身邊。」

＊

事後，因為廖飛祈臉上清清楚楚的「事證」，葉澈還是對兩人打架的事件做出懲處。

而廖飛祈被葉澈帶進休息室談了一上午，在推門離開時，一眼就見到正在外頭拖地作為懲罰的路星辰。兩人的目光交會，但此刻空氣中只有尷尬，因此廖飛祈立馬別開臉。

廖飛祈本想頭也不回離去，但葉澈的叮囑言猶在耳。於是他繃著臉，在記憶庫找尋對應的英文字詞後，對著路星辰開口：「那個作者，我知道她……」

「你知道？」路星辰很高興能聽到熟悉的語言，心中頓時有種得救了的想法產生。

「是，她蠻知名的。」廖飛祈點點頭，也拿起一旁的乾拖把，放入水桶中浸泡，「但……要爬到跟她一樣的高度，可能就要拿下世界冠軍了。」

「這樣啊，我知道了。」路星辰愣了愣，但眼底閃過一瞬光彩。

「那，我們就有一樣的目標了。」廖飛祈擰乾拖把，開始在地上留下一道道痕跡，「我們該幫助對方拿下世界冠軍吧？」

「那做約定要……打勾勾嗎？」路星辰面無表情地伸出小指。

「好噁心，我不想跟你。」廖飛祈起了一陣雞皮疙瘩，幾乎是以最真實的面貌，他臭著一張臉，向路星辰伸出拳頭。

路星辰雖然愣了片刻，但也隨即意會過來，馬上握起拳，「嗯，我也不太想。」

下一秒，兩人都向對方伸出拳頭。但這一次，是與彼此之間訂下了約定。

＊

早晨，路星辰還是維持平時的晨跑習慣。

他在經過一號練習室時，有些不放心地走進裡頭，想確認廖飛祈的情況。

昨晚還趴著睡著的人已經不在，而他座位上的一切已如平時擺得整整齊齊，彷彿什麼都沒發生過一樣。

但在路星辰要離開練習室時，他的目光卻被自己位置上的情況給吸引住……

路星辰走近一瞧，看見電腦螢幕的邊框上，貼了一張醒目的黃色便條紙。他伸手將便條紙取下，而那上頭只寫著一個字。

「好。」

路星辰唇角一勾，露出了淺淺的笑意。

番外之三　那些夫妻相性五十問

Redefined戰隊一群人浩浩蕩蕩坐在向咖啡廳租借的包廂內，接受由劉家家帶領的媒體組別專訪。

「那麼最後一問，希望由Star選手來回答……」劉家家的視線精準捕捉到頻頻躲藏在顧熙梔身後的路星辰，接著她露出不懷好意的笑容，說：「你有想對粉絲說的嗎？」

而當事人的「高冷病」過了這麼多年也還是沒治好，被點到名後心不甘情不願地露出頭，見顧熙梔正盯著自己，僵笑之下才勉強擠出答案：「以後會……繼續拿出更好的表現，謝謝大家。」

語音未落，劉家家和Redefined戰隊，以及包含顧熙梔在內的所有人都快憋不住笑了。

「噗！」而季懿凡還直接笑噴出聲，再度被葉澈敲響了一記腦袋。

「組長……？」一直站在劉家家身旁的女孩是新人小珊。她見在場的眾人笑倒一片，不解地望向自家主管。

「……好，今天的訪問就到這邊結束，辛苦大家了！」猛地想起身旁還有新人，劉家家急忙擺回專業的姿態，最先停住了笑意。她關上錄音筆，從沙發座椅起身的同時，也十分恭敬地欠身，「也再次恭喜Redefined戰隊拿下第三次世界冠軍！」

「劉小姐，這次也非常謝謝你。」葉澈朝劉家家一笑，並向她伸出手。

「不會！我們才要道謝呢，讓我們有專訪可以寫！」劉家家伸手回握，兩人也在交談之間一同走出包廂。在一旁的小珊見狀，連忙收拾好採訪的物品，急匆匆跟上劉家家的腳步。

「耶結束啦～」看到沒大人了，金榮禧高興地跳起來。

「接下來終於是休假了！但我好餓，該先來吃個晚餐。」季懿凡說到最後，露出十分哀怨的表情。

「欸欸，我們去我哥那邊，聽說他最近開發的AI遊戲不錯玩！」李承翔搭上金榮禧和季懿凡的肩膀，三人你一句我一句，愉悅地走出了包廂外。

而走在他們後頭的是王成瀚和廖飛祈，前者隨口一問：「你這次休假還是直接回家嗎？」後者聞言，唇角露出淡笑，但狹長的狐狸眼看不出情緒，「是啊，畢竟我弟妹都還小……」

一群人的聲音漸遠，四周倏地安靜下來。整個包廂就只剩下顧熙梔和路星辰兩人。

「我們，回家嗎？」顧熙梔能聽見自己的心跳聲，她也感受到自己逐漸升溫的臉頰。

「嗯，回我們的家。」路星辰牽起顧熙梔的手，他的目光慣性掃過與她牢牢貼在一塊的掌心，彷彿是在親眼確認她的存在。

「好。」顧熙梔回握住路星辰的大掌，沁出熱度的臉頰撒嬌般往他的臂一蹭。肌膚感受到幾縷髮絲滑過，如同撩撥他的心弦，因此路星辰發出警告似的低沉嗓音：「熙熙，別鬧……」

「嘿嘿。」顧熙梔咧嘴一笑，然後想裝作沒事般拉著他的手向前進。

但下一秒，顧熙梔整個人的重心被向後帶，直到路星辰的臉在眼前放大，而那股多年來也沒有改變的氣息逐漸籠罩住自己。

她決定閉上眼享受這一切……不過馬上就有不解風情的咳嗽聲，打斷了即將到來的發展。顧熙梔循著聲音的來源，抬眼望向包廂門口，才發現是劉家家正好整以暇、雙手抱胸站在那欣賞好戲。

「我知道我來得不是時候啦！但……」劉家家雙手一攤，聳聳肩道：「我想拜託你們給我們家新人一個練習機會。」

*

顧熙梔和路星辰兩人坐在方才那間咖啡廳的一個角落位置，對面正坐著的是劉家家組內的新人小珊。

而此時，顧熙梔卻注意到路星辰怪異的神情。

「怎、怎麼了嗎？」雖然路星辰是因為在她的遊說下才答應的，但顧熙梔依舊擔心他會直接起身離席。

「我只是覺得……好像怪怪的？」路星辰發揮出在遊戲中的敏銳度，觀察出他所認為的不對勁之處，「就是……怎麼這家咖啡廳除了我們，一個人也沒有？我們專訪會租包廂不就是怕會打擾人嗎？」

他的話一出，顧熙梔和小珊都嚇了一跳，而後者更是結巴起來：「啊、嗯，那個……」

「老闆說他老家有事，臨時關店了。」劉家家接完一通重要電話後，從外頭走了回來，正巧遇上這危急時刻，「但因為我是他熟人，說把店交給我沒關係。」

「原來是這樣。」路星辰點點頭。

「那小珊，你們先開始吧！」劉家家望向小珊，也拿起手機向她示意，「但我這邊還有急事要處理，但我人就在大門外，妳這邊一有狀況就馬上來找我，知道嗎？」

「好的！那我們就開始《戀人相性五十問》的採訪了！」

小珊用力點點頭。而緊接著，她馬上就開始了練習訪問的第一道題目。

1. 請問你的名字？

「顧熙梔。」

「路星辰。」

2. 年齡是？

「二十六。」

「二十三。」

3. 性別是？

「女。」

「男……」路星辰皺眉，低聲對顧熙梔問道：「這個，不是很明顯嗎？」

顧熙梔僵笑，片刻後才回應：「星星，好好回答啦！」

4. 請問你的性格是怎樣的？

「懶吧，所以佐藤編輯又要追殺我了。」

「不喜歡說話。」

5. 對方的性格？

「很可愛！」顧熙梔秒答。

「可……愛？」而路星辰一愣。

「對啊，譬如現在！」

「……」

6. 兩個人是什麼時候相遇的？在哪裡？

「在簽書會上吧？好像有點久之前了……」

「熙熙根本忘記。」

「我才沒有！你給我的便條紙我一直好好收著，那是支撐我的力量耶！」

7. 對對方的第一印象？

「便條紙！」

「她帶著面具。」

8. 喜歡對方哪一點呢？

「一直陪著我吧？度過了很多重要時刻。」

「熙熙的每一點我都喜歡。」

9. 討厭對方哪一點？

「採訪時不愛說話有點困擾……但其實有點可愛。」

「那，是討厭還是不討厭？」路星辰疑惑問。

「不討厭，最喜歡你啦！」

「那就好。」

10. 你覺得兩個人合得來嗎？

「合呀！」

「哪裡都合。」

11. 如果以動物來做比喻，你覺得對方是？

「狗狗！」

「熙熙像貓。」

12. 如果要送禮物給對方，你會送？

「我最近在學按摩，希望每天都可以幫星星放鬆一下。」

「宇宙。」語畢，路星辰望著顧熙梔，眼神十分認真。

「太誇張了啦！」

13. 那麼你自己想要什麼禮物呢？

「我只要星星在我身邊就很滿足了！」

「我好開心……」

14. 對對方有哪裡不滿嗎？通常是什麼事情？

「有話不說的時候吧？」

「對熙熙不會不滿。」

15. 你的毛病是？

「太懶！」

「腕隧道症候群……嗯？是問這個嗎？」

16. 對方的毛病是？

「長太好看，每天醒來心臟都被爆擊！」顧熙梔望著身旁的人，笑出聲。

「抱歉……」路星辰面露一絲無奈。

17. 對方做什麼事情會讓你不開心？

「逞強。」

「……稱讚別的男人。」

18. 你做什麼事情會讓對方不開心？

「欸?!難怪我以前說J很強的時候……」

而顧熙梔的話說到一半，就見到路星辰可憐兮兮地抿唇點頭，模樣令他看似有對垂下的無辜狗狗耳。

19. 你們的關係到達何種程度了？

小珊甫問完，抬眼便見兩人各自撇開臉，而臉上的神情可以說是特別精彩。

「……哈、哈哈。」顧熙梔正尷尬地望著窗外乾笑著。

「……」另一邊的路星辰則是摀著臉，但發紅的耳根卻好好地出賣了他。

20. 兩個人初次約會是在哪裡？

「電競館！」

「再……一起去？」

「好啊。」

21. 那時候倆人的氣氛怎樣？

「我、我不知道……但我很害羞。」

「我也是。」

22. 那時進展到何種程度？

「他殺了我很多次的程度吧？」顧熙梔大笑出聲，在路星辰投射過來的視線後才有些消停，「哎唷我說……在遊戲裡啦！」

「下一題……」

23. 經常去的約會地點？

「其實我們不常約會！真要說的話，就是家裡了吧？」顧熙梔說到這，視線往路星辰的側臉望去，接著她話語微頓，也淡淡笑著，「因為有些人追星追得太不理智了。」

24. 你會為對方的生日做什麼樣的準備？

「今年送給他皮夾，然後煮一頓好吃的給他。」

「熙熙都說沒有想要的，所以我都會跟澈哥請那天的假，再看她想做什麼。」

25. 是由哪一方先告白的？

「我不小心脫口，然後星星就告白了。」

「其實有好幾次我都錯過……」

26. 你有多喜歡對方？

「無法用言語形容呢！」

「嗯。」

27. 那麼，你愛對方嗎？

「當然。」

「愛。」

28. 對方說什麼會讓你覺得沒辦法拒絕？

「先不管他說什麼！只要他一露出狗狗耳、狗狗眼我就……」

「撒嬌。」

29. 如果覺得對方有變心的嫌疑，你會怎麼做？

「只能祝福了吧？」

「我不會變心……」

30. 能原諒對方變心嗎？

「能不能原諒好像已經不是重點了，但就是會很難過。」

「……」

31. 如果約會時對方遲到一小時以上怎辦？

「星星不會遲到呀！」

「聯絡爺爺幫忙找人。」

32. 對方性感的表情？

「流汗之後吧，好性感。」

「祕密。」

33. 兩人在一起時，最讓你覺得心跳加速的事情是？

「早上醒來看到他的時候。」

「參加世界大賽的時候。」

「蛤？」

35. 做什麼事情的時候覺得最幸福？

「在同一張床上醒來的時候。」

「跟熙熙，每一件事都幸福。」

36. 曾經吵架嗎？

「有！」

「……」

37. 都是在吵些什麼呢？

「他一直餵我吃東西，害我變胖！我跟他說了，但他還是一直餵！」

「我怕妳餓。」

38. 之後如何和好？

「我……我餓了，就和好了。」

「今天吃火鍋？」

「好。」

39. 你曾向對方撒謊嗎？你擅長說謊話嗎？

「我不會說謊！」

「我不會對熙熙說謊。」

40. 轉世後還希望做戀人嗎？

「但我希望這輩子可以久一點。」

「嗯。」

41. 什麼時候會覺得自己被愛著？

「他叫我的時候。」

「嗯，她叫我的時候。」

42. 你的愛情表現方式是？

「愛就說出來吧？」

「把最好的都給熙熙。」

43. 什麼時候會讓你覺得「對方已經不愛我了」？

「沒有這個時候耶？」

「不會有這時候。」

44. 你覺得與對方相配的花是？

「玫瑰！」

「玫瑰？」

「對啊！好看又帶刺！」

「……熙熙當然是梔子花。」

45. 兩人之間有互相隱瞞的事情嗎？

「我肯定瞞不住。」

「沒有。」

46. 你有何種情結？

「沒有吧。」

「……沒有。」

47. 兩人的關係是公開還是祕密的？

「應該是眾所皆知了吧！」

「什麼意思？」

「就是『大家都知道』的意思。」

「喔，這樣很好。」

正當兩人等待下一題到來時，卻聽見小珊口中傳來遲疑的聲響。於是兩人不約而同地抬起眼，在見到面前神色發白的女孩後，顧熙梔開口問她：「妳還好嗎？」

「我、我……好像有地方弄錯了！」小珊慌張回應，手中的筆也隨之滾落桌面。

「妳先別慌！剛剛家家是不是有說她人就在門外？要不要問問她？」顧熙梔輕輕拍拍她的肩，試圖安撫她的情緒。

「好……」小珊慌得眼淚都快掉下來了，在朝顧熙梔點點頭後，馬上奔了出去。

⁂

時間一分一秒流逝，顧熙梔瞥了眼手機螢幕上的時間，才發現距離小珊離開的時間已過了十分鐘。

「好像有點久，我去看看發生什麼事好了。」

顧熙梔說完後便倏地起身，但隨即就有一股力道將她的手腕攫住。然而她不用回過頭，面容上便多了一道笑意，於是她開口：「哎唷，我一下就回來了。」

雖然她這麼說，但那力道還是沒有鬆開，顧熙梔明白路星辰是在擔心。因此她旋身，張開雙手緊緊地擁抱著了他，並在他還來不及反應之時說：「有事情我會喊你，放心。」

語畢，便快步在咖啡廳長廊小跑，一轉眼已經跑出了大門外。

路星辰望著那扇門關上的瞬間，耳畔也傳入了「啪嚓」的聲響，也就在下一秒，原本燈火通明的咖啡廳瞬間湧入了黑暗，令他愣了片刻才回過神。

「停電？」

路星辰四處張望，正想伸手取過桌上的手機時，來自落地窗外一陣「咻——」的聲音飛升，而他的眼也跟著望去，就見一束束耀眼光線射向夜空。

隨後，煙火綻放，斑斕、金燦燦的光芒將夜空照亮，而散落下的光點像是星星一樣，也一同映照在咖啡廳內。但路星辰仔細一瞧，才發現是四周裝飾的圓球燈泡亮起了。

接著身後傳來一串腳步聲，路星辰回過頭，只見換上一身剪裁合宜的深藍碎花洋裝、捧著一大束紅玫瑰的顧熙梔就站在自己身後。

「煙火，好看嗎？」顧熙梔笑著問。

路星辰留意到她此刻似乎很緊張，但還是回應：「好看。」

「那，接下來由我幫小珊接下去問。」顧熙梔做了個深呼吸，也清了清嗓子後才開口：「第四十八題，請問你怎麼稱呼對方？」

「熙熙。」路星辰覺得她的模樣有些可愛，還差點忍不住笑意。

顧熙梔望著眼前這個由少年漸漸成長成男人的路星辰，腦海飛快地閃過這些年他們一同經歷過的所有，左心口的跳動也越發激烈。之後，她在眼眶將要盛不住淚水時，深深地吸了口氣。

「星星。」顧熙梔朝他喊了聲，也確定他倆之間眼中只有彼此，「以前的我總是不斷逃避，甚至不想再掙扎，還想著如果被父親抓回去就這麼算了……但直到遇見了你，我才有勇氣面對一切！因為有你，我們一起經歷過大大小小的事情，雖然過程很痛苦，但我們都還是陪伴著對方。」

說到這，顧熙梔的淚水早已忍不住，頓時熱淚盈眶，「星星，能夠遇見你、和你相愛，是我這輩子最幸運的事。」

顧熙梔以手抹掉面頰上的淚水，抬眼望向路星辰時，才發現他的雙眼中也飽含著淚，於是她微笑道：「第四十九題，你希望怎麼被對方稱呼？」

「……老公。」路星辰吞吞口沫，說完後也朝向顧熙梔的方向邁了一步，指尖輕碰她泛紅的頰，「之後的每天，我想被熙熙稱呼……老公。」

「那天你跟我說『妳願意，繼續讓我一輩子都繞著妳轉嗎？』」輕輕地握住了他的手，也感受到來自他的溫度，顧熙栀覺得她似乎沒那麼緊張了。她吸吸鼻子，接續說：「我也想跟你說，未來你的身邊有我在，不論你在哪裡，我都會當你在遊戲裡衝鋒陷陣時的後盾、最優秀的後勤，因為……我想讓你成為世界上最幸福的人。」

顧熙栀遞給路星辰那束玫瑰花，並從洋裝口袋取出一個約掌心大小的深紅絨布盒子，她抿著唇，暗自在心中做下決定後，驀地在長廊做出神聖般的單膝下跪：「星星，你是我第一個想分享所有、也能毫不保留展示弱點的人，謝謝你完整了我的人生……所以，最後的第五十問，你覺得與我的愛是否能維持永久？」

深紅絨布盒子裡的那枚男式戒指，閃爍著的光芒令路星辰想起他們初次見面的那晚，他在一旁路樹偷覷著獨自站在電競館門口的她，既使在夜晚也閃閃發光。

於是路星辰笑著流下淚，「是，我們的愛能維持永久。」

而就在他說完，一旁大門就傳來陣陣歡呼，接著就見劉家家與小珊，以及早該離開的Redefined戰隊一群人奔了進來。

「你們？」路星辰看著戰隊大夥，面露不解。

「哇哈哈，有生之年居然可以看到Star哭！我圓滿了！」季懿凡大笑。

「又可以吃到花好月圓了，耶呼！」金榮禧摸摸越發滾圓的肚子。

「什麼時候才換到我，嗚嗚嗚。」李承翔一臉想哭。

「熙栀拜託我們幫忙放煙火。」廖飛祈覺得這三人太吵，和王成瀚先將他們帶離。

「當年最讓我擔心的，結果是第一個結婚！真出乎意料！」葉澈笑著鼓掌，「到時候一定包一個大紅包給你們！」

「很驚訝吧～全都是熙梔策劃的喔！」劉家家不知道從哪生出衛生紙遞給他們，還一邊習慣性拍著小珊的背，「欸不過也讓我知道我家新人演技不錯欸！」

在聽完劉家家的話，路星辰望向顧熙梔，以眼神向她詢問：「是真的嗎？」

「嘿嘿，我想說來點不一樣的嘛！」顧熙梔吐吐舌，接著她想起什麼，便要路星辰伸出左手，而後將那枚戒指套到他的無名指上，「……以後，還請多指教囉！老公！」

感受到指間多了份重量，路星辰朝那望去，隨後將顧熙梔攬過，而接下的語音也沒入在這個深吻中，

「嗯，老婆。」

番外之四　那位選手與作家的婚禮

夏末秋至，稍有涼意的清晨令人還眷戀著被窩，甫踏出的腳尖就想回頭繼續與周公下棋。但滴答滴答的指針一走到某個時間點上，釋放出的某則消息卻令眾人都驚嘆不已，之後也再無睡意。

「顧氏集團」與「Redefined戰隊」一同在社群平臺上宣布：

【顧氏集團現任執行長孫女，將與Redefined戰隊Star選手聯姻】

此消息剛出，媒體與眾人以及社群平臺上的討論量自然不在話下，畢竟以顧氏集團的地位、Redefined戰隊又才在世界大賽上取得三連霸的好成績，就連在菜市場都能聽見關於他們的討論聲。

也由於過去的經驗，顧熙梔在消息宣布前就選擇將手機關機，並將所有的社群帳號都登出，但她還天真地以為，經過了一、兩個禮拜後人們就會漸漸淡忘這個消息。

一直到顧熙梔點開了遊戲論壇，映入眼簾的首頁熱門消息裡，那熟悉的名字卻令她差點噴出眼淚。

「哭啊，又有我的事了？」顧熙梔望著那貼文標題寫著含有「梔子」兩字，一旁瀏覽量還大大寫了個紅色的「爆」，於是她無言地移動鼠標後朝文章點了進去。

一雙眼飛快地瀏覽過內文，顧熙梔大略釐清了現在板上這些人在吵些什麼……

1樓　還我青春嗚嗚。

2樓　偶還單身狗一ㄓ。

3樓　崩潰。

4樓　謝謝大家的祝福。

5樓　沒空。

6樓　所以Star跟梔子是分了嗎？有卦？

7樓　分了吧？官宣對象不是跟姓顧的大小姐嗎？

8樓　哈哈哈笑死，就說會分吧^^

．．．

8785樓　後勤姐姐不是也跟Star有一腿：））

8786樓　她到底是誰？都查不到……

8787樓　啊梔子嘞？又富奸又被甩笑死

8788樓　與少年到現在都還沒完結：（（

「……」顧熙梔的眼睛彷彿會自動略過某些留言。

但在滑鼠滾輪滾到頁面最底後，顧熙梔的唇角微抽、無語問蒼天，卻同時也有種想笑的衝動。她取過一旁因關機而變得冰冷的手機，指尖在電源鍵略施力後，一道光從螢幕上投射在她的臉龐。

而顧熙梔正將畫面切換成撥號鍵盤時，手機就接到一通來電。她見來電顯示是顧爺爺，便立馬按下接通鈕：「喂，爺爺？」

『熙梔，我終於連絡上妳了。』對於頻頻使出「裝死大法」的孫女，顧爺爺的聲音聽得出有些無奈。

「爺爺抱歉，這時候關機比較不麻煩。」顧熙梔乾笑兩聲。

顧爺爺清清嗓，而言談中轉換為嚴肅：『對了熙梔，關於發布後續……』

然而顧熙梔也像是準備好了，在顧爺爺起頭時就接續下去：「爺爺，這件事情我有個想法……」

✵

很快地來到了婚禮當天。

舉辦婚禮的場地選在某個盛滿梔子花與玫瑰、周圍是自然植被覆蓋的雪白色教堂，內裡有著色彩鮮豔的彩繪玻璃、酒紅色的長地毯，以及將氣氛點綴更加莊嚴的燭光。

受邀的賓客只有新人身邊的親友，因此人數不多，但彼此間也都是相互熟識，便舉著各種飲料酒水，三三兩兩地聚在一塊聊天。

而其中季懿凡注意到角落架設的攝影機，於是十分驚奇地嚷嚷：「哇靠！這婚禮直播中欸！」

「真的假的，我要給大家看看我的帥樣！」金榮禧聞言，撥撥頭髮後湊了過來，也揮揮手向鏡頭打招呼。

「哎你減點肥啊！總不能每拿一次冠軍就變胖十公斤吧？」季懿凡掐著他的肚子，隨後嫌棄地看著自己的雙手，好像那上頭沾了油一樣。

「聽說是『弟媳』的意思。」李承翔邊說邊對鏡頭打招呼，也對於那個詞還加重力道。而他注意到一旁那擁有紫羅蘭雙眼的男人，便向他走去，「喔！哥，今天身體怎麼樣？」

「好像快開始囉，你們趕快入座吧。」廖飛祈自一旁走來，也對鏡頭點頭。

隨著幾人就座以後，其餘會場的賓客也紛紛入席。原先也還有些細碎的交談聲，但在頂樑的燈漸漸暗下後，聲音也就戛然而止，賓客們彼此間引頸期盼地望著入口處，今日重要角色登場的瞬間。

下一秒，教堂的門扉被打開，緊接著走入內的是身著黑色燕尾服的路星辰。

路星辰的前額碎髮被打理得相當時尚，但此刻卻因為緊張而繃著臉，一雙冷冽如寒潭般的眼眸淡淡掃過右手上的白色手套，他隨興地調整著手套的位置，這舉手投足間的動作都令他顯得性感不已。

……雖然Redefined戰隊一干人都快憋不住笑了。

但不與路星辰熟識、正在收看婚禮直播的群眾及留言區可就熱鬧了。一部分迷妹繼續刷著留言說「Star好帥」，而有另一部分人則是問：「最照顧Star的後勤姊姊呢？怎麼沒看到她人？」

直到路星辰走到聖壇前就定位後，緊閉的教堂大門又再一次被開啟。

這一次，一同入內的兩人可讓留言區像被轟炸過一般，因為眾人的留言速度過快而使得系統當機、無法動彈。

依稀只見當機前，最後的幾句留言是：

『那不就是最照顧Star的後勤姊姊嗎？』

『哭慘，她是人生勝利組ㄟ?!』

『所以我說辣個梔子呢？』

『話說我怎麼越看後勤姊姊越眼熟……？』

再來的幾分鐘，眾人似乎都無法再重新連線回直播，也因此有人閒著無事上了論壇，卻赫然見到有匿名者發出貼文，標題名為：【#爆卦　梔子的真實長相】。

貼文內寫道，當年參加「梔子」的簽書會，但到了現場才發現她戴著面具，且出版方對外宣稱她因為身體因素的關係，所以會是以一對一進場的方式進行簽書。

正當眾人看完內文後卻沒得到想要的答案，紛紛敲碗，並頻頻在留言區洗了一排留言：『發文不附圖，此風不可長！』

而匿名者眼見一干人等將要暴動，於是重新編輯了內文，並在留言區回應：『更新網頁看看吧，包你們滿意。』

更新後的照片裡，攝影的角度彷彿是從書展外的空間拍攝進來，雖有些朦朧，但還是看得清「梔子」正脫下面具後準備仰頭飲水的畫面……但那影像裡另一個意外入鏡的人物，或許是那匿名者更沒有想到的。

大約過了數分鐘後，才有第一位新網民留言：『我是看到梔子本人了……但那「錯位」合照，抱著書、笑得好燦爛的少年是Star嗎???』

✷

穿著一襲純白色拖尾婚紗的顧熙梔，此刻正搭著顧爺爺的手，兩人一同進場。

四周的賓客掀起如雷的掌聲，在場每個人的目光都充滿期待與熱烈。而她一步一步踩著腳下的酒紅色地毯，穩穩地朝向路星辰的方向前去。

「緊張嗎？」顧爺爺問。

「不會耶！」顧熙梔笑著說，視線也不時盯著自己手裡的「特製捧花」，「今天的我好開心，是很棒的日子。」

身旁的賓客注意到她手裡的「捧花」時，也都紛紛會心一笑。而顧熙梔終於忍不住，舉起那束由布丁製成的捧花，巴不得大家都要看到。

畢竟，那可是她與他的定情之物呀。

隨後，顧爺爺將顧熙梔搭著的手交給了路星辰，他笑中帶淚、老淚縱橫，也在林管家的攙扶下到了一旁入座。

顧熙梔和路星辰並肩站在一塊，一同面對著在聖壇中慈眉善目的老牧師，此刻的氛圍寧靜又莊嚴。顧熙梔也好似只聽得見自己的心跳聲，但與路星辰交握的指被捏了捏，她的餘光挪動，就見身旁那已不再是少年的男人對自己微微一笑。

接著，耳畔聽見老牧師開始宣告：「從今以後，無論貧窮還是富有、無論環境是好是壞……」

而兩人很有默契地對望一眼，並用在場全都能聽見的聲量開口：「我們願意！」

老牧師聽見他倆如此回應，先是愣了下，隨即哈哈大笑：「哈哈哈！那交換完戒指後！新郎就可以親吻新娘啦！」

於是在老牧師的話一說完，路星辰飛快地完成所有的動作，接著一把扣住顧熙梔的後頸，兩人靜靜地凝視對方，如同每一次接吻都是初戀，心尖也隨之顫動，他默默地靠近，之後輕輕地吻上了她的唇。

「我宣布你們是夫妻了！」老牧師闔上眼，點點頭正式宣布。

身後傳來如潮的掌聲，顧熙梔與路星辰回過頭，見著了身後的賓客們臉上都掛著滿滿的笑容。

「恭喜！」喜上加喜，葉澈笑得很開心。

「百年好合！」金榮禧大喊剛剛惡補的成語。

「我要捧花啊！」王育池與林宣如兩人都很激動。

而並肩同站的兩人恰好相視。

「我們，今後也一定會如此幸福的吧？」

「一定會的。」

後記　並不是最後一場遊戲

大家好，我是出雲！在後記開始之前，首先誠摯地感謝看到這裡的你們。

而我也想感謝陸玉清老師，因為老師在華訓編劇班課堂上的一席話，使得我勇敢地往目標邁進、讓這部作品更加完善；也非常感謝秀威編輯協助、鼓勵我的朝覓覓，以及我最可愛的偶像邱品涵、蔡伊柔。

還有出現在我生命裡，陪伴我、對我來說很重要的TerryTW。

寫作這條路很漫長，等我意識到的時候已經過了十多年。

大約是從小學六年級開始，因為對課堂內容感到乏味，於是我將自己的靈感以及創作的故事寫在筆記本上。

「在做什麼？」隔壁的同學問我。

「創造屬於自己的奇幻世界。」我神祕一笑，也遞出了筆記本。

結果那位同學在看完我的故事後，還興奮地分享給其他同學，本子開始在同學間傳遞。隨著故事的傳播，我逐漸收到同學們的回饋，他們紛紛稱讚我的故事「蠻有趣」。

在那一刻，我感受到自己的創作得到了認可。雖然穿梭於文字間的我總是獨自戰鬥，但在那一瞬間，我知道我其實並不孤單。所以我持續寫下自己的故事，並在文字的世界尋找無限可能。

另外，我覺得寫作對我來說，不僅是一種表達自我的方式，也是一種自我思考、探索以及療傷。每次創作都是與自己對話的機會，也是能向世界展現自己的機會。

一直以來的夢想是自己的作品能夠商業出版，沒想到這個埋在心中十數年的種子，在這時開花了。

我想在這邊告訴懷有夢想的各位，如果有想法、有力氣去實作，那就勇敢地朝目標衝了吧！

（不過如果還是學生的話要好好上課唷，不上課是不良示範，請不要學我。）

也因為有讀者、朋友發問，所以想在這以「Q A形式」分享幾個小小故事：

Q：為什麼會想以「電競」當作題材？

A：因為我很喜歡看電競比賽！大概從二〇一二年就開始關注這個領域，不過確切開始認真觀看每一場賽事是從二〇一五年開始。而本作品，也是致敬我很喜歡的一支電競戰隊。

回過神才發現，其實追電競這件事已經過了好久，一直到現在我已經成為社會人士、一直到很多人付出了很多努力，才讓大家不再認為「電競」等於「打電動」。

不過也因為諸多因素，導致近年某個賽事只有線上賽能觀看。我看著一些曾經的片段，想起每場比賽、每個賽季、每一年對我來說都像是不同的「奇幻旅程」。

我很謝謝電競陪伴我度過痛苦的五專學業，也覺得能喜歡上電競是一件很棒、很值得驕傲的事。我始終覺得我們的旅程還沒有結束，就越來越想把經歷過的旅程寫進故事裡，也很希望能讓讀者產生：「哇！原來電競也是一場盛會啊！」的想法。

Q：書名、角色的名字由來？或是有什麼取名方式嗎？

A：我要說，我每次都想破頭……取名字真的很困難。（讓我再哀嚎一下，所以請先自行重複看三次XD）

好啦。（賣關）

首先來說說路星辰吧！
對我來說，路星辰不會自己「發光」，是不會發光的「星星」（因為星星通常會自己發光發熱），是顧熙梔寫的小說給他力量，所以才能在他的人生道「路」裡，發出他原本屬於「星辰」的光。
所以顧熙梔的名字，我選擇了代表「光」的「熙」，而「梔」是因為她的前半生過得太淒慘，我希望她之後的日子都能聞到甜美的花香；另外姓氏的話……可能就是我想特別照顧她吧？畢竟一部作品總是會有自己的影子。（笑）
在有了這些因素，所以這部作品才會取名為《妳是我的光》。
而其他角色，像是戰隊出資者、同時為領隊的「葉澈」，名字有「將他培養電競選手像葉子般，開枝散葉的信念澈底達成」的意思。
除此之外，也有是參考身邊朋友、同學的名字取名的角色。（笑）

Q：有最喜歡的角色嗎？
A：如果真的要講的話……應該是季懿凡吧。
我覺得他很有趣，感覺有他在的地方就會很熱鬧～但這部作品裡的角色都像自己的孩子一樣，每一個我都很喜歡啦XD

Q：為什麼會選擇姐弟戀作為題材？
A：因為我個人很喜歡年下小奶ㄍ……（咳咳）沒事，請跳過吧！下一題：）

Q：在故事裡出現過好幾次，有著紫羅蘭色眼睛的男性角色，他是李承翔的哥哥嗎？

A：對的！他就是Redefined戰隊李承翔的親生哥哥！

至於哥哥的故事，請繼續關注我的另一部作品《妳是他的旋律》吧。（笑）

Q：請問作品會一直修改是正常的嗎？

A：對！超級正常！《妳是我的光》我總共就修了四次！

第一次修改是寫完的第四個月，我某天打開作品看了一下，看完只覺得想躲進衣櫃裡不想出來……

第二次整體來說是改了一些劇情上能增加一些神祕感與安插伏筆的情節（抱歉還塞了一些奇怪的出雲式幽默），原本顧熙梔與劉家家的故事是被我安排在番外篇，但改動後覺得放在正篇內會更加順暢。

第三次跟第二次的時間比較相近，我將顧熙梔被顧爺爺救出後的故事再交代得更加完善，也增加了顧熙梔的「成長」，從對「那個人」的害怕，到對「父親」後來的釋然與放下，不再怨恨的這些事，對她來說都是跨出很大的一步。

最初始版本的顧熙梔到後來還是很恨顧青雲的，但在這次的修改裡，我心裡突然有個聲音說「放下吧！」、「心裡會比較好過吧！」，於是就決定將這裡改動了。

啊不過，我覺得其中最辛苦最累的，果然還是邊上班邊寫文了（趴地不起），還是想再回去當學生啊！

Q：為什麼作品內會出現黃花風鈴木、合歡花？

A：每種花都有花語或它代表的寓意。

雖然好像眾說紛紜，但黃花風鈴木令我印象最深刻的花語是「再回來的幸福」、「在絕望中等待愛情」這兩個。

而合歡花則是代表百年好合的愛情之花。

當時大概是覺得，以這兩種花來象徵顧熙梔及路星辰兩人，再適合不過了吧？

Q：為什麼會選擇讓顧熙梔求婚？

A：我一直都不想被刻板印象束縛。

我從小就很不喜歡「女生就應該要坐好，不要這麼好動」、「男生不應該哭，哭就是娘娘腔」等等的言論，只覺得每個人都值得被尊重。

所以希望深陷痛苦的你們，有朝一日能以最真實的面貌快樂地活著。

因此我覺得，求婚這種事不應分性別，誰都能勇敢表達自己的愛意與誠意。

大約收到的問題是這些。如果有讀者有其他想法或是想分享心得，歡迎透過我的Instagram或是搜尋POPO原創個人頁面與我聯繫。（華麗轉圈）

再次衷心感謝，希望看到這裡的你們，未來的所有日子裡都能開心！今天也非常地愛你們(*´ω`*)

我們之後再見！

二〇二三年，六月　出雲

要青春109　PG2926

要有光
FIAT LUX

妳是我的光

作　　者　出　雲
內文校對　陳泰瑞TerryTW
責任編輯　劉芮瑜
圖文排版　陳彥妏
封面設計　吳咏潔

出版策劃　要有光
發 行 人　宋政坤
法律顧問　毛國樑　律師
印製發行　秀威資訊科技股份有限公司
114台北市內湖區瑞光路76巷65號1樓
電話：+886-2-2796-3638　傳真：+886-2-2796-1377
http://www.showwe.com.tw
劃撥帳號　19563868　戶名：秀威資訊科技股份有限公司
讀者服務信箱：service@showwe.com.tw
展售門市　國家書店（松江門市）
104台北市中山區松江路209號1樓
電話：+886-2-2518-0207　傳真：+886-2-2518-0778
網路訂購　秀威網路書店：https://store.showwe.tw
國家網路書店：https://www.govbooks.com.tw
總 經 銷　聯合發行股份有限公司
231新北市新店區寶橋路235巷6弄6號4F
電話：+886-2-2917-8022　傳真：+886-2-2915-6275

出版日期　2023年10月　BOD一版
定　　價　420元

讀者回函卡

Printed in Taiwan

國家圖書館出版品預行編目

妳是我的光 / 出雲著. -- 一版. -- 臺北市：
要有光, 2023.10
面； 公分. -- (要青春；109)
BOD版
ISBN 978-626-7358-01-6(平裝)

863.57 112011235